L'agneau des neiges

Du même auteur

Le Syndrome de Fritz (trad. du russe), Noir sur Blanc, 2002 ; rééd. Libretto, 2012.

Svinobourg (trad. du russe), Seuil, 2005.

Furioso, éditions Musica Falsa, 2008.

Repas de morts, Allia, 2011.

Face au Styx, Rivages, 2017 ; Rivages poche 2018 ; élu meilleur roman français de 2017 par le magazine *Lire*.

Dimitri Bortnikov

L'agneau des neiges

Rivages

Retrouvez l'ensemble des parutions
des Éditions Payot & Rivages sur

payot-rivages.fr

Collection dirigée par Émilie Colombani

À ma mère, dans sa tombe

I

Au début ce n'était pas le Verbe. Au début était la mère.

Ça a commencé par une naissance sans un cri. Une naissance silencieuse… Maria a vu le jour quand la Révolution s'est mise à table pour dévorer ses enfants. Et plus elle mangeait – plus elle avait faim.

Ça a commencé dans le Nord. Quand les derniers blizzards arrivent. Grands blizzards… Quand le vent se cabre et passe dans la forêt, galope sur les cimes des sapins géants et que les bouleaux se mettent en transe, se penchent, se balancent, comme des moines en prière, et l'esprit souffle houou houou sur la glace marbrée de la Dvina… Et les barques prises dans la vieille glace soupirent, gémissent. Le vent se déchaîne ! Knoute les bannières déjà bien en lambeaux sur les bateaux des pêcheurs et les bannières s'affolent ! Faseyent comme un guépard en pleine course ! Et puis le vent retombe… Les drapeaux se calment. Ondoient… Tel un tigre qui descend la montagne…

Oui. Lorsqu'un enfant naît, même dans un désert à midi – il a froid, l'enfant. Il crie, l'enfant ! il tremble… Maria est née en hiver. Tout au bout de l'hiver. Tout à la fin. Quand les renards s'accouplent. Et au cœur de la forêt – les ombres deviennent bleues les nuits de pleine lune.

Maria est sortie de sa mère au moment où celle-ci s'est agenouillée devant le poêle pour faire du feu. Elle s'est renversée sur le dos et l'enfant est venu. Sans cris, ni douleur, l'alevin porté par les eaux vers la chute des âmes…

« C'est une fille – a dit la femme au père de la fille. Regarde-la… Ses mains en amande ! Comme en train de prier… Elle ne pleure pas. Elle ne tiendra pas longtemps… »

Maria ne criait pas. Elle n'avait pas froid. Ne tremblait pas. Mais ce que la mère a caché à son mari – c'est le pied de l'enfant. La petite est née pied-bot. Pied gauche… Aussi gros que sa tête.

Le père est sorti, et la mère, tenant dans ses bras l'enfant, s'est mise à pleurer, ah oui, tout doucement, elle piaulait, la mère. La petite regardait la mère avec ses yeux encore troubles, oui, ces yeux nouveau-nés qui regardent le monde de l'autre côté des choses… Des yeux bleus troublés… Les prêtres disent que ce sont les anges ivres qui troublent l'eau des yeux des nouveau-nés en se baignant dedans…

Et son père, ah son père ! Il était grand, lui… L'homme du Nord, lui. L'homme taiseux, les yeux bleus aussi, mais clairs-clairs. Et si calmes, si calmes… Jamais esclave, jamais serf. Un Pomor. Le peuple pêcheur. Toujours libre. Tout droit il était, son père. Tête haute comme un homme né sous les hauts plafonds. Comme tous les Pomors, il paraît… La mer pour sol, le ciel pour plafond.

La mer Blanche… jamais asservie. Jamais. Et tes îles-monastères… Les eaux grises de tes lagunes telles les eaux utérines où les moines pêchaient les âmes… Et ton sel gemme. Et le carillon de tes cloches en hiver… Le son pur au goût salé qu'un marin égaré dans la brume entend et porte à ses lèvres… Le boit. Ivre de joie – trouve le rivage. Au son de cloche guide sa barque… Tout yeux, tout ouïe ! Et voit, enfin, voit ! Comme une branche dans le lait du brouillard… Rivage ! Et son âme bondit à terre.

Et sa mère… Oh, sa mère… Petite femme de la Volga. D'abord joyeuse, insouciante et maligne, comme seules les jeunes esclaves peuvent l'être. Et puis – increvable comme un dé à coudre en fer ! Visage minuscule, un nœud bien serré, becqueté par la variole. Jamais une plainte… Et pourtant ! D'une servitude à l'autre… Les mains dans la terre, les pieds dans la boue, comme on dit. De mère en fille, de père en fils. Le dos vers le ciel, les yeux dans la terre… Eh oui. Du berceau au cercueil. Pour arriver à : « Si tu ne t'habitues pas – tu crèves, et si tu ne crèves pas – tu t'y habitues. »

Sa mère… Ni vieille ni jeune… Âgée de deux fils, de trois mort-nés, et là – une fille, ni morte ni vivante… Silencieuse. Petite vie aux yeux grands ouverts… Minuscule animal dans une chapka comme berceau… Ça tient à quoi tout ça… À une prière peut-être… Au-dessus de l'abîme suspendu à un cheveu. Faible chiot… Une graine dans la neige.

Père et mère s'attendaient à ce que l'enfant meure. D'un jour à l'autre… Si faible ! Si faible ! La mère se penchait pour écouter si le bébé respirait. La petite respirait. Oui. Mais son souffle… Il n'aurait pas réveillé un cheveu endormi, son souffle ! N'aurait pas embué le miroir aux âmes, son souffle… Faible brise aux grands yeux… Un oisillon ! La chapka de son père comme un nid ! Eh oui, mais la fillette – vivait. Elle vivait sans crier. Silencieuse. Regardait… Tétait bien… Réclamait rarement et jamais en chouinant. Jamais. Une semaine… Deux. Et ils ont fini par la faire baptiser. En cachette. Pas dans une église, non, mais chez un prêtre.

Il neigeait sans arrêt. Tout le mois de mars, jour, matin et nuit. Sans cesse… Sans cesse… Au bout du mois – la neige est devenue – pluie. Maria était toujours là. Toujours vivante. Et sans se battre pour vivre… Ah non. Les yeux grands ouverts… Sage. Sans rien demander… rien ! Vagissant un peu… Mais pas un cri ! Ni une grimace… Pas une larme… Alors ils l'ont portée chez le pope. Père Vassili. Il habitait loin, le pope ! À l'autre bout du village ! Et les rues – de vraies rivières.

La petite – une poupée enveloppée dans les chaussettes russes. C'est le père de Maria qui l'a portée. Oui, sous sa veste. Juste une mèche blonde qui sortait ! Une narine minuscule et une mèche…

Ils n'arrivaient pas à trouver la maison du prêtre. Et pourtant ils la connaissaient ! Mais ils erraient, frappaient à une porte, ah non, pardonnez-nous… Et repartaient à reculons. Frappaient à une autre ! Non,

non, pas ici… Pardonnez-nous… Et repartaient encore. « Mais bon Dieu des dieux, que faites-vous dehors ?! quel temps ! même le Diable ne laisserait pas sortir son chien ! » entendaient-ils derrière.

Ils ont fini par trouver enfin. Ils ont frappé et le pope leur a ouvert. Il a compris d'un coup d'œil. Sa femme, Sérafima, les a aidés à enlever leurs habits trempés jusqu'au dernier fil, en marmonnant : « Dis donc ! Vous savez pas qu'on se déshabille avant de se baigner et pas après !? hein ?! » Ils répondaient rien, père-mère, tête baissée, bougeaient pas de peur de mouiller le sol. « Entrez dans la chambre ! Allez, allez ! Entrez… » leur a dit Sérafima, attendrie, et puis elle a mis en route du thé. Et puis a pris Maria et l'a donnée à père Vassili. « Quelle pluie…, elle répétait, quelle pluie… Il pleut même entre les gouttes ! » Le père Vassili, sérieux, tenant l'enfant, a dit : « C'est vrai… Sous une pluie pareille, malin celui qui distingue les bons des méchants ! Hooo ! Tout le monde est mouillé ! » Et puis, étonné du silence de la petite, s'est mis à lui sourire. Il murmurait : « Et toi… Tu n'es pas mouillée, toi ! Passée entre les gouttes, petit alevin… N'aie pas peur ! Tout à l'heure, je vais te mouiller un peu… Tu nageras dans la pluie des bons… ! Mais que tu es lourde ! » Et puis il a vu le pied de l'enfant. Et puis il n'a rien dit.

La mère de Maria a apporté une poule, et le prêtre a béni l'eau dans le seau, puis il y a lavé l'enfant, et, soulevant Maria comme pour la présenter au Seigneur, a dit : « Voici une nouvelle âme, Seigneur… Voici, une petite miette. Son nom est Maria… Et même la plus petite miette – c'est le pain… », et puis en se tournant vers sa femme il a dit : « Pas de pain sans miettes, n'est-ce pas… ? » Et Maria, elle, était sage dans les bras du prêtre. Juste un moment, elle a cherché à attraper sa barbe… Elle a réussi ! Et, fronçant les sourcils, l'a tirée, la barbe… Comme pour se hisser vers les yeux du pope afin de mieux y voir. Et tout le monde a ri… Et le pope lui-même et la femme du pope et même la poule dans la corbeille a gloussé. « Glousse… glousse, poule bête ! Jusqu'à la fin du Grand Carême ! – lui a dit le pope – jusqu'à Pâque… Jusqu'à la fin de la faim divine ! »

Et puis le pope a dit : « Vous avez eu le courage de faire baptiser votre petite… La faire bénir. Et nous, nous sommes ses parrains désormais. Moi et ma femme… Jusqu'à notre mort. » Et sa femme, grande et secrète comme un élan, au visage laid et mystérieux, n'a rien dit. Elle a toussé et puis a soulevé sa main droite et l'a laissée retomber. « Ainsi soit-il… – a ajouté le pope tout bas. Jusqu'à la mort… »

Les jours passaient. Une semaine. Deux. Et puis l'hiver est revenu. La mère a mis Maria sur un banc, près de la fenêtre. Comme ça – s'est dit la mère – la petite regardera dehors.

Regardez un enfant… Voyez ce qu'il regarde. Suivez son regard fixe. Immobile… Regardez Maria, emmaillotée jusqu'aux yeux, allongée comme une bûche sur un banc, près de la fenêtre… Si près des fleurs de givre ! Au petit matin… Matin glacial. Matin aux mains gelées ! Matin aux yeux cristallins… Quand le soleil rouge regarde l'enfant allongé sur le banc. Et réchauffe le verre de la fenêtre, le rend – rubis, le rend – vitrail !

Et le monde s'ouvre pour l'enfant… Le monde silencieux. Lointain… Juste un bouvreuil pivoine dans le poudrin de glace… Et la neige brille de mille feux ! La poudreuse… À faire sourire les enfants jamais nés ! Et le bouvreuil chante dans l'égrisée ! À peine audible ! Une boule de vie écarlate chante le silence d'hiver… Un arille de grenade dans la gueule de l'hiver !

Mais la nuit… La nuit, les bouleaux gémissent de froid ! Craquent ! Chtok ! Chtok ! Des coups de feu dans la forêt… Au loin ! Chtooook ! Chtooook ! Toute la nuit !

Mais le matin – les diamants suspendus dans l'air… Voltigent ! Tombent et dansent ! Des notes glacées ! Et l'enfant regarde la musique ! L'écoute… Tout yeux ! Tout cils ! Et entend une musique secrète du Nord… L'enfant fait une grimace. Comme pour éternuer ! Et puis – sourit ! Et l'âme se réveille dans son nid…

Oh, le Nord… Que l'hiver est long à tes pieds ! Long… Et le jour ne dure qu'un battement de cils. Le printemps viendra et le soleil touchera les coupoles du Nord. Arkhangelsk… Ville d'archanges ! Novgorod… Et l'or des coupoles sous le soleil sonnera tout doucement. Oui. Mais c'est encore loin, le printemps…

L'hiver, le printemps et l'été… Et puis l'automne et encore un hiver. Les jours passaient comme les visages des soldats qui défilent. Il y en avait de plus en plus qui traversaient le village en été.

Ils chantent à tue-tête, les troufions ! Ahuris, les yeux fermés parfois, comme endormis, et les chiens et les gosses les suivent… C'est un mystère, absolument, que les gosses comme les chiens soient si attirés par les soldats… En sortant du village – la colonne se tait d'un coup, juste les bottes qui font « Tod, Tod, Tod… » sur la route et puis la poussière retombe… Le vent balaye bien derrière.

Jour après jour les bidasses passent comme des ombres de nuages. Tous disparaissent et tout se répète. Et les chiens reviennent joyeux… les queues en bretzel ! Les gosses – traînant les pieds, bien déçus et toujours rêveurs. Ce ne sont plus des anges, mais des soldats qui se baignent dans leurs yeux…

Lorsque Maria a appris à ramper – on l'a attachée à un pied de table. Et la petite vivait sous la table toute la journée… Sans bruit ni caprice. Regard courroucé… Mais patiente. Oui. Comme attendant un signe. Et puis on l'a sortie, on l'a posée dans l'herbe. Et ses frères s'amusaient autour de Maria. Mais sans la toucher, non, sans la bousculer…

Ils ne se souciaient pas trop de Maria, rampante dans l'herbe. Juste lorsqu'ils s'ennuyaient, ils venaient vers elle, très près, et la regardaient… La touchaient tout doucement. Ses mains… Son ventre. Mais avaient peur de toucher son pied gauche, ça – non. Jamais ! Ils évitaient même de regarder ce pied difforme ! Ce boulet de chair…

Comme ça, la petite vivait à quatre pattes, librement. Une fois dehors, assise sur l'herbe, elle roulait des yeux… Les promenait partout ! Sans cesse ! Le voilà, un bourdon ivre rentre dans son trou… Un petit vent passe… Une coccinelle vadrouille… Un papillon zigzague… Et puis se pose sur une fleur. Ferme ses ailes comme on ferme un livre. Un livre vivant… Puis – fiuuut ! Petit livre s'envole !

Ce qui attirait le plus Maria – c'était l'étable. Porte ouverte sur le noir. Et sa mère s'y engouffrait tous les jours. Ressortait avec un seau. Et après, quand elle prenait Maria dans ses bras – la petite souriait… Le monde sentait le lait. Le monde sentait – la mère. Peut-être, l'odeur de la mère est cet enclos mystérieux d'où l'homme ne ressort qu'une fois. Oui… Et les pieds devant…

C'est avec Aurore, la vache, que Maria a appris à marcher. Quand elle tombait – la vache s'arrêtait, penchait la tête vers l'enfant et la poussait tout doucement avec son museau. Lui léchait la nuque… L'aidait à se lever.

Lorsque l'enfant de l'homme quitte la terre – il la quitte par la main. Elle est si proche la terre, si proche… Et l'enfant la repousse ! Des deux mains. Comme il repoussera sa mère le moment venu… Mais là – c'est la terre qu'il repousse. Se redresse… Un pas ! Deux… Et puis la terre le rattrape. Lui saute au visage et le voici – encore à quatre pattes ! Jour après jour, l'enfant repousse la terre, de plus en plus loin… Avec sa main… C'est, peut-être, pour ça qu'on a les larmes aux yeux dans les grottes aux mains de gosses sur les parois…

Et puis vient le jour où l'enfant désapprend à tomber en marchant. Repousse la terre pour de bon… Oui.

Depuis – elles marchaient ensemble, la vache et l'enfant. Maria et Aurore. Très lentement… Lorsqu'elles sortaient à l'aube dans les champs – la vache avait le soleil entre ses cornes et le soleil se levait, oui... Poussé par Aurore. Quand le jour se mettait à rougeoyer, et que la vache menait l'enfant à la maison, elle marchait encore plus lentement, Aurore... Flottait presque dans le soir rouge. Le soleil couchant qu'elle encornait le matin – pesait lourd...

II

Une fois le veau sevré – le père le vendait et Aurore restait toute seule dans l'étable. On l'attachait, mais pas fort, non, juste pour qu'elle reste tranquille. Elle était triste, Aurore… Elle voulait sortir ! Elle cherchait son petit. Elle l'appelait… « Tu es bien vieille – disait la mère de Maria à la vache –, tu aurais dû t'habituer… Chaque fois, c'est pareil ! »

Mais, non, Aurore, vieille Aurore, ne s'habituait pas. Et puis elle s'allongeait à la fin. La mère de Maria l'attachait et se mettait à tout nettoyer. Les frères disaient à Maria que c'était pour qu'Aurore ne sente plus l'odeur du veau… L'oublie. Mais Maria pensait que c'était pas vrai, pas vrai du tout ! Aurore n'oublie rien, elle ! Elle comprend tout, elle… Sait tout.

Après avoir gratté et lavé le sol, la mère partait. Et c'est Maria qui venait voir Aurore. Et la vache s'allongeait sur le côté pour que la petite fille puisse lui caresser le museau. Maria se mettait à genoux, oui, pour être plus près. Elle regardait dans l'oreille d'Aurore… Et l'oreille d'Aurore était magique. Noire-noire… Profonde-profonde… La petite aurait tellement voulu entrer par l'oreille d'Aurore pour ressortir de l'autre côté – transformée… Complètement transformée ! De la tête aux pieds ! De la tête aux pieds…

Le chien Droujok venait aussi, un peu jaloux, mais gentiment, et puis se lovait aux pieds de Maria, silencieux. Museau vers la sortie. Comme pour protéger la petite du chagrin à venir. Et les bêtes sentent ce genre de choses… Avant que la mort vienne, ce sont des gens qui arrivent… Et tout le monde parle à voix basse, tourne autour d'une autre bête… Tous – soupirent. Tête basse, lents… L'autre bête est malade. C'est fini pour elle. Ah oui, les animaux sentent ça…

Elle avait la robe rouge, Aurore. Vache d'Insobensk. Race résistante, très laitière. Maria jouait avec ses veaux avant qu'on ne les vende. Si gentille, si docile elle était, petite Aurore. Jamais malade. Et la voici vieille… Ne vêlant plus… De moins en moins de lait. Devenue maigre ! Ombre d'elle-même… De plus en plus souvent allongée. Oui. Et surtout triste. Triste…

Le vétérinaire, ivrogne enragé, soupirant comme un morse, a juste demandé du lait. Et puis il a reniflé le lait. A regardé la mousse, l'air méfiant. Et puis a pris une gorgée et s'est mis à rouler les yeux… Puis a recraché le lait. « Il est amer, le lait. Imbuvable ! » – il a dit. Et il a donné le nom de la maladie. Il a dit à la fin qu'il faut l'abattre, oui, abattre sans tarder… S'ils veulent manger de la viande. Voilà tout.

Que faire, s'est dit la mère de Maria – il faut l'abattre. Mais qui l'abattra ? Il faut aller chercher le Tatar dans le village à côté. C'est toujours lui qu'on appelait pour saigner les bêtes. Mais le père de Maria a dit : « Non. Je vais le faire… » Lui, qui se cachait la tête sous l'oreiller lorsque la mère de Maria tordait le cou à une poule !

« Eh bien – a dit la mère – fais-le... Mais fais vite. »

Et le père est allé chercher la baïonnette. Puis il est allé chez le voisin. Il a bu un verre. « Tu en veux encore ? Ah ? » – a demandé le voisin. « Non, ça ira » – a répondu le père, et puis il est sorti. Il a fait quelques pas... Et puis est revenu chez le voisin et a vidé le deuxième verre sur le seuil.

C'est avec cette baïonnette que le père de Maria est revenu de la Grande Guerre. Le fusil Mosin-Nagant... Très bon fusil.

Il a enterré le fusil en rentrant. En attendant des jours meilleurs, peut-être. Pour des jours noirs – disent les Russes... Et la baïonnette – il l'utilisait pour percer le feutre et renforcer les bottes avec une double semelle.

Elle était de la couleur d'un nuage orageux, la baïonnette... La pointe bleu nuit... Et légère comme un péroné. Lorsqu'on la posait sur le sol – la baïonnette se mettait à vibrer... Oui, elle chantait tout doucement.

Le père a appelé Maria : « Viens... Dis au revoir à Aurore... » Il n'a plus rien dit, lui... Juste ça – « Dis au revoir à Aurore ». Ce sont les frères qui ont tout expliqué à la Petite. Ah ça – ils ont tout dit...

Et Maria est venue dans l'étable. S'est agenouillée devant Aurore allongée. Comme avant...

Et puis elle s'est mise à murmurer à l'oreille de la vache. Et Aurore, tournant la tête vers Maria, la regardait de son immense œil, respirait docilement, oui, profondément, et plus tranquille que jamais... Comme disant à la Petite : « Y a pas de mal… Y a pas de mal… » Et son œil portait le reflet de Maria.

Maria a pris le cou d'Aurore dans ses bras, tel un enfant qui embrasse sa mère qui le quitte, pour la retenir, de toutes ses forces, encore un peu, de toutes ses forces… Avec ses petites mains essaye d'empêcher le corps bien plus grand que lui – de le quitter.

Et puis le père est entré dans l'étable… Les yeux à terre, il a dit à Maria de partir. Et puis il lui a ordonné de bien fermer la porte. Bien fermer. Oui. De l'autre côté… La Petite s'est levée et elle est partie. Très lentement, oui. Comme pour ne pas verser une seule larme… Regardant la terre, elle aussi. Sans la voir, la terre, plus du tout… Et la cherchant désespérément.

Le père s'est assis à côté d'Aurore… À l'endroit où Maria était assise une minute avant. Et la place de la Petite était encore chaude…

Il a sorti la baïonnette de sa botte. Avant de venir, il a frotté l'acier avec des herbes fraîches pour que la vache ne sente pas l'odeur de l'acier. Ne soit pas effrayée…

Et puis il a plongé la baïonnette derrière le cou d'Aurore. Jusqu'à la garde… Jusqu'à la garde. D'un coup sec. De toutes ses forces. Aurore s'est mise à trembler. Le père a retiré la baïonnette et l'a replongée encore. D'un coup sec… Lorsqu'il l'a retirée encore une fois – le sang a giclé de la petite plaie. Très haut d'abord, oui, en maigre fontaine, et puis la fontaine est retombée… Et Aurore a poussé un long soupir. Fouuuh… Ses sabots de derrière ont gratté les planches. Un moment… Et puis tout s'est arrêté. Juste l'œil gauche d'Aurore continuait de regarder... De voir...

Quand tout a été terminé et que le père est sorti – Maria est rentrée dans l'étable. Tout était comme avant. Tout. Aurore toujours allongée sur le côté... Elle s'est accroupie à côté de la vache. Et puis s'est mise à genoux pour voir dans l'œil d'Aurore. Elle n'y voyait plus son reflet...

La Petite est restée près d'Aurore. Un peu, oui... mais sans temps, sans temps. Comme ça, sans bouger... Comme sur le bord du monde... Sans passer ni d'un côté ni de l'autre.

La nuit même, lorsque Maria s'est endormie, Aurore est venue dans ses rêves. Elle était vivante, Aurore... Et si près ! Si près... Comme avant. Et Maria n'en était pas étonnée, du tout. Même lorsqu'elle a senti l'odeur d'Aurore ! Même lorsque Aurore s'est mise à lui parler... Elle a dit à la Petite beaucoup de choses, Aurore... Maria n'a pas tout compris, non, pas grand-chose... Vraiment pas. Elle n'a pas retenu grand-chose, la Petite... Juste qu'il ne fallait pas qu'ils mangent la chair d'Aurore. Ça – oui. Ça – elle l'a retenu... « Ne mangez pas ma chair ! – répétait Aurore. Ne me mangez pas... Mais personne ne t'écoutera. »

Maria n'a pas osé demander pourquoi. « Parce que ceux qui mangeront ma chair – mourront de faim... » a dit Aurore. Mais la Petite ne comprenait toujours pas. Et puis elle a eu peur à la fin, oh que oui, et s'est réveillée, la gorge serrée.

Le matin, tout ce qu'Aurore lui avait dit – Maria l'a raconté aux siens. Et comme Aurore l'avait prédit

– personne n’a écouté la Petite. Ni son père, ni sa mère, ni ses frères.

Ils se moquaient, ses frères ! Comme toujours ! Mais quelle simplette ! Ho ! Si on mange – on mourra de faim ! Et puis quoi encore ! Si on ne mange pas – on n’aura pas faim ! Ho-ho-ho ! Mais elle a perdu la raison, notre Petite ! Sans l’avoir jamais eue ! hé-hé-hé !

Le père a ouvert Aurore. Puis il l’a découpée, et la mère en a fait de la soupe. Grand festin ! Au grand feu en plus ! Carrément dans la cour ! Et trois soirs – comme ça… Tous, sauf Maria, pendant trois jours ont mangé la chair d’Aurore. Le voisin aussi. Et la voisine… Et d’autres ! Bien d’autres… Tous – sauf la Petite… Elle – non ! Et puis les chiens ! Mais oui… Ils sont accourus en meute, oh que oui… et plus vite que leur langue ! Même Droujok… Même lui ! Maria essayait de l’attacher, mais allez-y, attachez un chien affamé quand d’autres clébards boustifaillent… La curée aux flambeaux ! Pas à sonner l’hallali ! Tous les chiens du village ont débarqué. Et plus ils mangeaient – plus ils avaient faim, et les gens et les chiens… Maria regardait tout ça, regardait… Comme dans un rêve. Et ne mangeait que du pain dans ce rêve. Que du pain… Son père, lui, ne mangeait que très peu, et surtout le bouillon. Et même le bouillon était toujours – Aurore… Et plus il en mangeait – plus il devenait triste. En revanche, il buvait. Ça – oui ! Coude levé, coude posé… Des deux mains. Et les visages humains près du feu devenaient méconnaissables. Passant de la lumière à l’ombre… Sans cesse. Sans cesse…

III

Un jour Maria était dehors, assise près du seuil, en train de regarder ses frères qui jouaient à qui crache le plus loin. Elle ne les a pas vus venir, non, ces trois hommes, pas du tout ! Ils sont venus par le potager ! Habillés cuir, bottes splendides, luisantes ! On pourrait se voir dedans ! Trois. Ils ont dit : « Qui sait où habite le prêtre ? Ah ? » Fedor, le frère aîné, s'est exclamé : « Moi ! » L'autre, Stephan : « Moi ! » L'un des trois en cuir a dit : « Montrez-moi de quel côté, alors… Vous aurez ça… » Et il a sorti un mouchoir de sa poche avec un nœud. Il a défait le nœud et dedans il y avait un morceau de sucre. « Regardez ! » Alors les deux frères ont crié : « Moi ! Moi ! » L'homme, le mieux rasé des trois, a dit : « Allez, montrez ! » Et les deux frères ont pointé du doigt… Mais l'un vers un côté, et l'autre – dans la direction opposée ! « Bêtes comme vous êtes ! » a dit l'homme en cachant le mouchoir dans sa poche. « Masha ! Masha ! – dis-lui, dis-lui ! – les deux frères se sont mis à hurler. Tu sais, toi ! Tu sais ! On te donnera du sucre ! »

L'homme s'est penché vers la petite. Maria a eu peur de lever les yeux. Très peur ! Et pourtant il avait de beaux yeux, lui, si clairs, si vrais, si traîtres… Mais non, elle regardait les bottes de l'homme. Tellement belles, elles étaient ! Et neuves à éblouir ! Et l'homme sentait bon… Le cuir, et encore quelque chose. Qu'elle n'a jamais senti. Oui, oui… quelque chose d'ailleurs. Mystérieuse odeur. La ville… Une autre vie.

L'homme s'est accroupi devant elle. Et elle a baissé les yeux. « Alors, petite… Que tu es belle ! Et tes tresses ! Tu connais le prêtre ? Montre-nous… » Et Maria, saisie de peur, a voulu se lever pour montrer où il faut aller, mais n'a pas réussi. « Pauvre petite… Viens ! » a dit l'homme et il l'a prise dans ses mains et l'a arrachée du sol. En la tenant dans ses bras, il a dit : « Oh que tu es lourde ! Vas-y, là, montre ! Juste montre-moi de quel côté… On trouvera la maison… » Et Maria a levé la main et mis le doigt sur la maison du prêtre. « Bien, très bien » – a dit l'homme. Et il a remis la petite sur le seuil. « Tiens ! – il a ajouté en sortant le mouchoir. Tiens, ton sucre… Ouvre la bouche ! » Et il a mis le morceau tout jaune dans la bouche de Maria.

Les trois hommes ne s'étaient pas encore éloignés que les frères ont ouvert la bouche de Maria et récupéré le sucre, oui, carrément avec le doigt. Et puis l'ont perdu… Il a glissé. Quelque part sous le seuil, sûrement…

Maria, Maria… Elle n'avait que six ans. Elle ne portait pas encore de fichu. Sa mère lui faisait des tresses. Minces-minces, et les frères rigolaient : « Des queues-de-rat ! »

Et puis les gens commençaient à chuchoter que le père Vassili avait été arrêté. Et puis – emmené. Le père de Maria voulait voir si c'était vrai ou pas. Voir la maison. La mère a protesté : « Non, Non, n'y va pas… On sait jamais. »

Mais il est allé voir, tout de même. Maison fermée. Deux planches sur chaque fenêtre, la maison bien aveugle. Absolument aveugle. Il est resté un peu devant, et puis il est rentré chez lui.

Et on a oublié le prêtre Vassili. On n'a plus jamais parlé de lui. Et sa femme ? On ne savait pas où elle était, non plus. Et puis on a fini par l'oublier, elle aussi.

Le vrai printemps est arrivé enfin. Avec le vent doux, oui, ce vent vieillard qui effleure les têtes de ses petits-enfants comme pour compter leurs cheveux, puis repasse encore et les recompte.

Et puis l'été. Le père de Maria a cousu pour elle de nouvelles chaussures. Souples-souples, avec de la peau d'élan. Une, grande – pour le pied gauche, et l'autre, normale – pour le droit.

Au début de l'été le père partait à la pêche avec trois compagnons. Ils pêchaient sur la Dvina d'abord, puis dérivaient vers la mer. La mer Blanche. Maria demandait : « Emmène-moi avec toi… » Mais le père disait chaque fois : « T'es petite encore… » Chaque fois : « Tu es petite. Tu es petite… »

Maria n'a pu aller à l'école que trois fois dans sa vie. Et pourtant l'école lui plaisait. L'école, c'était beau. Et ça sentait bon ! Les tables, les bancs… Agréables à toucher. Et les lattes du parquet sentaient le miel.

Mais non, rien que trois fois… Et pas toute seule. Avec les jambes de son frère ! C'était le frère, l'aîné,

Fedor, qui l'avait portée sur le dos. Aller et retour, trois fois… Puis il a dit : « Elle est trop lourde ! Elle mange des pierres ou quoi ?! Plus jamais ! Qu'elle reste à la maison… »

Parfois, en rentrant, il racontait ce qui se passait à l'école… Il y avait pas mal de monde dans l'ancienne maison du barine. La graaaaande maison ! La nôtre – est une louche à côté ! Oh, si vous aviez vu les plafonds ! Comme ça ! Voooo ! Et les fenêtres ! Comme ça ! Énoooormes ! On aurait pu faire entrer notre Aurore ! Ça s'appelle maintenant la Maison du peuple. Oui-oui… Il y a toute une foule ! Dans la même pièce ! Des filles, des vieilles femmes, des vieux avec des barbes comme ça ! Vrai ! Comment ils font pour ne pas marcher dessus ?! On est tous assis… Personne ne fume. Ni crache. C'est interdit… Eh bah – on écoute. On entend une mouche voler… Et puis on l'entend plus ! La mouche écoute aussi ! Un ancien séminariste nous parle de tant de choses… J'ai la tête après ! Hououou… Comme une cloche !

Le frère cadet raconte aussi… Le séminariste défroqué est très malin ! Il dit que Dieu n'existe pas ! Il dit ça et louche sur la porte ! Un moment j'ai vu qu'il se signait en cachette ! Il faisait semblant d'arranger les boutons de sa veste ! J'ai vu, moi ! J'ai vu ! Il se signe ! Il dit que le Dieu c'est comme un paratonnerre ! Et il explique ce que c'est… Un truc sur la maison. Contre la foudre… Mais c'est pour ceux qui ont peur de l'orage. C'est pour toi, Maria, hein ?! T'en as peur, toi… Chaque fois – tu te caches sous le lit ! Avec le chien…

Et puis il explique ce que c'est que la foudre. « C'est vrai ce qu'il dit, le séminariste. Je l'ai vue, la foudre ! On la voit d'abord et puis on entend Bouuummmm ! Et pourquoi ?! Moi – je le sais ! C'est parce qu'on a les yeux plus en avant que les oreilles !... »

C'est l'été, ça... L'été du Nord. Une semaine de chaleur... Et les pierres se mettent en transe ! bourdonnent ! Psalmodiant tout doucement ! Les pierres en prière... Une semaine ! Sept jours de délire ! À midi l'air vibre... coule ! On y voit comme à travers une corde vibrante ! Et la rivière ! La rivière... elle se réchauffe, elle... une vieille chienne au soleil ! pattes comme ça... Bien ouvertes ! Les alevins dansent en rond ! Des derviches tourneurs... Ah oui ! Autour des chevilles des nageurs ! Et on entend la musique... Douce musique du Midi dans le Nord...

À la fin de l'été – le jour du prophète Élie. Personne ne se baigne plus à partir de ce jour-là. Les vieilles murmurent : « Non-non-non... le prophète Élie jette dans les eaux un glaçon ! » Mais d'abord – les premiers orages d'automne se mettent à gronder. Et quels orages... À retourner les icônes face au mur ! La chaleur étouffante... Pas une feuille qui bouge, même la plus jeune ! Pas une ride sur les eaux... Et le silence... Toute chair vivante se tait. Les oiseaux ne chantent plus, les poissons cherchent les eaux profondes, et les poules pétrifiées roulent de l'œil sur leur perchoir... Tout ce qui est vivant attend... Et ça vient par le haut.

Le ciel se couche sur la terre, tout gris, le gris sombre-sombre qui accouche du noir, et puis ça commence, oui, de loin, le roulement du tonnerre… Le ciel gronde la terre et les bêtes se lovent dans leur tanière. Loup, lynx et renard…

Ciel et terre rugissent en chœur… Et la terre et la terre ! Elle se met à trembler, la terre ! Et les fils de l'homme se mettent en prière. Se signent rapidement, et puis – bras tombés, demeurent immobiles, juste les lèvres qui bougent… Les enfants – à côté, tous à genoux, les mains en amande… Le front en sueur… Tout attente, tout ouïe, le petit cœur devenu trop grand fait toum-toum dans la poitrine. Le ciel se craquelle enfin ! La foudre darde la terre… Une fois ! Deux ! Et les gosses, aveuglés, clignent des yeux, font : « Ouuuh ! »

Les premières gouttes frappent le sol… Se recroquevillent comme des crachats… Et l'odeur de la poussière morte monte aux narines. Goutte après goutte la poussière devient – terre. Le rouleau du tonnerre passe… Et le ciel s'ouvre les veines. Le rideau de la pluie tombe ! Et comment ! Un fracas ! Une heure, deux… Le soir tombe à midi. Et les mères allument les bougies.

Oui, elle a peur de l'orage, Maria. Peur de la foudre. Du tonnerre. Quand ça rugit au loin. Quand ça roule tout lentement… Et s'approche. Et le cœur de l'enfant est serré. Il oublie de respirer, l'enfant…

Ce jour-là, elle jouait avec Petit Ami. Le chien Droujok. C'est elle, la première, qui a entendu l'orage. D'habitude, c'était Petit Ami, d'habitude – c'était lui qui courait se cacher sous la table. Mais là, mais là – il n'a rien vu venir. Et puis – si, et puis il a détalé, plus vite que sa langue ! Et la Petite, assise sur l'herbe, ne pouvait pas bouger. Complètement paralysée ! Et l'orage a éclaté rapidement. Elle criait dans l'orage, mais ses frères dormaient. Elle criait, criait, mais l'orage hurlait plus fort. Tout homme pris dans l'orage croit être en son centre.

Se voyant perdue-perdue, Maria a tâté autour d'elle... Ramassé un bâton avec lequel Petit Ami s'amusait une minute avant, et la voilà, le bâton à la main prête à combattre l'orage. Et lui, il se déchaîne, l'orage ! Une foudre sur l'autre ! Un éclair après l'autre ! Et puis trois à la fois ! Le tonnerre n'arrive pas à suivre ! Le ciel se fend en deux ! Et la vapeur monte ! Pas une goutte... L'orage sec ! Un immense marteau frappe la terre ! Au loin ! Et puis à côté et partout ! La foudre fait « ssschhhhh ! ». Et le tonnerre « hooorrrr ! ». Et puis « Boooong ! ». Et surtout – le noir ! La nuit en plein jour !

Au début Maria criait, appelait ses frères, mais crier dans l'orage – qui entendrait... Elle-même ne s'entendait plus. Et là – elle a mis le bâton contre sa poitrine et s'est mise à parler à l'orage... Elle ne savait pas elle-même ce qu'elle disait... « L'orage, l'orage... si c'est toi, Élie – frappe-moi, mais ne frappe pas la maison, ni mes frères qui dorment dedans... Ni ma mère dans les champs... Ni mon père à la mer... Élie, Élie... Si tu es en colère – frappe-moi... Mais frappe pas Droujok, mon ami... »

Ni elle ni l'orage ni le prophète ne sauraient dire combien de temps ça a duré... Enfin la pluie s'est mise à tomber, drue, chaude et lourde comme des perles.

Et l'orage, il s'est éloigné tout grognon… Une heure, deux et le voilà le soleil liquide, aveuglant, pur mercure. Et les nuages aussi rapides que les pages d'un livre que le vent ouvre et lit d'un coup ! Et les tourne, tourne…

C'est son père qui a trouvé Maria sur le seuil. Assise, adossée à la porte… C'est lui qui l'a portée dans la maison. Trois jours, Maria n'a pu ni parler ni entendre. Elle rugissait d'abord… Et puis s'est tue… Ne faisait que regarder. Roulant des yeux comme une sourde… Et les frères tournaient autour de son petit lit, curieux, mais oui, et un peu effrayés. Moqueurs de peur… « Masha ! Oh-ho-ho ! Mashoutka ! Le paratonnerre qui a sauvé la maison ! » Et la petite, les yeux écarquillés, voyant ses deux frères rire – riait aussi, sans un bruit, sans un mot… Oui. Sa langue était comme morte dans sa bouche. Son Petit Ami, son Droujok, sautait dans le lit de Maria, se tordant de joie, gémissant… Lui léchait le visage et les mains avec sa langue vivante. Et personne n'osait le chasser du lit…

Trois jours comme ça… oui. Et au bout de la troisième nuit, Maria s'est réveillée parlant dans son sommeil… Elle s'est mise à parler comme si de rien n'était. Et tout le monde en était étonné.

L'été du Nord ne dure qu'un coup d'œil, ça – oui, mais le jour polaire est lent, oh que oui, plus lent qu'une agonie. C'est les nuits d'été qui durent un coup de cils… Et les moustiques qui entrent dans l'œil ! Ah, ça nuage ! Et combien ! Et puis l'automne vient enfin… Long comme le chant d'un ivrogne. Septembre – c'est la boue froide. La boue infinie. Le nez qui coule comme les bottes, les vieilles bottes impossibles à extraire de la boue. La pluie fine fait ses semailles une semaine… Deux. La pluie lave le soleil, et après il ne brille plus, le soleil… Toujours bas, toujours terne, grosse assiette en cuivre. Et puis – l'octobre aux mains gelées…

De nouveau – les bottes en feutre… et les cuillères en bois toute l'année.

Et puis la neige vient.

Lorsque le premier-né de l'hiver se met à saler la terre – elle devient dure au toucher, la terre. Et si douce à voir, si douce… Quand il neige pour la première fois – la terre devient sourde et duveteuse… La poitrine d'un faucon pèlerin. Il neige tout doucement, et sans vent, en silence. Et sans cesse, sans cesse…

L'hiver arrive ici comme la neige vient aux aveugles. Le silence de la neige picote le visage de l'homme. Une journée… Deux. Le froid fait gémir les bouleaux… La nuit, la forêt craque ! Tire ! Et le matin, l'homme accueille le poudrin de glace sur son front… Ça rend grave, la neige. La poudreuse fait vieillir l'homme.

Maria grandissait. Toute petite… Elle portait enfin un fichu, oui, celui de sa mère, tout vert. Elle s'occupait du feu. Balayant la maison, lentement, mais bien… Partout-partout. En traînant son pied gauche.

L'hiver – des bottes, oui, une bien plus grosse que l'autre… Et l'été – son oncle, lui avait fait des chaussures souples, difformes, en peau d'ours. Et les frères ! Oh, les frères… Surtout Fedor ! Dès qu'il l'a vue avec ses chaussures en peau d'ours – s'est mis à ricaner comme un fou ! « Maria la patte d'ours… ! Regardez !

Masha la patte d'ours ! » Et puis l'autre frère aussi… En chœur ! Des frères, quoi… Depuis, lorsque dans le village on parlait d'elle – on disait « Maria la patte d'ours ». Merci, les frères.

Ils n'étaient pas vraiment méchants-méchants, ces garçons. Juste un peu bêtes. Forts et bêtes, mais vraiment méchants, ça – non.

Dans le village, on soupirait : « Ah, ces deux-là… ils ont été conçus par un doigt, que voulez-vous… » Personne ne disait exactement par lequel, sauf le voisin. Il rigolait : « Je sais par quel doigt ils ont été faits, ces bêtas ! Par le vingt et unième ! »

Ils n'aimaient ni la pêche ni la chasse, les frères. Ni la mer ni la forêt. Ils n'aimaient que malaxer l'accordéon… Ils buvaient de la bière, braillant ensuite comme des ânons à leur premier rut ! Et puis ils se battaient parfois, oui, de la force à revendre… Se cognaient l'un l'autre dans le silence total ! Pas un mot ! Ni cri ! Pour pouvoir jouer de l'accordéon lorsque le voisin voulait bien leur prêter le sien. Juste pour les regarder se battre, ah oui, lui… Il était bien tordu, celui-là.

Mais le père venait, tranquille, les torgnolait l'un et l'autre, sans colère. La paix revenue, essoufflés ils se mouchaient, l'un dans la manche de l'autre… Paisiblement. Le voisin se mettait à jouer de l'accordéon et les frères écoutaient… Se curaient le nez, l'air rêveurs… Ou crachotaient entre leurs dents, méditatifs. À qui giclerait le plus loin.

Et le voisin… Ah, lui… Il n'avait qu'une seule dent, lui ! Une boule de graisse et un chicot dedans ! On racontait qu'il avait fait des enfants juste pour qu'ils mâchent sa nourriture lorsqu'il n'en aurait plus aucune, de dent. Gros renard, il disait à l'un des frères de Maria : « Fends du bois pour moi et après ma mort je te laisserai mon accordéon. Mais n'en dis pas à un mot à ton frère. Surtout pas ! Il en serait jaloux ! » Il promettait la même chose à l'autre frère si celui-ci fauchait de l'herbe pour son veau. Et il les observait, chacun à sa tâche, clappant de sa langue fourchue.

Lorsqu'il est mort, aucun de ses enfants n'est venu. Seulement sa belle-fille, et c'est elle qui l'a enterré, sans lui fermer les yeux. Elle l'a enterré assis, oui, sur sa vieille chaise. Son accordéon sur les genoux. Sans croix ni bois. Et puis elle est repartie. Et les deux frères, alors ? Ah, ces deux-là, ils étaient furieux pour quatre ! Mais ils ne se battaient plus. Devenus comme amis ou presque. En buvant de la bière, ils chantaient « Mort aux capitalistes », « L'aube nouvelle nous donne des yeux nouveaux », et puis d'autres chansons pleines de douces espérances. Au sommet de leur ivresse, il leur arrivait d'entendre un accordéon lointain… Oui. Qui les accompagnait de l'autre côté de l'herbe.

Ils ne voulaient pas travailler dehors, les frères. Ça – *niet* ! Si on doit travailler – il vaut mieux bosser au chaud ! Eh oui, ce qu'ils disaient… Ils ont entendu que vers le sud on embauche des comptables en pagaille ! Ils s'en croyaient capables ! Mais oui, et puis les kolkhozes sortaient de la terre comme des champignons sur un tas de fumier ! Il fallait savoir compter ! Et puis ils étaient déjà allés en ville ! Il faut pas croire ! On va vous montrer par quel doigt on est faits !

Et en ville, au marché, ils ont vu un vieux qui comptait sur un boulier. Ils étaient fascinés ! Oublieux de se gratter ! Bouches ouvertes ! Poches à l'abandon ! Ils sont restés trois heures devant ce virtuose ! Tok-tak-tako-tak ! En rentrant, tout le chemin dans la charrette, ils l'imitaient ! Jouant avec des boutons ! Les ont tous arrachés ! Et de la veste et du pantalon ! Mais oui, ils savaient compter, les frères… En chœur et en solo ! À voix haute surtout ! Sur les doigts ! À deux – ils savaient compter jusqu'à deux cents ! L'aîné – jusqu'à cent… Le cadet reprenait jusqu'à deux cents. Ils savaient lire aussi, avec leur bouche, mais pas écrire. Ça – non, ça – ils n'en voulaient pas.

Mais le pire c'est qu'ils avaient tout le temps faim. Et jamais malades ! Ils se moquaient de Maria, mais pas à jeun. Non. Toujours le ventre plein. Malins ! Ils minaudaient comme des petits, et Maria ne terminait pas sa gamelle, leur laissait à chaque repas un peu, et ils partageaient les restes fraternellement. Redevenant grands frères après avoir léché leur cuillère.

IV

Trois ans après – la voici. La famine… La première. Sécheresse dans les régions de la Volga. Et le grand fleuve agonisait… mourait tout doucement. Ne clapotait plus… devenait – ruisseau. Et ses hautes rives devenues – sa tombe. Mais avant c'est – l'Ukraine. Et le Nord ? Il n'avait pas encore connu la famine, le Nord… La faim – oui, mais pas la vraie famine, ça – non, pas encore.

Avant l'homme du Nord s'occupait lui-même de son ventre. Le Nord était pêcheur ou chasseur. Il ne semait rien, le Nord… L'homme du Nord est poli. Les hommes des forêts comme ceux de la mer sont très polis. En mer comme dans une forêt, ah oui. Le père de Maria disait : « Dans les villes les gens sont tous comme sourds ou aveugles. »

L'homme du Nord venait au marché, suspicieux, plus méfiant qu'un chat errant. Fusil caché dans sa charrette ! Sous le poisson séché… Sous la viande fumée… Taiseux, il vendait sans marchander, achetait sans barguigner… De la poudre, du plomb, des cartouches… De l'huile de lin, de l'huile de tournesol. De la farine aussi, et du sel, et du beurre, et du sucre.

Chargeait tout dans la charrette et puis repartait… Le sucre avait encore longtemps l'odeur du poisson séché.

Le père n'a pas pu pêcher. Les barques et les bateaux ont été réquisitionnés. Alors il s'est mis à la chasse. Pas tout seul, non, avec un vieux, Nicanor, un bon chasseur. Et puis Maria aussi. Parfois, elle marchait toute seule, parfois le père la portait sur le dos. Et elle était légère à porter. Quel enfant est lourd pour son père ? Et les frères, eux… Ah non, pas la chasse ! Et puis quoi encore ! Ils louchaient vers les villes, les frères…

Parfois, le père de Maria et Nicanor laissaient la Petite toute seule pour surveiller le camp. Oui, toute seule dans les marais. Mais elle n'avait pas peur du tout.

Ils partaient, le marais s'animait tout doucement. Les canards revenaient. De loin, Maria entendait le sifflement de leurs ailes. Fuiii… Fuiiii… Et puis ils se posaient… Et le coucou se mettait à chanter. L'autre coucou répondait. Maria demandait en elle : « Coucou, coucou, dis-moi, combien d'années je vais vivre ? » Et le coucou répondait. Maria comptait. En pliant les doigts. L'un après l'autre. L'un après l'autre… Une année, deux… Trois… Quatre. Cinq.

Et le coucou se taisait. Cinq années. Non, le coucou reprenait ! Six. Sept… Huit. Et se taisait à nouveau. Pour de bon. Chaque fois – pareil. Maria attendait, doigts refermés… Non, plus rien. Juste un corbeau qui se mettait à croasser comme une vieille duègne qui a perdu ses pantoufles.

Tranquillement, elle ramassait du petit bois. En chantonnant, comme une femme qui est heureuse de son chez-elle… Et lorsqu'elle voyait les pies s'envoler en pagaille – elle savait que son père et Nicanor – rentraient. Étaient pas loin… Et là – elle ravivait le feu.

C'était pas de grandes chasses au début, non. Ils prenaient un tout petit gibier. Du lièvre, la plupart du temps. Et avec des collets le plus souvent. Au fusil – l'oie, le canard… La perdrix. C'est avec son père et le vieux que Maria apprenait la forêt. C'est comme ça qu'on disait autrefois – « apprendre la forêt ». L'automne passait… L'hiver. Le père a fait des skis pour Maria. « Si tu es condamnée à glisser – disait-il – vaut mieux avoir des skis. »

Et puis le mois des sangliers est arrivé. Ils en ont pris trois. C'est comme ça qu'on disait autrefois dans les marais. Le mois des canards. Le mois des oies… Le mois des sangliers. Des loups. Des renards… C'est Nicanor qui ouvrait les bêtes. Et il expliquait : « Ça, c'est le cœur. Oui… Et là – c'est la rate. Non, ça c'est le foie… La rate – c'est ça… Et puis les poumons… » Maria regardait, écoutait. Son père ne disait pas grand-chose, lui… Assis près du feu, il regardait dans les flammes…

Un jour, Nicanor est tombé sur les traces d'un ours. S'est arrêté net, comme cloué ! Vieux mâle qui rôdait… La nuit. Oui. De plus en plus près du camp. Il fallait rentrer au village.

Oh, avant ce sont les serfs favoris qui « soulevaient » l'ours. La meute du barine trouvait la tanière et le réveillait, l'ours. Les moujiks n'avaient que des fourches, eux. Et en bois en plus ! Pas de fusils, ah ça – non… et l'ours, eh bien, il était mal réveillé, très mal réveillé, lui ! Se déchaînait sur les chiens, et puis se redressait, et là – le barine tirait. Lui, il avait un fusil, lui…

Depuis – il n'y avait plus de barines… Exterminés en trois générations, tous ! Mais des fusils – toute une forêt ! Soit – enterrés, bien graissés, en attendant la résurrection, soit – encore en mains… dans les forêts. Rouges, Blancs, et puis d'autres, tant d'autres ! Guerre civile finie, mais les braises, mais les braises, ça rougeoyait encore ! Extrême-Orient… Et puis la Sibérie ne voulait rien lâcher… Depuis toujours c'est l'ours qui était le barine dans la taïga. Toujours lui – le tzar ! Pas l'homme ! Jamais. Et puis c'est bien plus facile de rendre l'homme bête que l'ours communiste, ah ça – oh, que oui… !

Maria ne voulait pas quitter la forêt. Elle n'a jamais eu peur dans la forêt. Ni le jour ni la nuit. Elle se sentait chez elle dans la forêt nocturne. Et pourtant… Même les chasseurs aguerris cèdent à la panique.

Près du feu, Maria écoutait… Son père racontait la mer, et Nicanor racontait la forêt. Le père avait vu le massacre des moines. Pas un coup de feu. Non. La grande noyade… Deux cent trente moines ont été acculés vers la mer. Les Rouges les ont poussés dans l'eau… À la baïonnette… Dans l'eau jusqu'à la gorge. Dans l'eau glacée de la mer Blanche… Mains liées dans le dos. Les grands serraient les rangs pour soutenir les petits hors de l'eau. C'était le soir. Sur le rivage – les Rouges se réchauffaient à un grand feu. Buvaient… Mangeaient. Chantaient… Plus le feu grandissait – plus la nuit devenait noire. Et cette nuit était comme coupée en deux nuits. Celle du rivage et celle de la mer… La nuit silencieuse des moines. Dans l'eau d'anthracite, les moines mouraient tout doucement. Les grands ne pouvant plus soutenir les petits… Et les petits – plongeaient. L'un après l'autre… Toute la nuit. L'un après l'autre…

Au matin, lorsque la mer Blanche se déshabille de sa brume – il ne restait plus une tête à la surface. Plus un souffle à fleur d'eau… Et les Rouges ont eu beau fouiller dans l'eau – ils n'ont rien trouvé. Rien ! Pas un seul corps. Ni grand ni petit. Après, les pêcheurs racontaient que cette nuit-là leurs filets avaient été remplis de poissons ! Oui ! Lourds-lourds ! À se rompre ! Petits poissons et grands ! Oui, comme ça ! Oui-oui… On disait que c'étaient les âmes des moines, devenues poissons, l'une après l'autre, rompant les filets ! Retournant dans leur royaume… Un poisson après l'autre… Oui et tant mieux, soupiraient les pêcheurs, ça serait juste. Dommage pour les filets… Et puis tant pis…

Nicanor ne croyait pas un mot de tout ça. Il ne chassait ni dieu ni diable, lui… Il dressait l'oreille… Il se méfiait de la forêt, lui. Comme le pêcheur – de la mer… C'est une légende que les marins aiment la mer… Pur conte ! Absolument ! Ah, pas du tout ! C'est l'horizon qu'ils aiment. C'est l'au-delà qu'ils aiment… C'est le loin. C'est l'autre côté… Les marins, tous rêveurs comme des taulards ! Tous – hument l'infini…

Le vieux parlait, parlait, et puis soudain – Chuuut ! « Écoutez… ! » Et tous les trois – écoutaient. Tout ouïe ! Jusqu'à n'entendre que leur propre sang faire poum-poum aux tempes.

Mais oui, un homme au cœur de la nuit – vit par les oreilles. La peur lui vient par les oreilles… de partout ! Mais avant, très avant que le soleil ne se couche et que le grand silence ne descende dans la forêt. Silence étrange… Plus un bruit. Et toute la chair vivante se tait. Insupportable silence… Extatique ! Les hommes surpris par le soir dans la forêt se mettent à murmurer… Et ce sont leurs murmures qui réveillent l'esprit de la forêt…

Dans la forêt profonde, la nuit baigne dans les bruits. Le vent qui passe. Siffle… Les branches qui craquent sous les pas du vent… Il tourne autour, il danse, le vent ! hououou ! hououou ! Et puis les cris ! Oui, les cris d'oiseaux comme les plaintes des âmes égarées… Chouette, hibou, alouette. Les arbres se penchent. Se redressent… Et l'homme entend un étrange chant… Oui, comme celui d'un cygne dévoré vivant par un dieu ivre… Tout lentement…

Rare est l'humain qui ne céderait pas à la panique. L'âme humaine ferme les yeux ! Tétanisée ! Et l'homme se met à courir ! courir ! Aveugle d'effroi ! Et sa peur court aussi vite… et devant et derrière ! La forêt se rit de lui ! Le dieu méchant se joue de l'homme dans la forêt nocturne… L'homme tombe, épuisé, et la forêt se penche vers lui. La nuit remplit ses os… Suce la moelle de ses os ! Le dieu moqueur se met à souffler dans les os humains… Et l'os du pauvre homme devient la flûte du dieu…

C'est comme ça que l'esprit de la forêt chasse les humains de son royaume. Mais si l'homme ne cède pas… S'il s'attache à un arbre et tient… Toute la nuit tient bon… Agonise mais reste ! La nuit lui paraîtra éternelle, ah – oui, oh que oui ! Le temps s'arrêtera pour lui. Mais s'il reste encore… S'il tient bon – le soleil viendra. Et ça sera un autre soleil… Même au cœur de la forêt – ce soleil vient et ouvre le cœur humain et l'éclaire. L'homme voit son cœur et n'a plus peur de ce qu'il découvre. L'homme aura un autre visage, peut-être… Cheveux blanchis par la nuit – il n'aura plus peur de rien, enfin. Ni de la nuit, ni de la mort, ni du vent de la mort, ni de celui du chagrin. Ni de l'autre homme, surtout. Ah oui, ça serait bien…

De retour chez lui – personne ne le reconnaîtra. Ni son fils, ni sa femme, ni sa mère, ni ses chiens. Il sera étranger chez lui. Mais partout où il ira – il sera chez lui.

Et puis Nicanor racontait d'autres choses et de folles… Les indépendantistes de Sibérie ont raté leur coup… Ne sont pas allés jusqu'au bout, eux ! Il aurait fallu armer les ours ! Les loups ! Les lynx ! Les gloutons ! Là, peut-être, l'issue aurait été différente ! – morigénait-il…

Il savait de quoi il parlait, le vieux. Grandi là-bas, loin-loin, dans la taïga, près de la Léna. Chasseur de père en fils. Là-bas, les moutards ont des fusils pour jouets ! Il riait tout doucement, rêveur…

Mobilisé en 1914, en 1916 il déserte. Passe par la Finlande. Traverse la Carélie. Arrive vers Bélomorsk. Arrêté. Trois mois en prison. S'en évade. Retourne en Carélie. Monte plus vers le nord, toujours plus vers le nord. Arrive sur la presqu'île de Kola… Y passe l'hiver avec des chasseurs de phoques. Et puis, le mois de mai venu – avec eux, sur une barcasse, il traverse la mer Blanche. Et après ? Et après, il longe à pied la dentelle de la mer, la mer toujours à droite… Arrive vers ce village où les Britanniques débarqueront quelques années après pour tordre le cou aux Soviets. Et avec eux – arrivent les Américains. Et avec les Américains – les Canadiens ! La légion finnoise aussi… C'est là que les Britanniques utiliseront l'adamsite qui avait fait ses preuves contre les Turcs… Le gaz de combat. Ils bombarderont ce petit village. Aucun survivant. Tous morts en vomissant du sang… Tous. Et leur agonie sera longue. Hommes, femmes, gosses, vaches, porcs, chiens et chevaux… Tout ce qui vit en respirant. Tout. Et ceux qui ont vu ça – retiennent un souffle même dans leur tombe.

Nicanor traverse un village après l'autre… Arrive enfin au village près d'Arkhangelsk. La barbe jusqu'au ventre… S'y effondre. Le typhus ! Le délire, le délire, la fièvre et le feu… La mort le touche et retire sa main. Tout l'été dans une cabane chez une veuve. Revenu à lui, rasé, allongé sur un banc, aussi nu qu'une patate épluchée, grelottant, un vrai nouveau-né… Et la veuve, assise à côté, les yeux d'une mère éternelle… Une fois sur pied – il ne bouge plus du village. Plus un pas vers le sud… Il y reste. Le village du père de Maria… C'est ça.

Et la barbe repoussait, mais blanche comme neige. Voilà l'histoire. Et puis il n'était pas si vieux, en fin de compte. Même âge que le père de Maria, mais oui. Mais après tout ce qu'il avait dans les jambes… La guerre et les verstes… Il disait parfois, en lapant à plat ventre dans la rivière, en apercevant son reflet : « Ah, j'ai une tête ! Une tête… À ma vue, la mort changera de trottoir, elle ! » Et continuait de laper tranquillement. Et le père de Maria de rigoler : « Ah oui, et en voyant la mienne, elle passera l'arme à gauche, la mort… »

Eh bien, la mort n'a pas changé de trottoir. Ni l'arme – d'épaule… Fusillés tous les deux à la lisière de la forêt. Face à la forêt. Mais c'était après… Bien après.

Au bout du printemps, un beau jour, très beau jour, oui, qui ne vient que tout au bout… Le jour vermeil sur l'ongle du printemps quand l'homme tourne le dos au soleil et que le soleil le réchauffe – les soldats sont venus dans le village. Ils avaient besoin d'hommes, les Rouges. Ils n'ont trouvé que des vieilles et des chiens. Les vieilles ont caché les icônes, d'abord, et puis se sont mises à crier ! Alors le commissaire a abattu quelques chiens… Mais comme ça, sans haine, non, juste pour faire taire les chiens. Il était petit, le commissaire… Borgne et vif, du vrai plomb fondu ! Eh bien, les vieilles ne hurlaient plus, elles… Juste s'essuyaient les yeux avec les bouts de leur fichu. Le commissaire a dit que l'armée a besoin d'hommes et puis que tous ceux qui possèdent une arme, n'importe quelle arme – doivent tout rendre. Tout ! Fusils de chasse, carabines, tout ce qu'ils ont… Il a dit qu'il n'y a plus de guerre. Plus besoin d'armes. « Vous avez trois jours. Quand vos hommes rentreront – dites-leur tout ça. Trois jours ! »

Et ils sont partis vers la rivière. Oui, vers les dunes. Dix jeunes soldats, tous – gamins, le lait maternel encore sur les lèvres ! Maigres-maigres, nageant dans leurs uniformes. Jamais n'avaient humé la poudre. Jamais.

Au bout de trois jours, ils sont revenus... Au petit matin.

Ils ont pris le père de Maria, Nicanor et trois vieillards. Les frères de Maria se sont cachés dans la forêt. Le Borgne hurlait en marchant, comme un forain : « Venez voir ! Venez ! Que tout le monde vienne ! Que tout le monde regarde ! Amenez les chiens aussi... On vous a donné trois jours ! Où sont les armes ? Où sont vos gosses ?! Vous les avez cachés ! Bêtes comme vous êtes... Bêtes ! Bêtes ! »

Ils étaient cinq dans le peloton. Cinq gamins... Le Borgne a dit que chacun choisisse sa cible. Mais oui ! Pas la peine de faire d'un seul homme une passoire ! Une balle pour chacun...

Ils étaient cinq aussi, oui. Le père de Maria, le chasseur, et trois vieillards... On les a alignés face à la forêt, tout en haut de la dune. Et le Borgne a crié... « Chargez !... En joue... Visez !... Feu ! »

Première salve... La fumée dissipée – les cinq étaient toujours debout ! On a appris aux jeunes à tenir l'arme, ça – oui, mais on ne leur a pas appris à viser ! On ne leur a pas encore appris à tirer les yeux ouverts. « Rechargez ! – a ordonné le commissaire. Bon Dieu de pope de pute ! On vous a fait avec un doigt ou quoi ?! Visez le dos ! »

Les gamins tremblaient… « En joue !… Feu ! »

Là – trois vieux se sont écroulés. Le père de Maria est tombé à genoux. La balle lui a fracassé le mollet. Nicanor, le chasseur, s'est mis à courir, lui ! À dévaler la dune… Il ne courait pas vite, ah non ! C'est pas évident même pour un jeune… Dans le sable profond ! Comme dans la neige.

Le Borgne a arraché le fusil à un jeune, et puis – sans se dépêcher a rechargé. A visé longuement. A tiré un coup… a rechargé. Deuxième coup ! A rechargé encore… Puis le troisième coup est parti.

Puis il a détaché la baïonnette, et l'a tendue à l'un des cinq gosses. « Vas-y. Achève-le… Tiens. Frappe les poumons et touille bien dedans… »

Le gamin a pris la baïonnette. Il frissonnait, lui… Comme s'il avait froid. Et pourtant il faisait très chaud ce jour-là… La baïonnette à la main, il a commencé à descendre la dune. Tout lentement… Tête basse. Comme si la baïonnette pesait trop lourd pour lui. Et plus il descendait, plus il devenait petit…

Le Borgne s'est retourné vers le reste du peloton. « Je vais vous apprendre à tuer vite… » il a dit. Et puis il a ordonné qu'ils viennent plus près, vers le père de Maria… Oui. Encore plus. « Trouillards ! – il criait – Vous n'avez jamais vu un homme blessé ou quoi ?! En position ! Je veux voir comment on vous a appris à percer des sacs ! »

Les soldats se sont mis en position… « Allez… Ouvrez les yeux ! Frappez ! » Et ils ont frappé… Le père de

Maria n'a même pas essayé de ramper. Et les gamins… Ils ne savaient plus respirer, eux ! Mais le Borgne continuait : « Allez ! Dans le dos ! Les poumons ! »

Et les troufions, en larmes, frappaient le père de Maria… Il ne bougeait plus lui, déjà mort, oui, très mort… Mais ils n'arrêtaient pas de le percer avec les baïonnettes ! L'acier noir entrait et ressortait entre les côtes… Entrait et ressortait. En pleurs, ils frappaient le cadavre dans le dos… Sans cesse, sans cesse… Longtemps après, devenus hommes, ils entendaient toujours les os de cet homme gémir. Et le Borgne se promenait, au milieu des cadavres, taciturne comme un vautour moine.

Tous les cinq ont été enterrés dans les dunes. Tous en vrac, oui, une seule fosse pour tous. Personne ne pleurait. Personne n'osait toucher les corps. Que la mère de Maria… Elle se jetait sur le cadavre de son mari ! Le serrant dans ses bras, elle se balançait comme une mère qui berce son enfant… Sans cesse, sans cesse… Et les femmes disaient tout bas : « Ah, celle-là, elle l'aimait… » Et puis quelqu'un l'a secouée, non, pas fort du tout, mais comme on secoue un dormeur qui fait un cauchemar. C'était Maria… Et Maria a dit : « Ce n'est pas le père, mère… Ce n'est pas lui, maman ! Le père est là-bas… » Et la Petite a montré du doigt un autre cadavre. Après tant de coups de baïonnettes… Qui reconnaîtrait le sien…

Il fallait descendre les corps dans la fosse. Les frères de Maria ne voulaient pas toucher le cadavre du père. Il était déjà dur, le corps. C'est Maria qui lui a lavé le visage. Et le visage du père était comme un nid vide.

Puis elle s'est assise près du corps, dans le sable... Et puis elle s'est mise à rouler le cadavre dans le sable, comme on enroule un tapis. Comme on roule un poisson dans le gros sel. Péniblement, oui, toute seule... Et les femmes se sont mises à crier : « Mais que fais-tu ?! Arrête ! Mais pourquoi tu fais ça ?! » Et sa mère, elle était étonnée, elle aussi. « C'est pour l'ensevelir bien... – a répondu la Petite. On peut pas les laver entièrement, la rivière est loin... Vous voyez... Dans le sable propre, ils seront – propres... Roulez-les tous dans le sable. Roulez-les vers la fosse... » Et les femmes ont fait pareil. En roulant les quatre corps dans le sable, elles répétaient : « Mais elle n'est pas bête, Masha la patte d'ours ! Oh ! Pas bête du tout... » Les frères ont aidé quand même, oui, pour creuser la fosse, et puis c'est eux qui ont descendu les corps... Posaient les cadavres tête-bêche, d'abord, et puis l'un sur l'autre, et les corps étaient habillés en sable comme des poissons en gros sel... Comme ça, oui. Cinq gros poissons. En attendant la fin des temps...

V

Et puis Maria est tombée malade. Elle s'est allongée un soir et au réveil n'a pas pu se lever. N'a pas pu bouger du tout. Allongée comme une planche, les yeux grands ouverts, elle regardait le plafond. Incapable de chasser une mouche qui piétinait son front. Juste respirer… Oui. Ouvrir les yeux et les fermer. Ni la mère ni les frères ne savaient quoi faire, à quelle porte frapper. Ils ne faisaient qu'attendre… Le soir, la mère, en essuyant le front de la Petite, pleurait tout doucement. Et essuyait ses propres larmes tombées sur le front de Maria.

Elle a voulu prier, mais sa prière n'était que celle des lèvres. Elle priait et pensait au pain dans le four. Elle regardait le sol et se disait : « Qu'il est sale ! » Elle levait les yeux et se disait : « Le toit coule… » Elle s'efforçait de penser à Celui à Qui elle demandait des choses, mais n'arrivait qu'à se demander : « Comment on va vivre… Une bouche à nourrir ! »

Ses lèvres suçaient la prière douce, mais le goût… Aucun goût. Et puis le goût est devenu bien amer.

Un matin, la mère s'est décidée enfin. « Je vais chercher le docteur – elle a dit à ses fils. Soyez sages. Je serai absente trois jours. » Elle a préparé le pain pour trois jours. Elle a embrassé le front de Maria et puis elle est partie. Oui, à pied… Trente verstes… Se retournant sans cesse.

Au bout du troisième jour, les frères ont commencé à avoir faim. Et le soir du troisième jour, une femme venue de nulle part a frappé à la porte chez Maria. Elle avait une brouette pleine de poissons. Oui, toutes sortes de poissons. Sandres, perches, brochets… Douze poissons en tout. Tous encore vivants, tout juste pêchés.

La femme a dit : « Je suis Sérafima, la marraine de votre petite sœur. Vous me connaissez pas, mais elle – si. Amenez-moi vers elle… » Et les frères l'ont fait entrer et ont montré Maria. La Petite dormait. Et sa présence était celle d'une pierre.

La femme a dit tout bas, tout bas, comme si elle ne voulait pas réveiller la pierre : « Votre sœurette a vendu mon mari pour un morceau de sucre, elle. Alors – moi, je vous achète votre sœur pour ces poissons. C'est mon prix ! Je ne sais pas combien son âme pèse, mais je la veux. Et pour toujours. Vous ne la reverrez plus. »

Et la petite a tout entendu… Elle s'en est souvenue… De tout ! De tout… Tout lui est revenu. Et le sucre et l'homme… Elle a ouvert les yeux ! Elle a voulu cacher son visage dans ses mains – mais elle n'a pas pu. Elle a voulu cacher ses yeux – mais elle n'a pas pu… Elle a murmuré juste : « Je ne suis que du bois mort… » Et les larmes se sont mises à couler de ses yeux.

La femme a dit : « Te voilà, réveillée… Non, Maria, tu n'es pas une bûche morte… Les cendres ne pleurent pas le feu… »

Les frères de Maria avaient les yeux qui brillaient, oui, mais pas de larmes, non, mais de faim. Sérafima a dit que les poissons dans la brouette seraient à eux s'ils acceptaient que Maria parte avec elle.

Les frères hésitaient toujours… Et que dirait notre mère ?!

Maria leur a dit, toute calme, toute lèvres : « Faites ce que cette femme vous dit. C'est ma marraine. À notre mère vous direz que je suis chez ma marraine. Elle sera soulagée… Ça fait longtemps que je suis comme ça. Faites ce qu'elle dit, cette femme. Je suis un poids pour vous. Il vaut mieux pour vous avoir le ventre plein – sans moi, que vide – avec moi. » Voilà ce qu'elle a dit. Gloutons comme ils étaient… Tout de même, ils se grattaient la tête ! Mais, oui… Mais la faim a toujours le dernier mot, comme on dit dans le Nord. Ils ont accepté le marché. Ils ont vendu Maria. Sans marchander… Pour douze poissons. Sans chicaner… Et ils étaient contents en déchargeant les poissons… Et un peu tristes en mettant leur sœur dans la brouette… Et puis ils l'ont poussée, à tour de rôle, vers la rive de la Dvina. Et la femme marchait devant… Une fois sur le rivage, elle a pris la Petite dans ses bras et l'a portée vers la barque.

Lorsque la mère est revenue avec le docteur dans la charrette – toute la maison sentait bon le poisson grillé. Les frères ont tout raconté. C'est vrai, la mère en était soulagée… Elle pleurait la nuit, ça – oui, mais ses larmes étaient indolores.

Elle a demandé pardon au docteur, oui, pour le dérangement. Et puis elle a dit qu'il pouvait prendre tout ce qu'il voulait… Le docteur leur a laissé un peu de farine et de sel qu'il avait dans la charrette et puis il est reparti. Trente verstes… Sans se retourner.

VI

C'est cette femme qui s'est occupée de Maria pendant quarante-neuf jours.

Tous les jours, Sérafima portait la Petite à la rivière. La déshabillait, la mettait dans la barque. Poussait la barque vers les eaux plus profondes, puis secouait tout doucement la barque afin de la remplir. Et Maria flottait dedans, toute nue, toute blanche, comme un grand poisson. Oui, un poisson ni mort ni vivant…

Et la Petite était heureuse dans l'eau. Comme tous ceux dont le corps a trahi… Comme tous ceux qui se retrouvent libérés du corps.

Sérafima faisait la soupe aux petites perches et nourrissait Maria à la cuillère… Murmurant des choses… Racontant sa journée… Petites choses qu'on raconte au malade pour faire passer la petite cuillère… Oui. Petits mots qui nourrissent. Dès que la fillette ouvrait la bouche – Sérafima ouvrait la sienne. Comme font tous ceux qui nourrissent un enfant. Et Maria riait, en demandant à sa marraine : « Mais pourquoi quand j'ouvre la bouche pour manger – toi aussi, tu l'ouvres ?! » Et elles riaient toutes deux… Et Sérafima disait déjà sérieusement qu'on est tous les enfants les uns des autres. Et tous – mères les uns des autres…

C'est Sérafima qui a appris à Maria la prière. Elle disait que la vraie prière est une chose grave. Aussi grave que la naissance et la mort. Elle se mettait à genoux devant le lit où gisait Maria et, comme ça, toutes les deux elles priaient…

Au crépuscule, Sérafima préparait le thé et elle faisait asseoir la Petite dans le lit. Attendait que le thé soit moins brûlant et puis lui en faisait boire un peu avec du miel. Le thé était bon, très bon, fort et rouge… Dans un verre. Couleur rubis. Et puis le temps passait. Une semaine comme ça… Et puis deux semaines.

Parfois le soir, elle racontait à Maria des contes, des histoires merveilleuses. De trois oiseaux mythiques… La légende de Sirine, cet oiseau, mi-femme, mi-hibou, qui en chantant fait perdre la tête à celui qui l'écoute. L'homme qui l'écoute – perd toute mémoire… Oublie la vie terrestre, son visage, son nom… Oublie de manger et de boire. « Ah oui – elle murmurait –, autrefois pour se protéger de Sirine, les hommes tiraient des coups de canon ! Ou simplement faisaient grand bruit ! Pour la chasser, oui… Pour ne pas entendre son chant. Un soir, sous nos fenêtres, une veuve s'est mise à taper dans un seau ! J'ai cru que c'était la guerre ! Mais non… La pauvre, elle se croyait touchée par les ailes de Sirine ! Père Vassili est sorti pour la rassurer… Il a dit que ça devait être son ange gardien. Il l'a menacée en disant que si elle continuait à taper comme ça – elle ferait fuir son ange pour toujours. Vois un peu, mon alevin !

Complètement folle ! Du nez aux pieds ! Que Dieu la garde… Elle était amoureuse du père Vassili… Je le sais ! » Et Sérafima s'est signée trois fois avant de reprendre.

« Il paraît que seul l'homme heureux peut écouter le chant de Sirine sans perdre la raison. Mais oui… Qui sinon pourrait entendre le chant d'un rouge-gorge lorsque la bataille fait rage… » Et puis l'autre légende, d'une autre femme-oiseau, Alconost, l'oiseau prophé tique… Et puis d'un autre oiseau mystérieux. Gamaiun…

Il lui arrivait de parler de son mari plus longuement. Père Vassili… Un demi-siècle mariés, elle-lui… Un demi-siècle ensemble ! Sans se quitter un seul jour ! Jusqu'à sa mort il l'appelait « Ma chère amie, Fima… ». Ma chère amie – ceci, ma chère Fima – cela… Oui, diminutif caressant de Sérafima. Elle était de la Volga, sa chère amie, et lui – de Nejine. Petite ville en Ukraine, où selon Gogol on mange les meilleurs raviolis aux cerises…

« Toute notre vie on voyageait. D'une paroisse à l'autre. Une fois habitués – il fallait repartir. De Samara à Oural. D'Oural – à Irkoutsk. D'Irkoutsk on est partis pour aller chez les Yakoutes ! Et puis à Novgorod. De Novgorod à Arkhangelsk… Cinquante ans d'errance… Bien plus que le peuple juif ! Et dans le désert où il neige, en plus ! D'un hiver à l'autre… La neige pour manne ! Quelle vie, mon Seigneur… Quel peuple sommes-nous ! D'un tzar à l'autre… Et à genoux ! Le billot pour oreiller… Et puis tête coupée – on continue toujours !

Et toujours ensemble… D'une ville à l'autre ! D'une région à l'autre ! Kostroma joyeuse… Tver méchante ! Oural sombre… et Rostov le Grand ! et Kazan la Perfide ! et la mère Volga… Samara ! Cinquante ans d'errance… Sans enfants… D'une église à une autre ! Trois icônes et deux tasses en fer-blanc… Cinquante ans coude à coude ! Lui devenu – moi, et moi – lui… Les gens nous croyaient frère-sœur ! Et vivre après…

Il était bien plus jeune que moi. Il plaisantait beaucoup à l'époque. Me taquinait… Disait que le prêtre c'est le seul homme à qui est permis de parler de Dieu aux femmes, sans que Dieu ni maris soient offensés. Et il ajoutait tout câlin, tout chaton : "C'est pour ça qu'avec les femmes je parle – Dieu… Et avec Lui je parlerai – femmes." Je voulais me fâcher, mais je ne pouvais pas, et même si – ça ne durait pas, non. Même pas le temps d'un samovar !

Et puis – j'avais découvert que j'étais stérile. Jamais d'enfants… Et pourtant j'en avais toujours eu envie. Toujours ! Beaucoup d'enfants ! Toute une foule, oui ! Que ça grouille… Une maison sans enfants, c'est comme une église sans icônes. Je voulais en adopter un. Mais le père Vassili avait dit qu'il y aurait bientôt beaucoup de martyrs… Et qu'il serait stupide d'en rajouter encore… Et je me suis inclinée. Et lui – ne m'avait plus jamais parlé de femmes…

Mais les animaux ! Il aimait les animaux, mon petit pope Vassili ! Ah, nos bêtes ! Chèvre Salomé, poules et oies sans noms ni nombre… Cochon Hérode ! Un moment, on a même eu deux moutons. Tobit et Tobie ! Et quand, à la fin, on déménageait – on voyageait en charrette ! Des semaines ! Des mois... Pas en train ! Avec tout le bestiaire... Arche de Noé !

C'est ici qu'on a acheté une vachette. Petite Aube. Et elle suivait le père Vassili comme un chiot ! Pot de colle ! Miel de miel ! Il fallait de la santé pour s'occuper de tout ce monde, ça – oui. Et on en avait, lui-moi... Et de la santé à revendre ! Juste il devenait un peu sourd, mon cher ami. D'abord de l'oreille gauche, et puis des deux. Et puis complètement... Et dire la messe quand tu es sourd... Chanter les cantiques... Et toute la liturgie... Il n'a pas pu cacher ça longtemps. L'archimandrite l'a mis en "réserve". Pope en réserve ! Pour dire – à la retraite totale... Et pourtant il n'était pas vieux, mon cher ami ! C'est la barbe, oui... »

Maria a dit qu'ils avaient eu aussi une vache. Aurore... Presque pareille ! Aube... Aurore...

Et Sérafima lui a conté comment père Vassili a sauvé leur vache Aube.

« Figure-toi, mon alevin, un soir notre Aube disparaît... Plus d'Aube ! Père Vassili la cherche partout, erre dans les champs comme un prophète dans la Césarée, l'appelle : "Aube ! Auoooobe !" Et rien ! Et le soleil se couche... Il ne voit plus que ses bottes, père Vassili, mais continue, et entre dans la forêt, l'appelle toujours : "Auooobe ! Auoobe !" Et s'enfonce de plus en plus dans la forêt devenue noire-noire. Il ne voit plus même ses bottes ! Mais marche toujours... Et puis il glisse et tombe dans un marais ! La panique ! Il s'enfonce de plus en plus ! Se calme... Ne crie plus. Le marais n'est pas profond ! Il a pied. Mais le pire est à venir...

Sourd comme il est, il entend des bruits ! Il écoute ! Et quels bruits d'enfer ! Des branches cassées en Éden ! Et puis des grognements ! Un ours ?! Ah oui ! Et puis il le voit ! Une montagne noire qui bouge ! Grogne à faire peur aux mort-nés ! "C'est fini... c'est fini..." pense mon pauvre petit père. Et la rage le saisit ! Tu vas pas le croire ! Il se met à rugir, lui aussi ! Et bien fort ! L'ours s'arrête un peu... Et recule ! Et puis se met à tourner autour du marais. N'ose pas entrer !

Toute la nuit comme ça... L'ours affamé rôdant autour comme un démon dévorant ! Et mon cher ami, au milieu du marais, rugissant comme un lion pour faire peur à l'ours ! Un moment l'ours est parti. A abandonné... Mais père Vassili n'a pas abandonné, lui ! Il a continué à rugir ! Grogner, feuler, comme mille tigres ! Toute la nuit... Et à l'aube, moitié endormi, mais grognant tout de même – il a entendu Boum ! Boum ! Deux coups de feu dans la forêt.

Il a été retrouvé par deux chasseurs, mon père Vassili... Retrouvé et tiré du marais. Ce sont eux qui avaient tué l'ours. Et moi... J'étais morte d'angoisse... Toute la nuit, j'ai couru d'une fenêtre à l'autre... !

Il m'a raconté après qu'il a prié Dieu... ça – oui. Oh que oui ! Il n'a pas demandé grand-chose... Juste que cet ours ne soit pas sourd, lui ! Que ça ! Et puis il a dit qu'il a vu l'ours tué... Un démon ?! Tout petit ! Plus petit qu'un grand chien ! Et tout maigre... Tout maigre ! Les chasseurs lui ont dit que c'était un vieil ours. Que l'ours était même plus vieux que père Vassili à l'échelle des ours ! Mourant de faim en plus... À petit feu...

Voilà l'histoire. Les chasseurs n'ont même pas voulu la peau. Pleine de parasites… Et tiens-toi bien – mon cher ami a fait pour l'ours une petite tombe ! Oui-oui ! Et après, il a même prié pour lui… Ah oui ! Et puis il répétait quelquefois : “Même si parfois je lutte avec Dieu, c'est toujours Dieu que j'appuie…”

Les cordes vocales en lambeaux, six mois durant, il ne parlait qu'avec ses yeux, le pauvre ! Et Aube, alors ?! Notre petite vache, alors ?! Elle est bien rentrée à la maison, elle ! Tranquillement, toute seule de son côté ! Et puis toute sage, l'œil mouillé, attendait l'aube. »

Quelle histoire… Elles riaient un peu toutes les deux. Un pope au milieu du marais… Et rugissant contre un ours ! Et puis Sérafima ne riait plus… Tête penchée, les mains en amande posées entre les genoux, dans le creux de sa jupe, elle regardait le sol…

VII

Maria, Maria… La solitude était son lit, son oreiller et son drap… Parfois, toute la journée – seule. La solitude ramasse l'âme… Oui. Sans cesse, sans cesse… La nuit vient sans bruit et le vent devient si vieux qu'il n'arrive pas même à soulever un seul cheveu… Même les corbeaux survolent l'île sur le dos pour ne pas attraper la solitude…

Lorsque le soir Sérafima rentrait de la pêche, le cœur de Maria bondissait vers elle ! Sa marraine est de retour ! Une âme qui vit ! La joie ! Et Sérafima, sérieuse, lui montrait ce qu'elle avait pêché. Sandre méchant. Perche scintillante ou jeune brochet… Lisse comme un jeune serpent.

Le cinquantième jour – Maria s'est levée. Comme si elle n'avait jamais été malade. Son corps lui est revenu. D'abord tout lentement, et puis d'un coup. En pleine nuit… Elle s'est réveillée lorsqu'elle a senti qu'elle était en train de se retourner dans le lit. Immobile, elle a essayé encore une fois, pour vérifier qu'elle n'avait pas rêvé… Et – elle a réussi ! Oui. À se mettre sur le côté… Puis elle a voulu s'asseoir. Un effort, encore… encore !

Et la voilà – assise ! Le reste de la nuit, elle l'a passé assise, oui. Au bord de son corps… Sans croire en lui… Elle a eu peur de s'allonger… Peur que son corps ne la quitte encore !

Le matin – Sérafima la voyant comme ça n'en était pas surprise ! Du tout ! Elle a souri et dit juste : « Ah, te voilà assise toute seule, petit alevin ! On verra si tu n'as pas désappris à manger toute seule… »

C'est cette femme qui lui a appris à lire dans un gros livre. La Bible. Quand Maria regardait Sérafima lire ce gros livre, juste avec les yeux – elle retenait son souffle. C'était de la magie. Elle avait déjà vu les gens lire à voix haute, mais là, mais là – une vraie sorcière ! Juste les yeux qui bougent… Maria s'asseyait à côté et demandait à Sérafima si elle pouvait tourner les pages… « Mais oui, mais oui, mon alevin… » répondait Sérafima regardant la Petite par-dessus ses lunettes. Et les pages résistaient, comme lorsqu'on essaye de déployer les ailes d'un grand oiseau mort.

Cette Bible était vieille-vieille, sans couverture, et les pages, jaunies et comme couvertes de farine, se détachaient comme les feuilles d'un chou cuit. Et Maria lisait ces feuilles, lentement, avec sa bouche, et son index, oui, le nez dans les pages, comme si elle les reniflait. Les pages aux coins arrondis, aussi grasses et usées que les cartes à jouer « à l'idiot »… Elles sentaient le vieux temps, ces pages, comme sentent parfois les livres prophétiques oubliés et retrouvés après que tout s'était déjà accompli.

Après avoir lu une page, Maria levait les yeux, se perdait dans les nuages. Elle était si heureuse, si fière d'apprendre à lire que même le ciel n'était pas assez large pour ses yeux.

Mais parfois Sérafima disait des choses que Maria ne comprenait pas... Avec sa voix calme, elle parlait de la guerre à venir. De villes noires, en ruine. De villes affamées... De femmes qui deviendront – veuves le lendemain de leur mariage. Et de jeunes filles qui seront – veuves du cœur sans jamais se marier. Elle disait qu'il ne resterait pas assez d'hommes pour rendre les femmes – mères.

Les yeux clos, elle parlait tout doucement... Heureuses sont celles qui n'ont jamais connu un homme – elles ne connaîtront pas le chagrin de le perdre. Heureuses sont les femmes stériles – elles ne perdront pas leur enfant ! Elles ne mourront qu'une fois... Heureuses sont les vieilles filles – elles ne connaîtront pas le veuvage. Heureux sont ceux qui mourront cette année-là. Heureux ceux qui meurent en ce moment-là... Ils croient qu'ils ont vu l'enfer sur terre ! Mais à côté de ce qui vous attend, vous, l'enfer ne pèsera pas lourd... Ceux qui vivront demain diront : « Avant c'était – le paradis ! » Et elle soupirait... Et ensuite – se mettait à laver la casserole.

C'est cette femme qui a appris à Maria à pêcher des gros poissons. Sandre vorace, perche mystérieuse, couleur arc-en-ciel, et brochet osseux...

Elle expliquait à Maria où et quand le brochet fraye. Comment reconnaître l'ombre où le sandre aime se tapir pour chasser. Où vit la perche et où passent la nuit les silures.

Elle parlait des poissons comme on parle de vieux amis… Le sandre, par exemple, c'est un bon père, lui. Il fait le nid, nettoie le fond jusqu'à ce qu'il n'y ait plus de boue. Et puis la sandrette arrive, pond et repart… Le père Sandre féconde les œufs et reste près d'eux. À les oxygéner… Oui. En agitant fortement ses nageoires ! Les défend bec et ongles, ses sandrillons ! Pas comme le père Brochet… Ah, du tout ! Celui-ci abandonne ses brochetons une fois les œufs fécondés ! Mais le père Sandre… C'est un bon père ! Un peu fou, ça – oui, puisqu'il devient agressif ! Enragé, il mord tout ce qui passe ! Facile à pêcher… Mais que Dieu te garde de mettre la main dans l'eau. Et Sérafima retrousse la manche de sa veste. Une longue cicatrice… Comme un ver de terre blême sur son coude. « Voilà, père Sandre ! Un vrai démon… »

Sérafima connaissait bien la mer aussi. Connu trois mers ! La Caspienne, la mer Blanche et celle du Grand Nord, oui, la mer des frères Laptev. Elle disait que la mer apporte des choses à l'homme. Qu'elle vient vers lui… Vient à ses pieds. Mais le fleuve, ah ça – rien à voir ! Le fleuve ne fait que passer, lui. La mer amène des âmes. Le fleuve les fait défiler…

C'est avec elle que Maria a appris à nager. À ne pas avoir peur de l'eau. Des eaux profondes, des eaux noires. Sérafima disait : « Je suis de la Volga, moi… À trois ans, je nageais comme une loutre ! Mais mon Vassili, oh, il avait peur de l'eau comme un chien d'un arracheur de dents ! Et pourtant avec moi il a fini par barboter lui aussi ! Mais pas loin ! Ah non ! Jusqu'à la cheville… Qu'il était drôle, mais drôle ! En sortant de l'eau, il s'ébrouait comme s'il venait de traverser la mer Rouge ! Et à quatre pattes ! »

C'est Sérafima qui a montré à Maria comment on pagaie. Comment il faut bouger la pagaie sans faire de bruit. Sans sortir la pagaie de l'eau. Sans faire tomber les gouttes…

C'est elle qui a appris à Maria à filer les nasses à écrevisses. Comment les appâter. Où les mettre. Et comment les cacher de l'œil humain.

La Dvina du Nord et tes îles et tes eaux… Vertes vibrantes le matin et si bleues à midi. Et tes rives qui clapotent très bavardes ! Au coucher du soleil, les eaux deviennent sombres et le fleuve se tait. Oui. Lourd, il s'endort…

C'est l'heure des troupeaux… Sur terre et au ciel. Les derniers nuages rentrent aussi… À l'horizon, une masse grise, immense… Lente. Une montagne tzarine ! Si près, si près ! Comme si une planète géante s'était approchée pour voir le visage de la Terre.

C'est à cette heure-là que Maria prenait la barque, oui, toute seule, et allait vérifier les nasses près des racines des saules pleureurs. Il n'y avait plus une âme sur les eaux… Cette heure où l'humain oublie tous ses chagrins, oublie son visage et son nom…

Les soirs d'été… L'écume sale flotte tout lentement. Comme dans un rêve… S'accroche aux branches des saules pleureurs. La sève morte du jour… Semence orpheline.

Cette heure avant la première étoile… L'heure où l'homme sur les eaux immobiles est seul au monde. L'heure où les âmes jamais nées montent vers la surface pour naître et l'homme se penche vers les eaux. Cherche son visage… Ne le trouve pas et s'oublie. L'heure où l'homme et les âmes à naître se regardent. Sans se voir… Chacun de son côté…

Au milieu de l'été – les nuits sont courtes. Ah oui, un moineau est capable de sauter par-dessus. Nuits blanches… Soleil se couche habillé, comme on dit dans le Nord. Trois heures de ténèbres et il se lève ! La lune est toujours là, elle. À droite… Blême comme une veuve. De l'autre côté des choses.

Maria ne dormait plus comme avant. Allongée sur le côté, elle écoutait la rivière. Des voix, des chants qui venaient de loin… Qui dérivaient tout doucement, comme le temps. Des cris, des jurons… Des sons d'accordéon… Les eaux devenaient vertes, oui, ce vert étrange, jamais vu ! Extatique… Et le soir descendait sur l'île aux perches… À cette heure-là, Sérafima s'agenouillait pour prier au centre de la pièce. Le soleil déclinant devenait comme de l'ambre et elle – comme un insecte était prise dedans… Sans heures, immobile. Pour l'éternité…

Maria avait un petit peu peur de Sérafima lorsque celle-ci entrait en prière. Oui, surtout la nuit. Elle l'appelait tout bas : « Fima… Fima… » Mais l'autre était comme une pierre. Et puis Sérafima enfin répondait : « Pourquoi m'appelles-tu ? » Maria disait : « Parce que j'ai peur… Tu ne bouges pas du tout ! Ne respires pas du tout… Comme morte, tu es… »

Et Sérafima, souriante, la rassurait : « Mais non, mais non, je ne suis pas morte ! Je prie ! Et quand tu m'appelles, mon cœur saute de la prière comme une braise du feu… Ne m'appelle plus comme ça. Attends. N'aie pas peur, mon petit moineau. Tu as le cœur à plumes, toi… »

L'autre jour, Maria lui a dit : « Quand je te vois prier la nuit – je me sens tout près d'un volcan. J'ai toujours peur, mais pas pour moi. J'ai peur pour le volcan ! » Et Sérafima riait : « Mon alevin ! As-tu déjà vu un volcan ? Sais-tu ce que c'est un volcan ?! »

Maria répondait un peu bougonne que non, pas vu un volcan… Et Sérafima de dire : « Ne te vexe pas, mon alevin… La prière, c'est comme un pont. Un pont de nulle part à nulle part où l'âme humaine se promène. C'est comme le vin… L'ivresse c'est aussi un pont où les âmes se baladent. C'est très simple, tout ça. Tu as vu un pont ? Oui ? Alors tu as vu la prière… As-tu goûté le vin ? Jamais ? Je t'en ferai goûter. Demain. Et là – repose-toi. »

Et le lendemain soir, Sérafima a sorti la fiole de vin et en a versé un peu dans une cuillère. Juste un pétale rouge. Et Maria a bu le pétale ivre. C'était très sucré et un peu amer à la fin. Sérafima s'est exclamée : « Dis donc, quel museau tu fais ! Ah ! Ce n'est pas le bon pont pour toi… C'est un pont-levis plutôt… »

VIII

Au bout de l'été, Sérafima s'est mise à réparer les filets pour les ranger. « L'hiver est proche, mon alevin – elle a dit. Le fleuve ne connaît pas l'automne. Tu verras… »

Pendant toute une semaine, elles rafistolaient les filets, même tard le soir, oui, et Maria, voyant double, finissait par s'endormir assise. Sérafima l'envoyait au lit, et continuait toute seule. Trois bougies, presque toute la nuit.

Une fois Maria s'est réveillée parce qu'elle a entendu une femme pleurer. Sérafima, à genoux, pleurait tout doucement, en s'essuyant les yeux avec le filet. Se lamentait tout bas : « Vassili, Vassili… Mon petit père… Pourquoi tu m'as abandonnée… » Sans cesse, sans cesse… Comme pour se bercer. Maria écoutait un peu et puis s'est rendormie bien bercée.

Elle n'a rien demandé ni au réveil ni dans la journée, et puis tout a été oublié. Et soudain, lorsque la première neige est venue, la vieille femme lui a dit : « J'ai pleuré l'autre nuit. J'ai pleuré parce que j'ai commencé à oublier le visage de mon cher ami. Je vois tout, mais tout… Toute notre vie ensemble ! Mais son visage – je ne le vois plus. Voilà pourquoi… Voilà… »

Maria pensait à son père. Bientôt ça ferait une année qu'il était sous terre... Oui. Mais elle voyait toujours son visage.

Sérafima était assise devant le feu, et Maria lui a dit que son père aussi aimait regarder le feu. « L'homme aime regarder dans le feu, ma petite... Ça lui fait tout oublier... » a répondu Sérafima, et puis elle s'est tue.

« Tu sais ce que disait père Vassili ? – elle a repris un moment après. Il a dit que tout homme cherche l'inconsolable. Et que tout se console dans ce monde... Tout et tous. Il avait raison. Le chagrin le plus grand – s'aplatit. Le malheur le plus brûlant tiédit. Que veux-tu... Et pourtant, bien au fond, très au fond, on veut pas être consolé. Et on finit par tout cicatriser... »

Et puis elle a ajouté, mi-sérieuse, mi-riante : « Il disait aussi que, le matin du grand chagrin, on commence par saler la mer et le soir on finit toujours par sucrer la neige ! Mais la nuit de Gethsémani dure toujours... Voilà ce qu'il disait ! »

Une fois lancée sur les rails, Sérafima devenait intarissable. Feu père Vassili ceci ! Feu père Vassili cela... « On était comme la foudre et le tonnerre, lui-moi. Il plaisantait souvent : “Le mari est la foudre et la femme est le tonnerre. Le mari qui tient à sa femme doit accepter que sa femme le gronde !” Il disait aussi que la foudre sans le tonnerre c'est comme un baiser sans la tête... Voilà notre mariage... Un paisible orage qui a duré cinquante ans... Et puis la foudre n'est plus... »

Tous les ans, avant l'arrivée de l'hiver, Sérafima préparait des raviolis. Pendant toute une semaine, elle ne faisait que ça. Raviolis ! Ah oui, à la viande. Et puis au chou ! Et aux champignons ! Et aussi aux patates ! Au fromage blanc ! Aux baies de toutes sortes ! À tout, mais à tout ! À voir triple à la fin ! Elle en rêvait toute une semaine après ! On dit ici « écrire » les raviolis. Et bien, elle en écrivait cinq grosses taies d'oreiller ! Les congelait dans le glacier et ils en mangeaient durant l'hiver. Le père Vassili n'en pouvait plus… Il en faisait des cauchemars !

Là – pareil, avant la première neige, Sérafima a tout installé pour en faire cinq cents… Elle tenait à apprendre à Maria l'art d'écrire de jolis raviolis. Cela exige la dextérité de Chopin, mais absolument ! L'écriture des raviolis… Mille manières ! À la kirghize ! À la kazakhe ! Façon ouzbèke ! Et puis à la sibérienne ! Et puis à la chinoise ! Et encore bien d'autres… À l'ukrainienne aussi, mais oui ! Oh, les raviolis… Ces petits billets d'amour que l'appétit envoie à la faim. Bien écrits. Joliment. Et joufflus comme des chérubins, en plus ! Même si, dans le Nord, on dit que la faim est le meilleur cuisinier… C'est tout de même quelque chose, une lettre d'amour bien écrite dans votre assiette !

Tout était prêt, oui, mais le fameux matin des raviolis Sérafima s'est réveillée comme malade. Pas dans son assiette du tout… Elle avait fait un rêve. Étrange rêve. Depuis ce jour-là, elle s'était mise à examiner ses habits qu'ici on nommait autrefois « mortelles ». Elle avait tout essayé. Longue jupe grise, chemisier marron, molletonné. Très bien. « Je n'ai pas grossi… C'est parfait. Rien à faire, juste des trous… » En effet, tous les ans, elle essayait ses vêtements mortuaires pour voir si tout allait bien, s'il ne fallait pas agrandir le chemisier et pour la jupe aussi, mais non, tout allait bien… Pas un kilo de plus. L'ange de la mort avec son pèse-lapin pouvait être content, lui.

En une semaine, tout a été raccommodé et prêt. Et puis le foulard chaud aussi. Elle a dit à Maria que bientôt elle allait mourir. Que son cher ami, son petit père, son Vassili, l'appelait, impatient.

Sérafima a tout prévu. Et sa tombe et le cercueil et ses habits. Sentant que sa fin est proche, la vieille femme s'est mise à creuser sa tombe. Tous les jours un peu… Sans cesse, sans cesse. Pendant quarante jours. Oui. Sur l'île aux peupliers. « La terre là-bas est plus douce qu'à Jérusalem – elle disait… Légère comme des cendres. Je serai bien dedans… »

Et la Petite, elle n'a pas été étonnée du tout. Elle a juste demandé : « Et c'est QUAND, ma marraine ? » « Avec la première neige – a dit Sérafima. Lorsque tu verras la première neige venir, sache – la fin est proche. Ne t'inquiète pas, toi… Tout est prêt… »

Et la Petite, alors ? Ah, elle n'était plus petite, elle avait bien grandi, la Petite… Elle humait l'air, elle guettait le ciel, et les signes du ciel, les nuages noirs qui apportent la neige…

Un soir, la vieille femme s'est habillée en ses habits mortuaires, tout lentement, jupe, chemisier, et foulard. Devenue encore plus vieille. Mais pas triste du tout. Elle a fait un tour sur elle-même… On aurait dit une femme qui se prépare à sortir. Elle a demandé à Maria, toute contente : « Alors, tu me trouves comment ?

Bonne à marier, non ?! » Elle croyait vraiment qu'elle allait revoir son cher petit ami... Elle en était sûre !

« Ne sois pas triste, mon alevin – elle a dit –, surtout pas pour nous. Pour lui-moi ! Il m'attend et je viens, voilà tout... Et je vais te dire une chose... Quand tu as montré le chemin à ces trois qui voulaient arrêter mon cher ami – il n'était plus là, lui. Comment ça ? Mais c'est simple ! Il était mort déjà. Oui, oui... Quand ils sont venus – il était déjà bien mort. Bien froid... Je ne sais pas s'il savait d'avance qu'il allait être arrêté, mais la veille de leur venue – il m'a tout expliqué. Il m'a dit bien des choses... Il m'a dit de te trouver... Il t'aimait beaucoup. Tu sais comment il t'appelait !? "La petite miette !" Et quand il parlait de toi il disait toujours : "Notre petite miette."

Alors il a déterré ses habits de prêtre, et s'est habillé comme pour la dernière liturgie. Une longue chemise blanche d'abord, puis le stikhar, on dit – stikharion, longue tunique cousue de fils d'or, et puis la ceinture, puis l'écharpe, qu'on appelle l'"épitrakhil" et par-dessus tout ça – un phélonion, une chasuble, splendide ! Noir et or, et puis tout à la fin – la croix pectorale... Ah, qu'il était beau, mon cher Vassili ! Je lui ai peigné les cheveux et la barbe. Et le soleil couché – il s'est enfermé dans la toute petite chambre à icônes en me disant : "Ma petite Fima, n'ouvre pas la porte... Je t'appellerai. Dors bien..." Et après ? C'est tout. Il s'est enfermé et je l'ai entendu parler. Je me suis dit, eh oh, il parle tout seul, lui, ou il prie ?! alors j'ai collé l'oreille à la porte... D'habitude sourd comme il était, il priait à voix forte. Mais oui, à réveiller les poissons sous la glace ! Mais là

– murmures ! “Ti-ti-ti, tou-tou-tou…” Et puis rien du tout. Juste comme une respiration forte.

Une heure comme ça, deux. Ça suffit, je me suis dit, et je pousse la porte. Ah oui ! Et la porte n’était même pas fermée ! Je vois mon cher ami allongé par terre, sur le dos, bras croisés… Une veilleuse allumée devant le coin à icônes. Je me penche. Il est vivant ? Je vois pas. Je me mets à genoux pour mieux voir. Son visage est calme. Les yeux fermés. Et puis là, tu ne le croiras pas… Il fait une grimace ! Oui ! Il faisait des drôles de grimaces souvent, pour me faire rire, mais là, mais là – une grimace bizarre, pas drôle du tout, je vois qu’il pleure, mais pleure vraiment, mais que d’un œil, et rit de l’autre ! Comment il a fait – mystère… Et puis il dit : “Voilà ma chère amie… C’est fini…” Et ferme les yeux. Et puis tout doucement, tout bas dit encore : “Trop de lumière…” J’ai voulu le toucher – et je n’ai pas osé. J’ai eu peur et j’ai compris. Oui. Sa poitrine ne se soulevait plus. C’était vraiment fini. Fini-fini. Il était mort. Mort… Mon cher ami… Je suis restée à côté un peu. Son visage est devenu calme-calme. Et le teint… Il était un peu mat de peau, le visage osseux, et là – blanc et plein, comme la lune, oui, comme le visage d’un bébé endormi après un bain. Et j’ai eu encore plus peur… Le visage d’un enfant avec une longue barbe… Je le revois encore… C’est lui, toujours lui, c’est mon cher petit père ! Et ce n’est plus lui. Du tout. Du tout…

Il était encore sur terre lorsqu’ils sont arrivés, ces trois-là, pour l’arrêter. Ils étaient très déçus. Ah oui, comment arrêter un mort ?! Et puis ils n’ont pas dit grand-chose. Sont restés un moment, et puis avant de partir le plus jeune a dit : “Mais c’est lui ?! Vous en êtes sûrs ?” Les deux autres l’ont regardé un peu éberlués… “Trouvez-moi trois témoins – leur a dit le plus jeune –, trois bouseux qui pourraient confirmer que c’est le prêtre.” Il fallait pas chercher loin, dans la cour il y en avait déjà bien plus que trois ! Les paysans sont entrés, n’osant pas venir plus près, ont hoché la tête, oui, en chœur, et puis ont dit : “Oui, c’est lui. Père Vassili.” J’ai vu qu’ils voulaient se signer le front, mais ils ont eu peur de ces trois-là.

“Alors, c’est réglé – a dit le plus jeune à ses deux camarades –, une bonne chose de faite. Pas de balles à gaspiller…” Et puis ils sont sortis. Dans la cour, devant les villageois, le plus jeune a dit : “Prenez ce que vous voulez dans cette maison. Tout est à vous !” Eh bien, dès que ces trois-là sont partis, les villageois ont pris la chèvre Salomé, et notre vache, et puis ils ont pris des oies aussi, oui. Ils sont passés devant moi, l’air désolé, triste-triste, les yeux à terre, en se signant, marmonnaient : “Pardonne-nous, mère Sérafima… Pardonne-nous…”

Voilà l’histoire – a dit Sérafima. Je l’ai enterré toute seule, mon cher ami. Juste à côté de la maison. J’ai détaché notre chien Trésor. Il voulait pas partir, lui. Alors, une pierre sur le cœur, je l’ai chassé, notre Trésor. Il survivra. Il est revenu, oui, il cherchait le père Vassili… Je ne sais pas s’il a compris ou pas, mais un soir je l’ai trouvé couché sur la tombe du père Vassili. J’ai pas eu le cœur de le chasser, non… Advient ce qu’il advient, je me suis dit. Il n’est pas venu à la maison. Il s’est allongé sur le seuil, museau posé sur les bottes de

Vassili… Trois nuits comme ça… Sans hurler, non non, du tout. Juste le museau sur les bottes… Et puis le quatrième jour, le matin – disparu.

Et mon cher ami… Il est bien maintenant, j'en suis sûr ! Même s'il adorait un peu trop le chou, au Jugement dernier, accusé par les choux mangés – il sera défendu par toutes les bêtes qu'il aura sauvées… Elles le défendront ! Groin, bec et ongles ! Toutes intercéderont pour lui ! Cornes aussi ! Mais oui… Même la chèvre Salomé !

Voilà, mon alevin, toute l'histoire… » Et puis elle a regardé en bas, oui, ses bottes. « Oui, oui, ce sont ses bottes… Belles, non ? Celles de mon cher petit Vassili. » Et puis elle les a enlevées. « Tiens, mon petit moineau. J'en aurai plus besoin. La gauche t'ira bien. Dans la droite, il faut que tu mettes du foin. Elles sont comme neuves ! Ah, oui, père Vassili en prenait grand soin. »

IX

Elle a demandé à Maria : « Dis, ma petite, que comptes-tu faire après ? » Maria a répondu qu'elle irait chercher ses frères. « Tes frères ?! Mais pourquoi ?! Ils t'ont vendue pour une brouette de poissons, tes frères ! Reste ici… » Mais Maria a insisté : « Bons ou méchants, ce sont mes frères, marraine. Bête comme je suis, j'ai vendu mon parrain, ton cher ami Vassili, pour un morceau de sucre… Mais tu es venue me chercher quand même ! Et moi, alors… Je ne peux pas les abandonner non plus, mes frères… »

Sérafima n'a pas trouvé quoi dire. Elle a ajouté juste : « Dommage… Ici, tu serais à l'abri. Les temps seront durs, oh que oui, très durs… Il y aura une très grande famine, ma petite miette. J'entends encore le père Vassili dire en riant : "À l'époque de la famine, il faut trois fois se méfier d'un glouton, mais encore plus de celui qui proclame : Je ne mange jamais !" Mais là, mais là – il ne rirait plus du tout, lui… »

Et tous les jours, la vieille femme allait sur l'île aux peupliers pour creuser sa tombe. Elle était fatiguée de plus en plus. Un jour Maria a proposé : « Dis, marraine, je peux t'aider ? Je sais creuser, moi ! Je creuserai à ta place… » Et Sérafima s'est mise à rire. « Oh, la sainte simplicité ! Oh, que tu es bonne avec ta marraine ! Tu creuseras ma tombe ! » Et elle continuait à rire… Jusqu'aux larmes, oui ! Et puis plus loin. Jusqu'à pleurer tout doucement…

Depuis ce jour-là, Sérafima est devenue inquiète. Irritable. Et plus Maria se taisait – plus Sérafima avait peur du silence. Et des heures qui font « tik-tak, tik-tak… ». Les journées filaient vite, et comment ! Comme des coups de cils d'un homme face au soleil.

La vieille femme ne tenait plus en place. Elle parlait à Maria, comme si elle parlait toute seule. Le brochet – on le pêche à vif… Au mort manié ! N'oublie pas ! Aux leurres que tu dois fabriquer toi-même. Avec les petites cuillères…

Elle parlait… Parlait… Toujours debout ! En marchant ! En long et en large ! Comme si elle cherchait quelque chose… Pas grand-chose… Comme si elle cherchait son hier… Son courage. Son grand Avant. Lorsque le père Vassili était vivant. Sûrement, oui. Elle marmonnait des trucs sur la pêche. Sur le temps. Sur Dieu… S'asseyait à table, se levait… Allait vers la porte. Un coup d'œil dehors et puis de retour à table. Se levait encore. Chuchotait… Priait, peut-être… Et toute la journée comme ça ! Oh, oui. Mais à la fin, épuisée, un soir elle s'est assise sur le lit de Maria. À ses pieds. Tranquille… Yeux brillants, souriante presque ! Elle a enfin trouvé ce qu'elle avait cherché… Peut-être bien. La chose qu'on pourrait apporter dans l'autre monde. C'est peut-être ça qu'on cherche tous… Un cil dans l'œil avant de le fermer pour de bon… Une escarbille de l'âme. Oui. Quelque chose…

Et puis toute murmure, toute calme, elle a dit à Maria : « Voilà comment tu vas faire quand tout sera fini. Écoute-moi bien. » Et Maria écoutait…

« L'automne sera sec… Au printemps, l'île aux peupliers est complètement inondée. J'ai creusé une rigole, près de ma tombe. La rigole est large comme la barque. Tu me mettras dans la barque et tu rameras jusqu'à l'île. Après – tu passeras par la rigole, tu t'arrêteras et mettras dans la barque deux grosses pierres. Je les ai préparées, tu verras… L'une à mes pieds, l'autre – sur ma poitrine. Et surtout, très surtout – avec une hache, tu briseras le bois de la barque. Deux grands trous. Et tu pousseras la barque vers la fosse. Elle est remplie d'eau. Et la rigole aussi. Ça ne va pas être très difficile. Mais surtout – n'oublie pas de faire deux gros trous avec la hache ! Surtout ça ! Pour qu'au printemps je ne flotte pas comme du bois mort… Et tu couvriras la fosse avec de la terre. Et rien par-dessus ! Ni croix ni pelle ni hache… Rien. Juste de la terre. As-tu compris ? Tu as tout saisi ? » Maria a hoché la tête. « Répète, mon alevin… Répète. » Et Maria a tout répété. Tout comme il faut, et Sérafima en était contente.

Elle a dit vrai, Sérafima. Cet automne-là était sec, rouge et or. Les journées cristallines… À pouvoir voir l'avenir à travers. Encore deux mille ans à venir… « Houuuurrr ! » – s'ébrouait la vieille femme en rentrant du fleuve. Le soleil, ah, ça ne chauffe plus ! ça – aveugle ! À se coudre l'œil ! Et l'eau… La rivière est glaciale ! À habiller les poissons… Les pauvres, ils nagent nus… »

Elle avait les mains rouges-rouges ! Se réchauffait au thé… Se mouchant comme un éléphanteau ! En marmonnant : « Oh, les vieux, les vieux ! Toujours une gouttelette au nez… » Et ses yeux pleuraient. Si bleus, si bleus… Un ciel de Pâques. « Non, non, je ne pleure pas, ma miette ! – disait-elle. C'est le soleil… C'est le vent. Toujours pareil en automne ! C'est lui qui frappe les sous tout neufs aux yeux ! »

Il paraît que les mourants ont une sorte de clairvoyance… Oui. Ils voient bien des choses… Nous regardent de l'autre côté des choses. Si nous pouvions leur demander – nous connaîtrions notre destin. Mais qui l'oserait…

Et puis le jour est venu où elle a dit à Maria : « C'est pour ce soir, ma petite. Tout se passera bien… Ne t'en fais pas. Dors… » Facile à dire ! Maria a décidé qu'elle ne dormirait pas. Le soir venu, elle s'est allongée dans son lit, et a regardé la vieille femme allumer un cierge devant une petite icône, et puis se mettre à genoux. Elle est restée comme ça, devant, oui, toute la nuit. Maria luttait, luttait contre le sommeil… Mais le sommeil était plus fort. Et le matin, quand la lumière a passé sa langue sur le sol – Maria s'est réveillée. Et Sérafima était toujours à genoux, elle… Maria lui a touché l'épaule – elle a vu que la femme était morte. Morte à genoux, les mains dans le dos, comme une condamnée… Les yeux ouverts. Son épaule était encore chaude… Comme si l'ange de la mort venait tout juste de mettre sa main dessus et de l'appeler par son prénom : Sérafima…

Maria a tout fait comme convenu. La marraine était légère… Grande elle était et là – devenue plus petite, oui, et légère en plus… Maria n'a pas pu déplier les genoux de Sérafima, alors elle l'a traînée jusqu'à la barque comme ça, oui, sur le côté. L'a tirée dedans et tout de même a réussi à déplier les bras de Sérafima et les a arrangés de sorte que le cadavre ait l'air d'une vieille femme endormie, mains en amande, près du visage.

Et puis elle s'est hissée elle aussi dans la barque, enfin… Pieds trempés ! Et l'eau ! Elle était bien froide, l'eau ! Glaciale à habiller les poissons, comme disait Sérafima… Sur les berges, la glace avait déjà saisi les feuilles mortes… Une fine couche comme du verre couvrait l'eau. La rivière respirait encore, mais sans bruit… Plus de clapotement. La Dvina s'endormait de plus en plus profond. Et les eaux étaient vides… Les poissons s'abritaient dans les profondeurs. Aucun mouvement à la surface. Rien. Juste les eaux grises, les eaux désertes… Aucune âme à pêcher…

Maria ramait tout doucement, sans faire de bruit… comme Sérafima lui avait appris. Avec une seule pagaie, oui. D'un côté, puis de l'autre. Sans sortir complètement la pagaie. Pas en creusant l'eau, surtout pas ! Mais en la coupant… D'un côté et puis de l'autre… Dans un étrange silence. Le fleuve en automne est une cathédrale sans plafond. L'homme sur le fleuve endormi parle bas comme dans une église vide. Tout lentement la barque glisse dans la brume. Et la brume se referme derrière elle. Aucune goutte ne tombe de la pagaie. Aucune goutte n'ose réveiller les eaux.

Un moment, Maria a sorti la pagaie et la barque continuait de glisser toute seule. Assise sur la poupe, la Petite touchait presque les pieds de Sérafima. Assise au pied du mystère... Pieds à pieds, la vivante et la morte... Et le visage fermé de Sérafima. Visage énigmatique... Le visage dont la clef a été jetée dans les eaux. Et devenue – poisson... Les mains, l'une sur l'autre... Debout elle était si grande, Sérafima ! Et là si petite – allongée... Une paisible petite vieille endormie.

Elle s'y repose jusqu'à maintenant, sur cette île. En attendant la fin des temps...

Et puis l'hiver est venu. Maria n'a pas pu revenir au village. Elle a décidé d'attendre le printemps. Elle pêchait sous la glace, oui, comme Sérafima lui avait appris. Perche, gardon et jeune sandre. L'hiver était rude, long et noir. Et lorsqu'il ne reste plus de farine ni de sel ni de thé, le printemps affamé commence à se réveiller. Ici, le printemps arrive rapide, de tous les côtés, avec le vent du sud dans la poche. Le redoux d'une semaine et la neige devient grise, elle fond, goutte, et la terre, ivre vivante, sort du tombeau...

La glace craque au milieu du fleuve. La Dvina brise la coquille comme un serpenteau brise l'œuf, se retourne dedans, et la glace se gonfle, s'anime comme la joue d'un enfant qui mange. Et puis la débâcle... Deux jours, trois... Une fois libéré, le fleuve s'étire, fait le dos rond, comme un chat, et les morceaux de glace se frottent aux berges. Rampent sur la terre ferme… S'y arrêtent et meurent. Une semaine et l'hiver est oublié…

Mars arrive… Maria pêche du brochet. Et la femelle du brochet, femelle pleine, se tapit dans l'ombre. Pour frayer… Immobile comme du bois mort dans les eaux troubles. Dans les eaux utérines du printemps. Et Maria, elle devine. Se détourne… Et puis regarde quand même. Et voit… Oui, comme une toute petite fumée sortir, envelopper la femelle. Les œufs nuagent dans l'eau glaciale et puis se déposent sur l'herbe. La fumée vivante s'accroche aux racines… S'anguille… Et le mâle, rapide, sort de nulle part comme un couteau ! Se met à trembler ! Vibre comme une corde ! Dans le nuage plein de vie ! La vie encore endormie… La féconde… La réveille ! Tourne en rond. Un chaman en extase ! Puis ralentit… Nage sur le flanc… Tremble plus fort. Se tord. Complètement épileptique ! Et puis se calme… Flotte. Nageoires détendues. Remonte à la surface… Lentement, comme paralysé. Et puis à fleur d'eau – ressuscite ! Épuisé… Un coup de nageoire… Encore un… Il creuse un trou dans l'eau… Oui. Pour replonger. Un coup de nageoire. Encore un et le voici – disparu…

Les oiseaux se mettent en couple. Hérons. Corbeaux. Mouettes… Pies et merles. Canards et oies sauvages… Tout se réveille. Terre et ciel. Champs, forêts et rivières. Et Maria regarde longuement un couple de corbeaux voler bas… Malaxer l'air lourdement. Et puis s'envoler en cierge ! Très haut ! Ensemble ! Voltigeant comme un seul oiseau coupé en deux ! Maria les regarde… S'accroche à ce couple. Et les corbeaux guident ses yeux. Les mènent au loin.

Oh, le printemps… Le cœur des fils de l'homme s'accroche à toi, comme l'œil humain à une plume qui tombe… La regarde… Regarde…

Et puis Maria est rentrée au village. Elle traînait sa patte dans la rue et les villageois ne la reconnaissaient pas. Se demandaient qui c'était. Une fille comme ça… Et puis lorsque Maria s'est arrêtée devant sa maison – ils ont compris qui c'était. Ah, Maria ! Ah Masha la patte d'ours !

Sa maison était devenue toute petite, ah oui, et puis toute penchée. Maria a voulu entrer mais la porte était coincée. Elle a fait le tour, pour voir par les fenêtres… Et les fenêtres lui ont paru toutes minuscules. L'izba était vide. Froide et hostile comme seule une maison abandonnée peut l'être.

Et au village, il ne restait pas grand monde. Quelques vieilles, oui, devenues encore plus vieilles… Maria a demandé : « Où sont les autres ? » Et les vieilles soupiraient : « Oh, la petite, la petite… Tous – partis vers le sud ! Il y a eu une famine, ma petite… Tous partis. Et nos fils, et ta mère et tes frères. Et personne n'est revenu… »

Tout le monde regardait Maria comme on regarde quelqu'un qui vient de rentrer d'un long voyage. Qui a tout vu. Et qui se réveille d'un étrange sommeil.

Une vieille lui a raconté comment tous étaient partis. Et puis pour ses frères et sa mère, aussi… Oui, tous les trois, ensemble… D'abord vers Arkhangelsk, et puis les trains, les trains, sûrement. La vieille a dit « Avant – il y avait des vendeurs de bottes ! Mais là, il n'y a que des vendeurs de froid aux pieds… ! » Elle était un peu folle, la vieille… Trois orteils sortaient de sa botte en feutre. Elle psalmodiait en larmichant : « Et du froid, ma petite, on en a à revendre ! Mais moi, je le donne à qui veut ! Pars d'ici ! Pars… Une semaine encore et il n'y aura que des marchands de faim ! » Elle psalmodiait toujours, la vieille. En remuant les orteils. La pauvre, ah oui, fadade recto verso…

Folle ou pas folle – elle avait raison. Après avoir mangé l'Ukraine et bu la Volga, la famine a commencé à loucher vers le nord.

Fadade ou pas fadade, c'est cette vieille qui a donné à Maria trois poissons séchés pour la route. « Regarde ma bouche – elle a dit. Même un nourrisson a plus de dents dedans ! Je te donne trois poissons. J'en ai encore un pour moi. Hé hé, je l'aurai à sucer pour dix ans ! Et une fois sous terre – je le sucerai encore… »

X

D'un train à l'autre, d'une gare à l'autre… Vers Tachkent. Ah oui, la ville au pain ! La ville où il n'y avait pas de faim. La ville chaude où on disait que les gens ne se cachent pas pour manger. Et cette ville qu'on reconnaît à l'odeur de pain frais qui vous accueille jour et nuit et vous mène jusqu'à la mie aussi blanche que les murs de la Jérusalem céleste.

Tout le peuple de la Volga y est venu. En train… Parfois à pied. Ceux qui marchaient – n'allaient pas loin, non… Finissaient toujours par s'allonger au bord des routes et ne plus bouger. D'autres, plus chanceux, et plus forts surtout, prenaient les trains d'assaut… Et puis s'écroulaient sur les toits des wagons ou dedans, wagons en bois, à bétail… Trains bondés, grappés d'affamés ! Enfants, adultes, femmes… Et les vieillards mouraient dans les trains tout doucement, apaisés de pouvoir s'endormir pour de bon sur la route vers la cité céleste aux murs faits de pain frais… Quand les trains s'arrêtaient, les plus costauds descendaient les cadavres et les fils, fermant les yeux de leur père, se signaient en cachette, et les couvraient de la terre du Sud, terre légère de la petite steppe, et remontaient dans les trains.

Les femmes cherchaient de l'eau, et leurs fils leur tendaient les mains. « Viens ! Cours, maman ! Encore un peu ! » Quand les mères, les yeux gros de peur, couraient en essayant de prendre le train en marche. Et abandonnant à la fin… Devenant de plus en plus petites.

Et les chants de la Volga… Les pêcheurs saouls qui venaient de se battre ! S'embrassent maintenant… En chantant ! À quatre pattes ! Hurlant comme des sourds ! Le train s'ébranle… Doum… boum ! Et puis se met à rouler… Tout doucement. Le vent fait courir la chanson… Et le chant prend le train en marche ! S'accroche ! « Oooh-ho-ho ! Fuis les villes comme la peste, mon fils ! Si tu ne peux pas être humble dans la foule – reviens ici ! Et sois orgueilleux, seul dans la steppe ! Fuis les villes, mon petit loup ! » Et puis encore « Oh-hoooo-ho ! » Et puis plus rien. Le train roule. Joyeusement. Ta-dam-ta-dam… Ta-dam-ta-dam…

Et puis la Grande Steppe… Kazakhstan… La chaleur ! Les odeurs inconnues… Les herbes maigres sous le vent brûlant, comme si les dieux de l'Asie avaient ouvert leur four vide. Et les cris des faucons crécerelles… « Kiou ! kiou ! » dans le ciel blême évanoui de chaleur. Les mirages des lacs dans le ciel… L'air tremblant.

Quand les trains s'arrêtaient en pleine steppe, les Kazakhs venaient. Habillés comme en hiver, ils sentaient le lait caillé. Ils vendaient du lait de brebis. Ces terres ne sentaient pas le pain. Oh que non… Elles sentaient le lait de jument, le lait de chamelle et la sueur aussi salée que la mer Morte. Et les chameaux au loin, ces bêtes jamais vues, immobiles comme des ruines. Personne n'ouvrait jamais la terre ici… Juste ces chameaux, oui, méditatifs, qui piétinaient le ventre dur de la steppe. Depuis les Mongoles. Sans cesse, sans cesse…

La steppe de l'Asie centrale… la Bactriane ! Et les yeux du Nord, dévorant la nuit, finissaient par se fermer. Les trains ralentissaient… On se réveillait. On se demandait : « Où on est ? » Et on entendait d'autres trains dans la steppe barrir amicalement, Touuuuu… Touuuu… Se répondant de loin au loin comme des frères éléphanteaux dans la nuit.

Et le matin ! C'est la mer… Oui, la mer ! La mer d'Aral ! On la contournait pour passer enfin en Ouzbékistan. À midi, on ne pouvait plus la regarder, la mer… La mer de mercure ! Les trains roulaient de l'autre côté de la nuit. De l'autre côté de la faim… Trains joyeux… Ils roulaient à portes ouvertes, rapides, tels des anges aux ailes repliées, fulgurants, tombant sur les cités orgueilleuses.

Jour et nuit, les portes des wagons étaient ouvertes sur le vent du désert… Vent rapide comme un saïga ! Chaleur sèche ! Et le sel sur les lèvres… la mer d'Aral… Et ses fils au loin ! Aveuglants ! Deux glaives au soleil ! L'Amou-Daria ! Et le Syr-Daria ! Fleuves soumis ! Fils pauvres… Et l'odeur du sable chaud… Le pourpre du soleil à travers les paupières des vivants et des morts. Comme avant. Oui. Comme à l'époque où l'homme n'avait pas encore mangé son frère…

Et enfin Tashkent… La Ville Promise a accueilli les affamés avec la poussière et la soif. Elle n'avait pas de murs faits de briques de pain, la ville… Oh que non… Elle n'avait pas de murs du tout. Poussière et soleil. Les tempêtes de sable rouge venant du désert. Kysyl-Koum ! Les eaux de l'Amou-Daria devenaient terreuses. Celui qui s'y abreuvait – vomissait de la glaise… Les eaux du Syr-Daria, près de Boukhara, reculaient devant le mur de sable. On ne voyait plus la ville. Et la ville s'était recroquevillée sur elle-même telle une feuille sèche jetée au feu.

C'est là, à Tachkent, que Maria s'est assise dos au mur d'une petite mosquée. C'est là qu'elle s'est mise à mendier. Tête couverte, oui. Elle a ramassé un manteau ouzbek, elle avait fait des trous dedans pour respirer et voir. Son énorme pied caché dans le sable chaud… Elle n'a trouvé ni sa mère ni ses frères. Ah non, c'est aussi facile que de trouver une graine de blé dans une tempête de sable… Morts sûrement, tous les trois. De faim, du typhus. Ou de la malaria, ah oui…

La voilà seule.

Les Ouzbeks se tenaient à distance. Et comment ! Toutes ces peuplades… Hordes jamais vues ! De la Volga ! De l'Ukraine ! Tous affamés. Les Bachkirs ! Les Oudmourtes ! Les Permiaks ! Les Mordves ! Les Tchouvaches ! Et tous – malades ! Le typhus et la malaria, bras dessus, bras dessous ! Tous – fous ! Les yeux vides… Et par-dessus tout – le choléra… Maria n'a jamais oublié ce que lui enseignait sa marraine. Méfie-toi de l'eau, comme un chat ébouillanté ! Fais-la bouillir ! Sinon – suce ta langue…

Quand la faim achève l'homme – il ne demande même pas de pain. Ne demande plus rien. L'indifférence totale. Oui. L'indifférence des mourants de faim. Et ils mouraient comme des petits oiseaux. Sans bruit. Comme ils étaient. Adossés aux murs… Sous les rares arbres. Maigres karagatchs… L'arbre noir de la faim. L'arbre sacré. Parfois même dos à dos… Père et fils. Mère et fille. Et puis l'un des deux tombé, l'autre tombait aussi. Tout lentement, comme l'homme qui s'endort. Chacun de son côté… Oui. Les yeux ouverts, et la bouche aussi s'ouvrait tout doucement. C'est comme ça qu'on distinguait les morts de ceux qui vivaient encore, silencieux, sans bouger.

Il y avait des vieux muslims qui, à trois ou à quatre, ramassaient les cadavres, les mettaient dans les charrettes, tapotaient les ânes et les bêtes, tiraient la charge vers le cimetière des Chet Elliclar. Cimetière des étrangers. On les enterrait en vrac, et on saupoudrait le charnier de chaux.

Maria a commencé à voir des choses… Bien étranges, oui. La neige qui tombait tout lentement autour d'elle. Et puis partout. Elle s'endormait, se réveillait au milieu de la neige, la neige sans froid, au contraire, elle apportait la chaleur, cette neige. Elle délirait tout doucement, la pauvre…

Mais elle a tenu. Oui. Il le fallait… Encore un peu. Et toujours plus. Il fallait tenir jusqu'à l'arrivée des pluies. On disait que les Rouges viendraient avec les pluies, après avoir écrasé les derniers Basmatchis dans les montagnes de Turkestan. Pour une fois, les rumeurs disaient vrai. Avec les premières pluies, les Rouges sont arrivés. Bien nourris… Leurs chevaux étaient brillants. Immenses, ils cachaient le soleil, les chevaux ! Et Maria ? Toujours assise au pied du mur… Mariée à un mur.

La plupart des cavaliers étaient Kirghizes. Ils faisaient le hach… Ils faisaient bouillir les os de mouton dans de grandes marmites. Des heures et des heures… Et puis ils jetaient dedans une poignée de lentilles. Après s'être assis autour de la marmite par dizaines, ils mangeaient la soupe, en silence, et puis récupéraient les osselets, les séchaient et les rangeaient dans leurs sacs. Et personne ne faisait attention à Maria. Un sac près du mur…

Et puis à un moment Maria s'est réveillée. Quelqu'un la traînait par les mains. Elle a voulu crier : « Je suis vivante ! », mais elle a juste toussé, et elle a entendu une voix dire en russe : « Eh bien, celle-ci est vivante ! » Et après… Après – c'était des ténèbres.

On lui versait de l'eau sur le visage. Longuement. Éternellement. Tout petit filet… Et puis elle a vu deux visages. D'abord flous, et puis nets. « Dis donc, elle s'accroche ! » a dit en russe un visage, et le filet d'eau s'est déplacé vers les lèvres de Maria. Elle a bu un peu. Et le filet a disparu. Elle s'est redressée. Elle a voulu dire quelque chose… Oui. Elle a juste dit : « Je suis russe… »

L'un des deux visages s'est penché plus près, et Maria a vu une petite croix qui se balançait sur son cou.

« Je suis chrétienne… » elle a dit. Le cavalier a caché sa croix. Maria n'a pas pu bien voir son visage…

Il portait le soleil sur son épaule. Il avait la voix d'un enfant… il sentait la sueur et le tabac.

Elle s'est mise à trembler… En pleurs. Elle sanglotait ! Tout ce qu'elle a vécu, tout ce qu'elle a enduré, avait creusé une fosse en elle… Oh que oui. Mais elle pleurait de joie… De grande joie ! Comme si deux vagues immenses en elle s'entrechoquaient ! Elle n'était plus enfant. L'enfant ne pleure pas de joie. Elle avait tout perdu. Seule désormais… Seule et vivante au creux de deux vagues. Celle de la joie et celle du chagrin… Le cavalier avait l'air d'avoir quatorze ans, lui. Et elle… En avait toujours quinze, oui, comme lui avait dit sa marraine.

C'est lui, ce gamin, qui l'a sauvée. C'est lui qui lui a rasé la tête dans une tchaïkhana. Et d'autres cavaliers, tous plus gamins les uns que les autres, venaient la voir, oui, et ils ne regardaient que son pied. C'est lui qui l'a épouillée, elle, et son manteau… Le typhus l'a épargnée. Oui. Toujours vivante…

Dans le désert lorsque l'homme médite son destin – il laisse couler le sable entre ses doigts. Dans le Nord – l'homme laisse tomber la neige. Que dire…

Et puis une nuit c'est lui qui a passé le manteau dans le feu trois fois, et encore trois, lentement, et l'a tenu un moment au-dessus des flammes, et elle, cachée dans un buisson, toute nue, regardait le manteau scintiller, crépitant lorsque les poux éclataient dans les flammes. Et le feu recrachait loin les poux explosés… Sans cesse, sans cesse.

C'est lui qui l'a mise dans le train du retour avec les blessés. Le petit cavalier lui a donné une poignée d'os de mouton. Dans le train, elle mettait la main dans le petit sac pour toucher les osselets comme on touche des reliques.

Elle s'endormait, se réveillait, se rendormait encore… Rêvant d'une marmite où l'eau vive bouillonnait, fraîche et sage, comme un enfant qui joue aux osselets faits des os de son père et de ses frères.

XI

Ce n'était pas un grand train, non, trois wagons. Mais des cris ! Et des pleurs… Une dizaine de gosses blessés… Les Basmatchis, acculés dans les montagnes Kopet-Dag, rusaient comme des loups. Habillés en bergers le jour, la nuit devenaient – loups. Descendaient vers les villages égorger les Rouges dans leurs casernes. Et repartaient dans les hauteurs.

L'homme s'habitue à tout, il paraît. Et Maria dormait bien au milieu des gémissements, des ronflements, des plaintes… Dans les odeurs du sang frais, qui sortait comme sur la neige sur les pansements sales, ces bandelettes de coton devenues des cordes encroûtées qu'une infirmière secouait juste comme pour faire tomber le vieux sang et puis les retournait et repansait les plaies. Elle murmurait : « Mêmes plaies, mêmes pansements… prie, mon petit, tout passera… »

Maria roulait vers le Nord. Son Nord bien-aimé. Elle voyait la Volga et ses eaux automnales. Déjà… Les eaux fatiguées comme du plomb froid… Le train s'est arrêté à Kazan. Maria n'a pas pu descendre. Une petite fille lui a tendu un morceau de pain noir et une tranche de lard fumé. Maria croyait rêver ! Elle a eu peur de prendre tout ça… Elle a eu peur de se réveiller. Ah que oui, combien de fois avait-elle rêvé qu'elle mangeait et s'était réveillée avec le ventre noué… La petite a grimpé dans le wagon et posé le tout près du pied de Maria. Et Maria, en découvrant sa tête, lui a souri, mais la petite… a reculé, épouvantée ! Et puis est repartie en courant, la fillette ! Comme si elle avait vu un démon !

Depuis combien de mois Maria n'avait-elle pas vu son propre visage…

Elle a caché le pain dans sa botte et le lard dans la manche du manteau que le jeune cavalier lui avait donné. Les blessés ne mangeaient pas. Ils réclamaient à boire, ah oui, surtout ça. L'infirmière disait : « Non, non… Il faut pas que tu boives ! » Mais ils pleuraient : « À boire… Juste une gorgée ! » Et l'infirmière cédait… Et puis la gorgée avalée – ils ne réclamaient plus rien.

Le train ne s'arrêtait que la nuit pour descendre les corps. Il y avait de plus en plus de place dans le wagon, mais Maria ne pouvait toujours pas manger en plein jour. Elle avait peur d'être vue en train de manger ! Surtout qu'on lui vole le pain. Elle suçait le lard la nuit, et, mordant dans le pain, s'efforçait de ne pas avaler, mais garder la bouchée le plus longtemps possible sur sa langue en frottant la bouillie contre le palais. Elle a découvert ses gencives presque nues. C'était agréable de les caresser avec la langue. Elle n'avait plus de molaires ni de prémolaires du bas…

Et puis elle s'est retrouvée toute seule dans le wagon. Le train s'arrêtait, personne n'ouvrait plus les portes... Et le train repartait, roulait de plus en plus vite, toudoum-toudoum, toudoum-toudoum, et Maria, bercée, ne savait plus dans quel monde elle était.

Et puis un soir quelqu'un a ouvert les portes. Elle a entendu : « Hé ! Il y a quelqu'un de vivant ?! » Silence. Et puis encore : « Hé ho ! Y a quelqu'un ?! »

Maria a bougé un peu. L'homme s'est hissé dans le wagon, puis a poussé les portes à gauche et à droite, pour mieux voir. Et il a vu. C'est lui qui a porté Maria à la gare. Très étonné, il a pensé que c'était un garçon, mais non, une fille, très surpris. Gêné, même. Et Maria, les yeux fermés, souriait à droite, à gauche, ne comprenant pas si elle était morte ou vivante.

Elle a lu sur le fronton de la gare : « Yaroslavl ».

On l'a soignée un mois à l'hôpital près de la gare. Après l'avoir retapée un peu, l'infirmière lui a dit que la famine était terminée, et qu'il y avait du travail à l'hosto. Balayer, apporter de l'eau aux malades, tout ça... « Tu vois, Maria, c'est pas compliqué, l'eau à apporter et balayer les chambres... Reste ici. Où irais-tu ? L'hiver nous pend au nez... »

Elle était heureuse, la Petite. Oui. Elle était au chaud. Elle mangeait trois fois par jour. Et puis elle chantait pour les malades. Elle a appris quelques chansons et les chantait, surtout lorsque la radio tombait en panne. Les infirmières riaient un peu d'elle, derrière son dos, mais pas méchantes, non, juste disaient : « La pauvre... Elle chante pas, elle mâchouille les chansons... » Ah les infirmières ! Elles ne mâchent pas leurs mots, elles. Elles les sucent ! Surtout pour les jeunes hommes malades…

C'est la première fois qu'en écoutant la radio Maria a entendu ces mots : « Les ennemis du peuple. » Et ces mots-là revenaient de plus en plus souvent. Les malades à les entendre s'animaient, se mettaient à crier même… Oui, même les mourants ! « À mort ! Sales traîtres ! Tous à fusiller ! »

Maria préférait balayer trois fois la même salle que de les entendre hurler.

Elle ne sortait pas en ville. Parfois, elle allait chercher du lait dans un village à côté. Non, pas toute seule, avec un vieux cul-de-jatte dans sa charrette. Il était très adroit, ce bonhomme ! Bien raccourci, mais agile comme un singe ! Hop et il se hissait dans la charrette ! Hop et la charrette partait ! Hop et il se roulait une cigarette, en tenant les rênes entre les dents. Et le cheval, ah, il connaissait la suite. Et puis cibiche au bec, Alexandre le samovar secouait les rênes. « Eh bien, ma belle ! En avant, ma peste bien-aimée ! Hop-hop et sans rouspétance ! »

Il prenait toujours la défense de Maria auprès des infirmières. Même les vieilles, il les appelait « mes petites ». « Allez, mes petites… Arrêtez d'embêter Mashoutka ! Vous avez toutes le cœur en or… Pourquoi l'enterrer si profond, ah ? » Et les « petites » répondaient du tac au tac : « Oh, le samovar ! On t'a raccourci, toi, mais pas ta langue ! » Et lui riait : « Quoi, ma langue ! Venez tâter le samovar ! Chacune trouvera le bec à sa tasse ! » Et les « petites » crachaient par terre, indignées et joyeuses… Elles tenaient à leur samovar, ça se voyait ! Comme des reines mères à leur jeune bouffon.

Et puis dans les villages, rien n'a changé. Le jour du marché, les gens continuaient à vendre. À acheter. À marchander. Et chez eux – à boire. À manger. Les jeunes chantaient en se tenant par la main, se promenaient le soir. Se mariaient. Les enfants naissaient et les vieux mouraient. Les femmes en cachette allaient aux cimetières pour pleurer un peu sur les tombes de leurs morts. Versaient un peu de vodka sur le tertre, posaient un verre d'eau et mettaient une tranche de pain par-dessus. Ah oui, fini la famine… Même pour les morts. Surtout ! Et les corbeaux s'envolaient en attendant que les femmes partent. Et puis se posaient sur les tombes pour festoyer.

Les premiers froids venus, on a confié à Maria le poêle à bois. Elle en était ravie. Ravie ! Seule devant le feu… Surtout le matin. Seule ? Mais on n'est jamais seul devant le feu. Jamais-jamais ! Même dans la solitude parfaite, cosmique, galactique – on n'est jamais seul avec le feu. Le feu ramasse l'âme… Plus loin – c'est un mystère.

Maria pouvait rester des heures devant le poêle. S'oubliait absolument. Et le feu parlait à Maria. Elle pouvait tout lui dire. Ou rien dire… Devant le feu elle pouvait tout penser. Oui. Il comprenait tout, le feu. D'une allumette ! Une petite flamme ! Mais d'abord elle lui préparait le nid, comme pour un oisillon. Du tout petit bois, des brindilles, et au centre du nid des lamelles d'un vieux journal. Et puis d'un coup sec d'allumette – il était là, l'oisillon de feu ! Tout bleu d'abord, frémissant comme s'il avait froid, le feu nouveau-né, et puis il grandissait, tout – caresse, le feu-enfant… Et puis il se déployait, embrasait le nid, et plus il prenait la place, plus Maria s'écartait, souriante. Tenant une bûche dans ses bras, comme une mère tient son nouveau-né…

Et le soir – il fallait que le feu meure. Maria ne voulait pas le tuer. Mais il le fallait. Elle attendait qu'il meure tout seul, mais il ne mourait pas, toujours pas… Vibrait toujours. Se cachait sous les cendres… Et puis resurgissait… Sans cesse, sans cesse.

Elle fermait le poêle. Et le lendemain – le nid du feu était toujours chaud.

Parfois Alexandre le cul-de-jatte venait près du feu aussi. Maria accroupie, et lui, debout. « Je t'aime bien, ma petite, on est de même taille comme ça, ah ? Près du feu… » Et Maria ne savait pas s'il riait ou pas. Il demandait pourquoi elle aimait le feu comme ça. Elle répondait : « Mais tout le monde aime le feu, non ? » Et l'autre insistait : « Toute la journée – devant ! Tu as plein de trucs à faire… »

Un jour Maria lui a dit que sa marraine, Sérafima, lui avait enseigné que la prière ramasse l'âme. « Le feu aussi ramasse l'âme », a dit Maria à Alexandre. Et Alexandre s'est étonné : « Eh bien… En Crimée, lorsque je me suis battu contre Wrangel, le feu nous ramassait pas ! Ah, du tout ! Il nous dispersait plutôt, le feu ! Hé, hé, regarde-moi ! Un obus et me voici, pas grand-chose à ramasser ! »

Ils restaient souvent près du feu, elle-lui. Et puis Maria se relevait enfin pour aller balayer. Et Alexandre partait lui aussi, roulant à côté un moment. En marmonnant : « Je te donne pas la main, maman ! Ah ça ! Tu peux courir ! Jamais ! » Et ils rigolaient tous les deux. Deux infirmes, chacun de son côté, ça – oui, mais du même ravin… Elle-lui.

XII

Un jour Alexandre, l'air sérieux-sérieux, préoccupé-préoccupé, lui a dit : « On m'appelle Alexandre le samovar, tout le monde me connaît… Et toi, on t'appelle – Maria. Mais tu n'as pas de papiers. Aucun ! Rien ! Et maintenant, oh-ho-ho ! Même pour traire sa propre vache – on doit lui présenter ses papiers… Je ris pas ! Par les temps qui courent, je serais obligé de présenter mon passeport à mon cheval ! Tu vois ?! Vois un peu… Allez, montre-moi un bout de papier où c'est marqué "Maria"… Date de naissance, tout ça… Tu n'as rien. Mais rien ! Tu es d'où toi ?! » Il ne rigolait pas vraiment, lui.

Maria disait : « Je suis du Nord. » Toujours la même chose. « Je m'appelle Maria. Je suis du Nord… »

Alexandre ne lâchait pas, ah, du tout ! « Il faut que tu retournes dans ton Nord, Petite. Maria la patte d'ours, ou de loup, ou de blaireau – ce n'est pas une adresse ! Il faut un papier maintenant… Village pas village, caverne ou nid ! Avant-hier, j'ai vu un vieux renard en pleurs, mais en pleurs ! des larmes comme ça ! Et pourquoi ? Ah, parce que sa vieille renarde ne le laissait plus entrer dans la tanière ! Du jour au lendemain ! Toc-toc et rien ! Gratte ou pas – fermée à double tour ! Mais oui, le vieux renard a perdu son passeport ! Ho ! Voilà quoi… C'est fini les vadrouilles ! Par-ci, par-là – fini ! Je te dis ça pour ton bien… » Il délirait, mais oui, et pourtant il avait raison, l'homme samovar. Et puis encore et encore… Jour après jour. Mi-rire, mi-délire, jusqu'à ce qu'elle se décide enfin.

Et pourtant elle était bien à Yaroslavl. Elle ne dérangeait personne. Plus discrète qu'un chat errant. Et puis les gens l'aimaient bien… Oui, surtout quand la radio tombait en panne. Et personne n'a jamais demandé ses papiers. Quels papiers ?! Il suffisait de regarder son pied… Sa façon de marcher. Boitant péniblement… Et puis timide à elle seule pour quatre infirmes ! Quel passeport encore ?! Que diable irait-elle chercher dans le Nord ?! Et puis avec quel argent ?! Et puis le billet… Et le hic des hics – c'est qu'il fallait un papier pour voyager ! Tout ça c'est d'un compliqué…

Obstacle sur obstacle, et comment, mais tout le monde s'y est mis ! Même le médecin, même lui ! Il était de Leningrad, lui. On pouvait plus l'arrêter ! « Oh, Leningrad ! » Leningrad, ceci ! Leningrad, cela ! « La plus belle ville au moooonde ! Vas-y ! Si je pouvais y revenir, moi… Et puis là-bas, ils vont te soigner la patte ! » Et ses yeux devenaient rouges ! Et puis les infirmières aussi ! « Leningrad, pas Leningrad, il faut que tu partes, la Petite ! Tu pourriras ici ! Regarde-nous ! Moi, par exemple, si je pouvais, mais si je pouvais… Je voyagerais ! J'aurais tout vu ! La Russie est grande ! Et puis – ailleurs ! Je n'ai pas peur, moi ! » Et puis les autres aussi… Tout le monde. En chœur et en solo ! « Vas-y ! Tu es jeune ! Vas-y pour nous ! » Même les malades ! Ah ça ! Même les agonisants… « Vas-y, petite ! Si je suis sur pattes demain – je voyagerai ! Si je m'en sors – j'irai même à l'étranger ! Je montrerai aux impérialistes par quel trou nous sommes faits, nous ! Je voyagerai ! Pas à réfléchir ! Vas-y, toi ! Va ! »

Ça a pris vraiment un tour… Ils se sont tous cotisés pour le billet. Mais oui ! Tous ! Et pour le vêtement. Et le médecin a écrit une lettre à un autre médecin qui, lui, le chanceux, habitait Leningrad la Bienheureuse. « Tu lui remettras la lettre en mains propres. Ça va te servir de papiers au cas où… »

Maria ne savait pas quoi penser ni par quel œil voir toute cette affaire. Prise comme dans un ouragan. Que faire ?! Ils la poussaient à partir. Gentiment, oui-oui, mais fermement… Tous et chacun. Et chacun ne lui voulait que du bien…

Et puis c'est plus facile d'échapper à la vérole à Sodome qu'aux gens qui vous veulent du bien… Ça – oui, oh que oui ! Résister ?! Allez-y. Bon courage. Et puis on verra, comme disent les aveugles…

Et le voilà, le jour du départ. Ils ont réveillé Maria très tôt. Venus tous, et solennels, ils se sont mis à l'habiller, oui, bien lentement, comme pour le mariage. Chacun y a mis du sien. Une paire de bottes en feutre, neuves, grises, sentant encore le mouton. Un manteau vert, un peu grand, mais bien chaud. Raccommodé exprès pour Maria par les soins d'une infirmière. Un fichu rouge. Offert par une factrice. Une paire de chaussettes. Tricotées par la sœur d'un malade.

Une paire de moufles. Tricotées par une vieille caissière de la gare. Et la voilà – endimanchée pour le lundi du départ… Il neigeait petitement.

Tout le monde est venu à la gare pour lui dire adieu. Et pour s'assurer qu'elle parte. Peut-être bien. Oui, sûrement… Les femmes de l'hôpital s'essuyaient les yeux. Quelqu'un a mis Alexandre le cul-de-jatte sur son cheval… En cavalier. Il était fier comme Napoléon, lui ! Quelques malades, blafards comme des champignons, têtes découvertes, se soutenaient les uns les autres, et le train faisait Pffhhou, Pfffouou comme une bête impatiente. Un vrai train « de gens », pas à bétail. Qu'il sentait bon, le train ! La créosote. Le voyage. Un autre monde. Le médecin a aidé Maria à grimper dans le wagon. S'y est hissé aussi pour voir le contrôleur. Lui a donné le billet et encore un bout de papier. Lui a parlé aussi, mais avec le Pfffouou, Pfffouou du train – on n'a rien entendu. On a vu juste que les deux discutaient, sérieux, et puis le contrôleur a ri, et puis ils se sont serré la main. On a entendu le contrôleur dire : « Oui, oui… Ne vous en faites pas, camarade… » Et le médecin a sauté du wagon. D'un coup, il a eu l'air jeune. D'un saut ! Ça l'a bien rajeuni, tout ça.

Et puis tout le monde en bas s'est mis à regarder, mais où est Maria ?! À quelle fenêtre ?! Et puis ouf, ils l'ont vue. Déjà assise. Son fichu rouge encore sur la tête. Le médecin lui a fait le signe de retirer le fichu. Elle a compris. L'a retiré. Et le train s'est ébranlé. Une fois… Deux. Les wagons se sont cognés les uns contre les autres, de loin, en écho. Sur le quai tout le monde s'est mis à s'agiter, à gesticuler… « Au revoir, Maria ! Adieu, la Petite ! Bon voyage ! » Maria ne les entendait pas, juste les bouches qui s'ouvraient, et surtout les visages, oui, ces visages tout à fait spéciaux que les gens ont lorsque quelqu'un part… Comme s'ils retenaient leur souffle. Comme si leur âme se mettait sur la pointe des pieds… Ah oui, carrément. Et puis ça passe…

Maria regardait le quai partir, et eux, sur le quai marchaient un peu dans le sens du train, tête levée, comme si le train allait s'envoler, puis le train a sifflé, comme pour dire adieu, et puis – c'est fini…

Le quai parti, les petites maisons s'éloignaient de plus en plus vite, et puis les routes, les arbres, encore et encore… La ville finie, sont venus les champs enneigés, et le train a pris de la vitesse. Roulait, bien sérieux et pensif dans les champs blanchis… Juste un arbre au loin. Une maisonnette… Et encore des champs… À s'endormir les yeux ouverts.

Le contrôleur avait le visage d'un triste cheval. Un percheron revenu de tout… Il parlait à une vieille qui ne trouvait pas sa place et, à un moment, il a enlevé sa casquette. Maria a sursauté ! Et la vieille a soufflé : « Ah ! » Il était chauve, mais absolument chauve, le contrôleur ! Pas un poil sur le caillou ! Maria n'a jamais vu un homme chauve comme ça ! Dont le crâne poli brillait ! Et comment ! À pouvoir lire à côté de lui le journal même au petit clair de lune ! Et l'homme lui a paru d'un coup avoir un visage immense. Il a compris, et, se tapotant le crâne, comme on tapote la croupe d'un cheval, « Brave bête, brave bête », il a expliqué en s'adressant à Maria et à la vieille qu'un homme qui a perdu tous ses cheveux retrouve son front doublé.

Maria n'en croyait pas ses yeux ! La vieille s'est signée furtivement. Elle n'a plus cherché sa place… Et puis l'homme a remis sa casquette. Et tout est entré dans l'ordre.

Oh, les trains… C'est un monde ! Ah oui, et un monde qui roule. Deux jours… Trois. Un monde qui se tait d'abord. Bonjour-bonjour et c'est tout, juste Toudoum-toudoum… Toudoum-toudoum… Et tous les yeux – vers la fenêtre. Et puis un virage. Le train se penche. Une grosse à côté vous écrase. Tout le monde sourit. La grosse aussi, et vous aussi. Le train se penche de l'autre côté. Vous écrasez la grosse. Et tout le monde rit. Surtout la grosse. Et bah, c'est parti, des conversations à n'en plus finir…

Oui, c'est un monde. Et quel monde ! Surtout le train qui s'arrête à chaque poteau comme un chien. Les gosses d'abord sages, assis, pattounes comme ça. Oui, coincés entre leur grand-mère et un monsieur à lunettes qui lit un journal. Cinq minutes de sagesse et c'est fini. Pipi ! Baba, j'ai chaud ! Ça me gratte ici, baba ! Non, pas ici ! Ici ! Et nia-nia-nia, et co-co-co ! Et puis ça y est, les gosses, une fois décoincés – intenables ! incoinçables ! Se déchaînent dans le couloir ! Et les babouchkas soupirent soulagées. Et toujours aux aguets…

C'est un monde, le train ! Venez ici, venez voir en été, en hiver. Vous verrez trente mille choses, et dehors, et dedans surtout… Venez et voyez. En été, en août, prenez celui de Tashkent-Moscou. Vous verrez les Ouzbeks voyager avec leurs melons ! Cinq ou six parfois ! Toute une famille de melons ! Et quels melons ! De vraies bombes ! Et ils les ouvrent devant vous ! Vous tendent une tranche : « Salam ! Goûtez-moi ça… *Nakchtala* ! » La chair rose ! Et même si vous n'avez qu'une seule dent – prenez une tranche ! Prenez et mordez vite dedans… Ça fond, hein ?! Pardi ! Et puis un autre Ouzbek, jaloux un peu, vous vante son melon ! « Encore une tranche ? Allez, encore une ! *Khabadi dar*… » Et puis sort un couteau de sa manche, serre le melon contre son ventre, et les yeux fermés, et tout lentement, comme s'il jouait du violoncelle, ouvre le melon avec son couteau. Et le melon s'ouvre comme l'aube. Et les abeilles, venues de nulle part – nuagent à cette aube de la chair… Même le soir, même le soir ! Les abeilles passent d'un melon à l'autre, folles ivres. D'une tranche de l'aube à l'autre…

Et si vous prenez le train Astrakhan-Moscou, vous aurez les pastèques. Tigrées comme pas permis ! Et la chair, oh la chair… Froide et vermeille comme un matin de chasse. Et les pépins gros et noirs comme des boutons ! Ils partent tout seuls de la tranche ! Ou on les dévisse avec un couteau, tout doucement… Et ils tombent sur le papier journal. Stok, Stok… Comme de grosses lettres.

Et le samovar – j'en parle même pas. Dans chaque train au bout du couloir. Et une vieille, responsable de le maintenir en rut jour et nuit, oui, et souvent grosse, et quand je dis grosse, c'est que parfois c'est plus facile de sauter par-dessus elle que de la contourner. Elle est toujours là. Féroce tonneau au cœur de midinette. En hiver – sur le samovar. En été – à côté… Jamais un mot doux. Jamais bonjour. Bougonne-née. Mais restez près d'elle. Vous ne connaîtrez jamais ni la faim ni la soif.

Et si vous prenez le train Karaganda-Moscou... Ah là – c'est l'odeur du saumon fumé qui vous réveillera la nuit. À Syzran. Les pêcheurs sur le quai crient : « Sauooomon fumé à chaud ! » mais pas trop fort, non. « Fuuuuumé saumon, bien chauoood ! » Et quelques passagers descendent. Se dégourdissent les jambes, fument... Achètent un saumon entier, enveloppé dans du papier journal, et remontent à bord du train. Ne vous inquiétez pas, ça ne tache pas... J'ai essayé. Oui, dans mes steppes. Dans une autre vie... Quand mes morts étaient bien plus vieux que moi. Bientôt – je les aurai rattrapés tous...

XIII

Le contrôleur a dit à Maria que le terminus c'est Novgorod. Novgorod la Grande. Après il faut changer de train, pour aller à Leningrad. Mais c'est pas loin, pas loin ! Oh, les Russes… Rien n'est loin pour eux ! Rien. Mexico ? C'est la porte à côté. Vladivostok ? Le temps de griller une clope. Alaska ? Mais c'est à pied par le détroit de Béring ! Et à la nage en été ! Mais en train, mais en train, de Yaroslavl à Novgorod – deux jours, deux nuits. Même un vieux corbeau ferait ça en cinq heures, lui ! Et sans escale, lui. Mais non, deux jours, deux nuits, et encore ! S'il n'y a pas de congères sur la voie. Alors là… Tous les hommes valides descendent. Pelles en bois. Et c'est parti pour quatre heures, en rigolant, et fumant… Tous contents de se dégourdir ! Et personne n'est pressé à part la locomotive, dont les naseaux font « Pfouou pfououou » d'impatience.

Et voilà, enfin – le matin à Novgorod… Le train ralentit. On passe le pont. Les eaux de la Volkhov sont noires-noires sous la neige, et les petits bateaux se dépêchent de rentrer. Se précipitent comme des canetons ! à toute allure ! apeurés ! On dirait – des petits moines dans le monastère où l'hégoumène est en rogne.

Novgorod la Blanche. Novgorod la Grande. La ville aux mille églises. La ville aux murs blancs comme neige. Eh bien… Ils étaient gris ses murs. Des draps sales, ses murs. Et les églises aux coupoles d'or – décapitées pour la plupart. Telles des cheminées sous le ciel, sans feux, ni fumée. Le feu de leurs iconostases ne chauffait plus les yeux. Monastère de Saint-Antoine. Vide. Cathédrale de la Nativité de la Vierge. Vide. Cathédrale du Signe. Vide. Monastère de Peryn. Vide. Église de Saint-Basile. Vide. Église des Saintes-Femmes, où Ivan le Terrible gardait ses sous – vide. Et la cathédrale Sainte-Sophie… La plus vieille de Novgorod, la plus blanche ! Non, elle était ouverte. Oui, et… bien vide. Et sur sa croix – toujours ce pigeon de pierre. On raconte ici qu'à l'époque où Ivan le Terrible massacrait la ville, un pigeon s'était posé sur la croix de Sainte-Sophie. Et lorsqu'il avait regardé la ville… Lorsqu'il avait vu les ruisseaux de sang couler dans la ville vers le Volkhov – il était changé en pierre, l'oiseau. Et s'y repose pour toujours. Et la cathédrale Saint-Nicolas ? Ouverte. Devenue un musée où l'on pouvait prier.

Maria a pris un thé au buffet de la gare. Pour la première fois de sa vie, elle a acheté quelque chose. Le médecin de Yaroslavl lui avait donné un peu d'argent, et puis le contrôleur aussi. Une vieille infirmière lui avait appris comment on cache les sous. Dans un mouchoir, oui, et puis on fait un nœud, à l'ancienne, et puis le tour est joué. Le porte-monnaie des pauvres… Elle n'a pas pu desserrer le nœud toute seule et elle a tendu toute la bourse à la vendeuse au buffet. La dame a défait le nœud. Pris quelques kopecks, et demandé à Maria où elle allait. Maria a dit : « À Leningrad. » Puis la dame a refait le nœud, mais sans le serrer trop. « Je le serre pas trop, d'accord ? » – elle a dit. Et puis a tendu à Maria un verre de thé. « C'est très chaud, vas-y doucement, ah ? Tu as le temps a dit la dame –, ton train part dans trois heures. » Elle a aussi dit qu'il lui reste un peu de pain sec, c'est bon avec le thé. Et Maria s'est installée sur un banc, loin des courants d'air, mais pas loin du buffet. Elle buvait son thé et jetait de temps en temps un coup d'œil sur la dame. « Ton train est à quinze heures » – lui a dit la dame. Et puis elle a compris que Maria ne savait pas lire l'heure. « Je te dirai quand il faut y aller… – l'a rassurée la dame –, il partira d'ici, tu vois le quai en face… C'est là, oui. Tu as le billet, hein ? » Oui, Maria avait le billet.

Elle a observé un moment trois hommes en uniforme. Ils avaient l'air absents, oui, et des yeux de chiens de chasse qui hument l'air. La dame lui a expliqué que c'était la police. Qu'ils chopent les gamins sans parents. Et Maria a eu très peur.

Elle n'a pas pu bouger, et puis ouf, ils sont sortis de la gare, les chiens en uniforme… Alors après avoir bu son thé, Maria s'est blottie carrément contre le comptoir de la dame et celle-ci a souri, sûrement compris, et puis s'est mise à expliquer à Maria comment lire l'heure. Les chiffres, les aiguilles, la petite et la grosse… Et puis les gens sont venus au buffet. Du coup, la dame n'a pas eu le temps de parler de cette aiguille longue qui n'arrêtait pas de faire Tik-Tak… Cachée derrière la foule devant son comptoir la dame a crié à Maria : « Allez, vas-y, ton train est à quai ! Pour les minutes – la prochaine fois… »

XIV

Qu'elle était belle, cette ville ! Et si grande ! Si grande ! Et le soleil à se coudre l'œil ! C'est ça – Leningrad ?! Même un crapaud aux yeux les plus écarquillés au monde ne pourrait pas la voir en entier, cette ville ! Et les palais ! À se laisser pousser encore une paire de jambes pour tout visiter ! Et le ciel ! À vendre deux oreilles pour acheter un œil en plus ! Et les odeurs ! Inconnues. Et les quais ! Hallucinants. Et les bêtes en pierre sur les quais ! Grosses comme ça ! Mi-femmes mi-lionnes ! Couleur de viande, en plus ! Comme écorchées ! Et la Neva surtout… Une rivière dans la ville, carrément ! Mais docile… Pas dans la glace encore. Lèche la pierre. Splach… Splach… Se lèche les babines. Et surtout, très surtout, personne ne vous fixe ! Comme dans un rêve. Personne ne regarde personne. Pur rêve ! Personne ne se bonjoure ! Un vrai cauchemar. Les foules rentrent l'une dans l'autre comme font les doigts d'une main dans ceux de l'autre ! Pire songe ! Et passent, mais oui, comme si de rien n'était ! Du jamais-vu ! C'est ça, la grande ville… Un majestueux cauchemar !

Ah, Maria en était renversée, mais complètement. Tout yeux ! Oublieuse de respirer. Elle se demandait mais comment ils font, tous ces gens-là, pour se dire – bonjour ? À droite, à gauche, devant, derrière ! Cela doit prendre mille ans, ça ! Bonjourer ceux que tu rencontres… Ah, pas du tout… Du tout ! Pas une minute ! Un signe de tête et c'est tout. C'est ça la ville… Tous aveugles-muets ! Mais comment ils font…

Elle a pris tout son courage par la main avant d'aborder un passant. Elle a tendu un bout de papier avec l'adresse de l'hôpital. Oui, l'hôpital où l'on guérirait son pied comme lui avait promis le médecin de Yaroslavl. Un passant, puis deux… Et le troisième a dit qu'il connaît l'hôpital. L'hôpital militaire. Il a ajouté qu'il faut prendre le tramway. Non, c'est pas loin… Tramway numéro 5. Il s'est mis à compter les arrêts dans sa tête. « J'ai oublié… Il vaut mieux que tu demandes dans le tramway… » Maria l'a remercié. L'arrêt est là-bas – dit l'homme en pointant du doigt une foule. Maria l'a remercié encore, en s'inclinant, et la voilà de nouveau seule.

Elle a traversé la place devant la gare. Péniblement. Les yeux à terre. Tant de rails ! Avec un pied comme ça… Les yeux levés – plus de foule. Et le tramway s'éloignait en grinçant…

Elle s'est mise à attendre. Elle était d'abord toute seule. Puis un jeune homme grand et maigre est arrivé à côté d'elle et s'est mis à attendre lui aussi. La mère de Maria lui disait que dans les grandes villes tous les jeunes hommes maigres – sont des étudiants. Maria a pris son courage à la gorge et a demandé à ce jeune homme si c'était bien là qu'il fallait attendre le tramway numéro 5. Il a répondu « Oui » sans la regarder. Maria l'a remercié, et encore en s'inclinant… Oui, à l'ancienne… Profondément. Et puis délurée, presque joueuse, a demandé s'il était étudiant. Le jeune homme s'est étonné et a répondu que oui, et puis a dit : « Pourquoi !? », et Maria, intimidée d'un coup, lui a répété ce que sa mère lui avait dit à propos des jeunes hommes maigres dans les grandes villes. Il a ri, et puis a dit quelque chose, mais Maria n'a pas compris, un tramway arrivait de loin, en faisant Gling ! Gling ! comme s'il carillonnait… L'étudiant est monté dedans. Et le tramway est reparti, toujours en carillonnant.

Les tramways arrivaient de tous les côtés ! Elle en a vu un qui venait tout doucement. C'était une femme qui conduisait ! Une femme ! Oui ! Jeune femme ! Presque une fille ! Et très souriante ! Et comment ! D'une oreille à l'autre ! Maria a déjà vu des gens bayer aux corneilles, ça – oui, mais sourire aux gencives – jamais ! le fichu vermeil sur la tête… Mais noué autrement… Sur la nuque. Et Maria, furtivement, a défait le nœud sous le menton de son vieux fichu, puis l'a remis et noué sur la nuque. Oui, comme cette jeune déesse qui conduisait, victorieuse, son char.

Parfois le tramway en rencontrait un autre… Et faisait Gling ! Gling ! Et l'autre répondait ! Carillonnant ! Comme deux églises à roulettes, ces chars divins se disaient bonjour ! Les déesses se saluaient ! Et à chaque carillon, Maria avait le goût du cuivre dans la bouche… Comme lorsqu'elle avait vu pour la première fois les coupoles en or de l'église des Douze-Apôtres-sur-les-Abîmes… À Novgorod. Petites coupoles… Têtes blondes du Nord… Arrosées de soleil.

Elle connaissait bien, les trains, oh que oui ! Les trains de la famine ! Dans la steppe… Mais ils étaient silencieux, les trains de la faim… Se bonjouraient tristement ! Roulaient graves, comme en deuil. Portes ouvertes parfois… Comme des trous noirs. Et au fond – les yeux de la faim, immenses… Brillaient avant de se clore.

Maria, en se rappelant qu'il faut prendre le tramway numéro 5, s'est mise à les compter, à voix haute, en attendant que le cinquième arrive. Un autre arrivait. Donc deuxième. Puis un autre… Troisième. Le vent s'est mis à souffler. Maria a eu froid à la tête. Depuis Tashkent, elle a bien regretté ses cheveux, ses nattes… Heureusement, il y avait des gens autour… Il paraît que lorsqu'on n'est pas seul dans la rue, on a l'impression qu'il fait moins froid.

Puis un autre tramway. La foule en descendait, et l'autre foule y montait. Une dame bien mise, long manteau, béret, observait Maria compter les trams. Elle a dit, mais pourquoi tu les comptes ? Maria a expliqué. La dame a ri. Elle avait de belles dents, elle ! Et puis elle a dit : « Jeune fille, tu dois prendre le tramway qui à son front a le chiffre 5, c'est tout ! Et encore, ce n'est pas le 36 ! Tu serais restée toute la journée à les compter… Regarde le front du tramway. »

Maria n'a même pas eu le temps de la remercier. Un tramway est arrivé. La dame aux belles dents a sauté dedans. Que de découvertes ! Maria en était épuisée… Et puis enfin son tramway est arrivé. Elle a eu peur de monter… Mais les gens derrière l'ont poussée. Soulevée presque ! À l'intérieur, serrée de tous les côtés, elle a paniqué d'abord. Ah oui ! Et puis elle a vu, tout près, le dos de la conductrice… Encore une femme ! Encore une qui conduisait cet engin. La conductrice s'est retournée un moment, criant : « Allez ! On se serre un peu ! Hé ho, derrière ! On rentre les joues ! » Et puis le tramway a fait Gling ! Gliiiing ! Et a commencé à rouler… Tout doucement au début. Et de plus en plus vite ! En faisant Griiiing dans les virages ! La conductrice annonçait les arrêts… Et une petite, toute petite fillette, quelque part à côté de Maria, répétait le nom des arrêts.

Petit à petit, le tramway s'est vidé. Maria a demandé à la dame qui le conduisait où se trouvait l'hôpital militaire. « Je te dirai » – a répondu la femme sans se retourner.

Une fois descendue, Maria a fait un signe d'adieu à la conductrice avec sa main. Mais celle-ci n'a pas vu. Et Maria en était attristée un peu, mais pas longtemps. Devant elle se dressait un grand immeuble. Très large. Et un escalier en pierre qui menait vers une grande porte. C'est ça, la ville… Des escaliers et des portes.

À l'accueil, une dame bien mise elle aussi, mais l'air d'avoir mal aux dents, lui a demandé ce qu'elle cherchait. Maria a tendu la lettre que le médecin de Yaroslavl lui avait donnée. La dame a ouvert la lettre, ses yeux l'ont parcourue et Maria en était admirative. La dame lisait si vite ! Et sans la bouche en plus…

« Attends ici – lui a dit la dame. Ne bouge pas… Assieds-toi. Je reviens. » Maria s'est assise sur un banc. La ville… La ville. Un rêve plein de portes, d'escaliers, un cauchemar où il faut attendre, attendre, attendre… Elle a commencé à avoir faim.

Une femme en blouse blanche passait. Mais pas celle de l'accueil. Elle s'est arrêtée un moment, puis est revenue vers Maria et lui a demandé ce qu'elle faisait ici. Maria a expliqué, encore une fois, et puis a tendu pour la troisième fois ce bout de papier avec le nom du médecin de Yaroslavl. La dame l'a pris, l'a lu et a levé les yeux sur Maria. Les yeux sévères, oui, mais pas méchants. Elle s'est penchée vers la jeunette et lui a dit tout bas : « Il faut que tu partes d'ici. » L'angoisse ! Maria a demandé : « Mais pourquoi ?! » « Ce médecin, ce Piotr Ivanovitch Stavrov, doit être mort. C'est un ennemi du peuple. Jugé et exilé… » Maria ne comprenait pas. « Petite, pars. S'il est vivant – il sera mort la deuxième fois, pars d'ici. Pars ! » Maria a dit qu'il n'était pas mort, qu'il avait écrit une lettre à son ami. Et qu'elle doit la remettre en main propre. « Jette la lettre, jette-la. Pour la femme de Piotr Ivanovitch son mari est comme mort. Pire. Comme jamais vécu. Elle s'est remariée avec l'autre homme… Avec son ami. Alors – pars. Et jette la lettre. Pas ici, non ! Dehors… Déchire-la et jette-la. » Maria a dit : « Je vous la donne… » Et l'autre : « Non. Déchire-la et jette-la. Vas-y, pars, je te dis ! » Et elle a poussé Maria vers la porte.

Maria n'a pas jeté la lettre, non, juste l'enveloppe. Elle a repris le tramway, et c'est dedans qu'elle a lu la lettre. « Mon ami, je suis mort. Tant bien que mal. Je fais ce que je peux… Et vous, vous savez ce que vous avez à faire. Ma petite femme et toi. Prends soin d'elle.

Et, s'il te plaît, occupe-toi de la petite qui t'apporte cette lettre… C'est la fille qu'on aurait pu avoir avec ma femme. »

Maria a lu et relu la lettre. Avec sa bouche, oui. Et puis juste avec les yeux. Et plus elle la relisait – plus elle en était triste. Elle ne comprenait pas… Elle a tout compris. Elle a voulu tout de suite rentrer à Yaroslavl. Tout de suite ! Sur-le-champ ! Prendre le train… Mais pour ça il fallait revenir à la gare. Reprendre le tramway… Et ça berce le tramway… Berce… On s'endort à la fin. On rêve. Et on part loin… Maria a passé toute la journée dans un tramway. Elle s'y est endormie sans s'en rendre compte. Elle s'est réveillée au terminus. Et la poussière dans le tramway était comme un essaim d'abeilles. Le soir descendait sur la ville et la lumière était si belle… Pleine de regrets et si douce… À faire pleurer et les vivants et les morts. Lumière dorée, lumière-miel…

Oui, c'est vrai, c'est la plus belle ville des vivants et des morts, Leningrad, oh que oui, vous avez raison, Piotr Ivanovitch. C'est la vérité vraie.

XV

Elle a vécu une semaine à la gare Baltique. Avant, elle s'appelait la gare Peterhof. De là, les tzars se rendaient à leurs palais. Peterhof. Oranienbaum. Et sur le toit, bien plantée dans le front de la gare – une formidable horloge… Maria l'admirait beaucoup, complètement fascinée. C'était peut-être pour cette horloge qu'elle avait choisi cette gare, qui sait…

Elle observait les gosses qui chapardaient, oui, toute une bande. Elle faisait comme eux, mais se tenait à distance. Dès qu'un train arrivait à quai – les gosses se tenaient prêts. Les passagers sortis, ils s'y faufilaient pour ramasser ce que les gens avaient laissé, oublié ou jeté. Même des valises parfois, et des sacs, le plus souvent juste les restes de repas. Maria n'était pas une concurrente, ah non, pas rapide du tout. Elle venait après, ramassait ce que les gosses laissaient. Parfois la police débarquait et les gamins s'envolaient de tous les côtés comme des piafs, en abandonnant leur butin. Et là – Maria venait, y fouillait tranquillement, ne choisissant que la nourriture. Une fois, elle a trouvé une valise dans un train. Pas fermée du tout. Oubliée sûrement dans la précipitation à l'arrivée. Elle était lourde. Maria l'a ouverte. Des livres. Des livres… Tous gros et sans images. Une paire de gants. Très jolis gants. Neufs. Et un châle. Blanc-blanc, et chaud, et neuf aussi. Elle a pris le châle. Essayé un gant. Non, trop grand. Les gants remis dans la valise, elle s'est apprêtée à partir. Et à ce moment-là – les wagons se sont ébranlés très fort, et Maria est tombée. Le train partait ! Panique ! Maria se traînait d'une fenêtre à l'autre ! Où on va ?! Que faire ! Ça s'arrête pas ! Ça roule de plus en plus vite ! Sauter ? La mort. Rester – l'inconnu… Et le train allait vite, lui ! Rien à faire… S'asseoir et attendre. D'abord on roulait dans la ville. Immeubles, immeubles, un pont, puis un autre, puis des usines, quelques arbres, et voilà enfin un quai. Mais non, il ne ralentit pas, le train. S'arrête pas. Encore des immeubles, mais plus petits, trois étages, puis un bois de bouleaux, maigres, noirs comme brûlés, et encore des usines, et encore des maisons, mais en bois, un village, et une petite gare, et puis encore un bois de bouleaux, mais plus grand… Et toujours la même vitesse.

Les portes du wagon s'ouvrent. Trois hommes en uniforme. La voilà – perdue… Perdue ! La police… Ils entrent, en traînant une brochette de gosses… Attachés l'un à l'autre à la main par une corde. Perdue… C'est fini… L'un des trois policiers demande à Maria ses papiers. Paralysée. Il élève la voix : « Tes papiers ! » Pas un mot… Regard pétrifié. L'un des gosses se met à rire : « Mais on la connaît, camarade barine ! Elle chapardait, elle aussi ! Elle est muette, camarade barine ! Complètement marteau ! » Et Maria ? toujours pas un mot. Juste ses yeux qui courent d'un visage à l'autre. « Tu descendras avec nous… – dit le policier un peu plus calmement. Au prochain arrêt – Peterhof. »

Et tout le monde s'assied autour d'elle. Les gosses, oui, toujours attachés, mais les flics restent debout. Ne m'attachez pas, s'il vous plaît – a dit Maria, surprise elle-même de son audace. Et les gosses de ricaner : « Oh-ho ! Pas muette ! Hé-hé ! Attachez la bête ! » Les flics les rabrouent et puis disent à Maria : « On t'attache pas, mais tu es tranquille, ah ?! Tu ne bouges pas. » Maria a dit qu'elle ne bougera pas.

En descendant du train, Maria a eu envie. Elle a dit au policier le plus âgé qu'elle a envie. « Envie de quoi ?! » – il s'est étonné. « Chaque fois quand j'ai froid… » a répondu Maria. « Ah oui, bon… D'accord. Vas-y – a concédé le flic. Assieds-toi et fais vite. » Maria s'est accroupie près du train. Ah, c'est pas évident… gros collants. les bottes hautes. A attendu un peu. N'y arrivait pas. Les policiers se sont détournés, mais les gosses, eux – pas du tout ! Au contraire ! Tout yeux ! Rigolaient ! Surtout le plus grand, celui qui disait « Tovarich barine ». « Vas-y ! Pisse ! Si tu sais pas – je t'apprendrai à pisser debout ! » Et tout le monde a ri, sauf les flics. Mais l'autre, l'autre, il se déchaînait, lui, il tenait à ce que même les flics rient ! « Tovarich barine, détachez-moi ! Et je vous montrerai comment on pisse ! J'écrirai mon nom dans la neige ! Et le vôtre, si vous voulez ! » et patati et tra-ta-ta… Maria a réussi à profiter de cette diversion. S'est levée. Et les gamins aux anges rigolaient : « Tovarich, dites-nous – pourquoi quand les filles pissent, elles regardent toujours devant elles, et nous, les garçons, on regarde notre jet et la flaque ?! Ah ?! Vous savez pas ?! Vous regardez quoi, vous ?! » Eh bah, ils étaient bien dégourdis, les moutards. Sans père ni mère… Bien délurés. Pas la première fois attrapés. Mais les flics ne rigolaient pas trop, eux. « Depuis quand vous avez appris à pisser debout ?! – a hurlé le plus jeune des trois. Allez ! Toi ! Ouvre ta boutique ! Fais voir un peu comment ton bec goutte ! » Et les gosses se sont calmés d'un coup, ah, oui, piétinant en silence.

Le flic le plus âgé soupirait, mais pas méchamment. « Et merde… Chiots galeux ! Tous à noyer ! Pitié de ruisseau… Tous roulés dans la même farine ! » Et l'autre, jusque-là taiseux, a dit : « Enlevez aux loups la lune – ils hurleront au soleil… »

C'est comme ça que Maria est arrivée à l'orphelinat « l'Aube nouvelle ».

XVI

La voilà à Peterhof. Devant le palais d'été des tzars… Le premier jour. Les cris des gosses au loin… et puis plus près. Ils courent pour voir les nouveaux arrivants. La neige de la veille – tient bon. Crisse. La journée est belle, ah oui, le soleil caresse l'or et le cuivre du palais aux murs blancs. Et Maria… Elle est tombée à genoux devant ! La voici, la cité céleste ! Elle s'est mise à se signer ! Sans quitter des yeux ce mirage coulant d'or et d'argent. Elle n'a pas entendu les pas dans la neige. Elle n'entendait plus rien. « Hé ho, petite… Que fais-tu ? Ce n'est pas une église, ça ! C'est juste un palais de tzars… Buveurs de sang ! » Une infirmière en blouse blanche lui souriait. « Bêta… Bêta… Lève-toi… Je m'appelle Anna. »

Maria a tout de suite admiré cette femme. Au premier regard. Avec sa tignasse rousse-rousse, sa blouse blanche comme la neige. Et sa peau ! Oh, la peau des rouquines… C'est la pêche qui éclate au soleil, ça. Et puis une petite graine de beauté sur la joue de la pêche ! Elle s'anime, la graine, lorsque la pêche rit au soleil. Et les cheveux d'Anna… Ah ça, comme une flamme. Une haute flamme sous le ciel bas. Et Anna, devinant, riait : « Pas de panique ! Je vais pas incendier les nuages ! »

C'est Anna qui l'avait lavée la première fois. « Je vais te décrotter, tu verras… Une fois devant la glace – tu tomberas amoureuse ! » Et elle la lavait, la frottait, en fredonnant, et sa chevelure roux feu touchait le dos de Maria, et Maria frémissait comme brûlée. Mais aux pieds de Maria – elle n'a pas touché. Elle n'a pas osé. Juste elle a arrêté de chantonner.

Et après ? Après – c'était le cabinet du médecin. Pas de vêtements. Toute nue. En l'attendant, Maria s'est assise sur un tabouret, les yeux à terre. Et puis – les yeux levés, elle s'en était effrayée ! Le miroir. Et si haut en plus ! Elle a pris tout son courage dans ses bras et a regardé son reflet. Et ses yeux se sont mis à couler. Telle une bête usée dont les yeux pleurent tout seuls… Sans chagrin ni rien. Elle a observé son visage, ses cheveux ébouriffés, pas complètement secs et, du coup, plus foncés. Ses épaules, ses seins, maigres et tombants comme les mamelles d'une vieille chienne. Puis elle s'est redressée pour voir le reste. Ses bras, ses côtes… Les os. Les os… Le démon de la faim avait mangé sa chair. Avait sucé ses os et les avait recrachés… Elle a regardé la peau blanche de son ventre. La peau grise de ses cuisses, et ses joues émaciées. Et les yeux qui la regardaient étaient les siens. C'était toujours elle. Toujours vivante…

Et le médecin enfin est entré. Et puis des questions. Des maladies. Typhus ? Choléra ? Malaria ? Rien ? Jamais ? Bizarre… Avec toutes tes vadrouilles en Asie… Et les poux ? Pas de poux. Bon. Tourne-toi comme ça. Il parlait tout seul, lui. Il sentait bon, lui.

Il sentait le tabac. Comme le père de Maria. Tourne vers moi. Regarde en haut. Ça va… Le blanc des yeux est blanc. Pas d'hépatite. Lève les mains. Plus haut. Bon… Carence alimentaire sévère. Ouvre la bouche. Dis « Aaaaa… ». Bien. Rien, juste la perte de dents… Scorbut bien avancé… Bon, bon, bon… Rien de mortel. Rhabille-toi. Demain matin – les vaccins. C'est Anna qui les fait.

Et puis le lendemain… Très tôt, Maria était déjà prête. Une heure, deux… Anna est venue enfin. A demandé si Maria avait peur des piqûres. « Je ne sais pas. Non, je crois pas… » a répondu Maria. Anna l'a rassurée, en disant que ça fait comme une piqûre de moustique, de gros moustique. Il faut pas regarder… « Ce sont les yeux qui ont peur », elle a ajouté. Et puis – une piqûre. Elle n'a rien senti. Et puis elle a eu chaud en bas du ventre. Comme un nœud chaud serré de plus en plus… Elle a regardé en bas, quelque chose lui chatouillait le mollet. Un filet de sang. Elle a levé les yeux vers Anna et a dit : « J'ai du sang sur ma jambe… » Anna a vu et a tout de suite compris.

Après avoir vite tout nettoyé, elle a demandé à Maria si c'était la première fois qu'elle saignait. Oui, c'est la première fois. Anna en était étonnée. « Mais tu as quel âge, toi ? » « Je ne sais pas exactement… Avec ma marraine on comptait. Il y a longtemps… Depuis je dois avoir dix-huit ans… Je ne sais pas. » Et puis ce fut tout.

Anna en a parlé au médecin. Il a dit que c'était normal dans son cas. Que cela arrivait. Famine, fatigue, peur… Oui, surtout la peur. Ça dérègle tout. Fout tout en l'air… Oh que oui. Mais pas d'alarme. Le repos, la nourriture et tout rentrerait dans l'ordre. Le repos et la nourriture.

Et puis le dimanche… Le jour du sauna. Les gosses aiment patauger dans les flaques, ça – oui, mais se laver au savon – non. À l'eau chaude – non. Les petits haïssaient le dimanche. Ne voulaient pas se laver. Maudissaient le dimanche à partir du vendredi ! Ah, le sauna ! Trop chaud dedans. On n'y voit rien ! Et on te passe au savon ! On te frotte la bouille avec ! À arracher le pif ! Et ça pique les yeux ! Oh que oui, et comment ! À pleurer par toutes les fontanelles ! À finir par se laver les cheveux dans les larmes ! Un gros cube de savon… Oh, le savon noir ! Détestable ! Cubique-cubique ! Noir-noir ! Magique-magique ! À pouvoir laver un corbeau jusqu'à ce qu'il devienne – colombe des neiges ! Et roucoule ! Et ça pèse ! Ce cube ! Et ça tombe ! Pire ! Ça s'échappe ! Et puis fiuuuuu ! Ça glisse ! On l'attrape pas ! On n'arrive pas ! Le seul divertissement pour les autres… Mais pas pour toi ! Oh que non ! En attendant qu'on te rince le museau… Et aveugle, tu erres… Les paupières serrées ! Et tout le monde rit ! Ah ça… toujours !

Et pourtant, très pourtant, l'eau apaise l'homme… Le rend calme. N'importe quel diablotin une fois lavé – a l'air d'un angelot épuisé… Cheveux mouillés… Regard ivre. Mouvements lents. Méditatif… L'eau… ça rajeunit les vieux visages. Et les mioches – ça les rend graves. Mais le sauna… Oh, le sauna ! ça radoucit les croûtasses les plus croûtâtres ! Les vieilles en sortent – toute mie ! Les ablutions dérident l'homme… Et un bain chaud assagit un môme. Maria avait remarqué ça avec ses propres frères. En allant au sauna – ils se bagarraient comme d'habitude. En sortant – ils se soutenaient l'un l'autre. Mieux que des frères. Vrais copains ! Mais oui. Mais le lendemain… Oh, ça repartait comme avant. Mieux. Pire ! Meilleur pire des frères…

Le sauna… Ça commence à l'eau tiède… Et puis il y a toujours une vieille qui débarque. Une vieille frileuse même en enfer… Il y en a toujours une ! Avec une cruche, elle verse de l'eau glaciale sur les pierres chauffées à blanc ! Et tout disparaît ! Tout est blanc ! Les pierres gémissent ! Et la vapeur ! Ho ! Elle vous saute à la bouille, la vapeur ! Vous mord la bouche ! Siffle ! Un vrai serpent réveillé !

Pélagie, la vieille économe, savait chasser le serpent. Elle adorait ça ! Le sauna et la vapeur dedans… ça la rendait chaque fois un peu plus folle ! Mais en sortant, oui, en sortant, elle marchait lentement, titubant, comme saoule… Une croûte radoucie.

Mais avant, dans le sauna, elle faisait subir aux pierres bien des choses. Les pires tortures ! Elle les faisait pleurer ! Supplier ! Agonir tout doucement… Elle versait encore et encore de l'eau froide sur leur tête brûlante ! À les fendre ! Elle restait des heures et des heures… Et sortait la dernière, pompette recto verso… Lorsqu'il n'y avait plus de bois… Après son passage – les pierres, après avoir hurlé, étaient réduites aux murmures. Toutes – fendues. Des cailloux…

Maria s'arrangeait pour se laver en dernier. D'abord, deux vieilles, Pélagie l'économe et Antonina la cuisinière, puis trois autres vieilles, ensuite les gosses, les femmes de ménage, et puis le personnel médical.

Dans un coin, tout habillée, Maria attendait que tout le monde parte. Le sauna refroidissait très lentement. L'eau était encore chaude, mais déjà comme fatiguée. Bien fatiguée. Elle ne lavait plus, l'eau… Ne purifiait plus. Elle était comme morte, l'eau. Maria se lavait les cheveux d'abord, et puis restait assise sur un banc de pierre. Oui, juste assise à regarder son pied. Ce sauna… Le seul endroit où elle pouvait être toute nue et seule. Le seul moment où elle ne ressentait pas la honte de son corps… De ses bras, de son ventre, de ses seins minuscules. Deux petits boutons ! Et le nombril… Une boutonnière aveugle. Et ses cuisses. Et puis les hanches, si maigres. Et son pied gauche – si gros…

Elle n'entendait rien. Immobile… Et tout disparaissait. Juste des gouttes mortes coulaient de ses cheveux. Sur le front. Dans le dos. Dans le creux de la clavicule… Et tombaient sur le sol. Kapppe… Kapppe… Comme les dernières gouttes de la pluie.

Elle pensait à Sérafima. Comment Sérafima lui avait appris à se laver. Elle disait : « Les chatons ne savent pas se laver, c'est leur mère qui leur enseigne comment faire. Alors – n'aie pas honte. Je vais te montrer comment… » Mais c'était en été, oui. Un soir d'été, soir chaud et rouge-rouge, toutes les deux – nues, elles sont entrées dans la rivière. Sérafima la menait par la main. Dans les eaux peu profondes. Les eaux chaudes du soir. Comme le lait du soir… Et puis un peu plus loin. Plus profond… Les eaux fraîches. Et vivantes ! Qui coulaient… Caressaient les mollets. Et Maria, souffle coupé, restait immobile… Bras croisés sur ses seins. Les serrant fort ! Et sur la pointe des pieds ! De froid… Et puis, une fois habituée, elle regardait autour… Comme tous ceux qui entrent dans les eaux – regardent autour d'eux avant de plonger.

Mais elle ne plongeait pas, elle. Ah non ! Pas si vite. Elle restait un long moment sans bouger, regardait ses pieds dans l'eau… Et les alevins, toute une foule, tournaient autour, farouches. Et puis venaient vers ses pieds… Un à un d'abord, et puis tout un banc. Effrontés comme des piafs. Et se mettaient à picorer ses orteils. Les bulles d'air minuscules sur le duvet des mollets… Sans peur. Sans cesse…

Maria les observait tout sourire ! Comme si elle était en train de les nourrir. Et eux, la – manger. Sans douleur. Sans cesse… Il n'y avait plus d'infirmité. Plus aucune infirmité. Plus de tare ni de corps.

Depuis, Sérafima disait : « Aujourd'hui, Maria, on va se baigner. On va nourrir les poissons. Mais… Il faut que tu bouges dans l'eau ! Sinon – ils vont te manger complètement, tes alevins, hein ? Avant qu'on les mange, nous ! » et elle riait un peu. Et puis ajoutait, sérieuse : « Il y aura toujours des affamés. Mais toi… Bientôt je ne t'aurai plus. Ni toi – moi. »

Où es-tu Sérafima…

XVII

Pélagie. On l'appelait Grande Gueule au Grand Cœur. Pour le cœur je ne sais pas, mais pour la gueule – ça c'est « oui » trois fois. Même le médecin avait un peu peur d'elle. À sa vue, le matin, il soulevait sa casquette. « Bonjour, Pélagie. » « Bonjour, docteur », répondait Pélagie en hochant la tête. Une heure après – le même manège. Casquette bas : « Bonjour, Pélagie. » « Mais on s'est déjà vus, docteur… Remettez la casquette. »

On racontait que, à l'ouverture de l'orphelinat, un gosse avait marché sur une planche. Le pied percé par un clou. Mauvais clou. Et puis la fièvre. Le délire et sa sœur la gangrène. Le médecin tournait en rond. N'arrivait pas à se décider. Couper ou pas. Tout de suite ou pas. Et où couper… Pélagie lui a conseillé : « Coupez le pied. Sinon – vous serez obligé de couper la jambe. » Il disait : « Oui, oui, je sais… » Et il n'y arrivait pas. Toujours pas. Et pourtant il a vu des choses. Et pas jolies. Et alors ? Alors c'est Pélagie qui a coupé. Et le gosse ? À sa majorité, il est parti, mais oui, il y a longtemps, en béquillant, mais vivant. Un grand gaillard devenu. Il faut espérer vivant, gambadant quelque part. Le médecin a dit à Pélagie : « C'est vous qui devriez être médecin, Pélagie. » Pélagie lui a répondu l'œil dans l'œil : « Chacun sa place, docteur. Vous – pesez. Moi – je coupe… »

C'est elle, Pélagie, qui s'est occupée de Maria la première semaine. « Tout ce que tu as vécu – je m'en fous. Ce que tu veux ou ce que tu veux pas – je m'en fiche comme de la neige de l'année dernière », lui a dit Pélagie. « Tous – mentent. Mais si tu me mens – je le verrai bien avant que tu penses à mentir. Si tu crois que tu as bien appris ce métier, tu as tout faux. Je te donne trois jours pour désapprendre. Après – c'est la vérité ou le silence. Ici, on dit : "Si vous avez peur d'être orphelin – soyez mère." Voilà tout. Et le clou et le marteau. Tu travailleras avec les plus petits. »

C'est comme ça que Maria s'est retrouvée dans la Maison de l'enfant. Pas loin, non, un bâtiment à côté de l'orphelinat. Elle surveillait les plus petits. Certains parlaient déjà, mais n'étaient pas encore « propres ». Sur la route de la propreté ! Et c'était le pire… C'est la nuit que c'était le plus dur ! Au petit matin ! À l'aube ! Ils se mettaient à se tortiller, les moutards ! Dans leur sommeil. L'un après l'autre… Comme d'un commun accord ! Et puis tous en chœur ! Comme s'il y avait un lien entre eux ! Même dans leur rêve ! Dans la journée – ils se battaient. Mordaient ! Hurlant comme des matous au printemps. Mais la nuit, mais la nuit… L'entente parfaite ! L'un après l'autre ! Diablement réglés ! Même pas à dire un Notre Père ! Et puis trois heures après – toute la chambrée était mouillée !

Dix marmots dans la chambrée… Dix pisseurs toujours prêts ! Dix vessies prêtes à tout ! On a beau surveiller qu'ils ne boivent pas trop le soir – ils ont toujours une goutte. De vrais chiots ! Maria ne dormait plus du tout… Tenace sentinelle, elle faisait ses rondes ! Sans relâche ! En carré et en rond ! Entre les lits ! Quadrillait les rangées ! Les observait ! Guettait des signes ! Eh bah, en voici un ! Il soupire ! Se tortille ! Puis se recroqueville ! Puis se tourne sur le côté ! Gémit ! Et puis un autre ! À trois lits ! C'est pas vrai ! S'y met aussi, lui ! Fait le tire-bouchon sous le drap. Soupire. S'immobilise un instant… Et puis se rendort, l'âme légère. Soulagé… Cul au chaud, vessie aux anges.

Lorsqu'un moutard pisse dans son sommeil – il ne se réveille pas… Ah non ! Même pas d'un œil. Ça tient chaud, ça… Pas longtemps, mais tout de même. Mais après… Il se réveille de froid ! Sans rien comprendre… grelottant… Et puis en pleurs !

Maria ne les mettait pas debout, non, elle les déshabillait dans leur lit, carrément ! Puis les posait dans le lit d'un voisin pour pouvoir retourner le matelas, et puis remettait le gosse, nu, mais recouvert d'une couverture propre… Et puis accrochait leur collant trempé près du poêle… Sur un fil de fer. Fil chaud… Et puis les draps aussi.

Ah oui, ça tenait sur un fil, tout ça… Et l'aube sentait la pisse des mioches. Une odeur douce… Sans honte… Sans honte. Comme une petite musique au loin. Et si près… Si près.

On a dit à Maria que si, au bout de la course, elle réussissait à n'avoir aucun drap à sécher… Aucun matelas à retourner – elle pourrait s'occuper des plus grands. Enfin… l'exploit d'Hercule !

Les bruits dans l'orphelinat couraient aussi vite que dans les prisons. Les gosses racontaient bien des choses à propos de Maria. De son pied surtout… Ah ça ! Une vraie sauvage ! A vécu avec un ours ! Vous verriez son pied… Une femme ?! Un moooonstre ! Mange par terre ! Et grooooogne ! Ne la regardez pas dans les yeux ! Surtout pas !

La première fois qu'elle s'est assise devant une gamelle de patates à l'huile de tournesol dans le réfectoire, les gosses se sont levés. Oui, tous. Et puis sont venus un à un vers elle, et après tous ensemble, pour la regarder. De plus près… Une bête jamais vue. Les plus petits avaient peur d'abord. Les plus grands les poussaient vers elle, ayant peur eux aussi ! Et Maria… elle souriait, juste elle souriait autour d'elle… Et ce sont les plus petits qui se sont approchés de plus près… Ils voulaient la toucher. Ils l'ont touchée. Les bras. Le dos. Les mains. Anna a tout vu, mais elle a laissé faire. Les plus petits, fascinés, ont tiré le fichu de la tête de Maria, et se sont mis à toucher ses cheveux en brosse, comme un champ de blé après la moisson… Ils y passaient leurs petites mains, tout doucement, et les cheveux de Maria faisaient « Tsuuu… Tsuuu… ». Et les petits se regardaient, souriaient, comme font tous les gosses en caressant la fourrure d'un grand animal dont ils n'ont plus peur.

Maria, évitant de les regarder dans les yeux, ne souriait plus. Assise, les yeux clos, les mains sur les genoux. Immobile. En attendant que ça passe. Oui. Comme une idole qui patiente lorsque les enfants de l'homme finissent leur adoration avec leurs mains émerveillées.

Et puis elle s'est mise à manger elle aussi. Ne la sentant pas à l'aise avec une fourchette, Pélagie lui a donné une cuillère.

On abandonne les gosses même au paradis, il paraît… Et on les adopte même en enfer. Eh oui. Même dans le pays où tout le monde est censé être heureux et chanter le bonheur – on se débarrasse des moutards. Les toutes jeunes mères les laissent à la maternité. À la source, quoi. Les pêcheurs parfois rejettent le menu fretin dans l'eau… Et les mères, elles pleurnichent de honte un peu, mais les laissent et partent vite-vite, visages cachés… Et puis on transfère les bébés dans des Maisons d'enfance. Ils y restent jusqu'à ce qu'ils apprennent à se mettre debout. C'est à ce moment-là qu'ils arrivent au petit orphelinat. Et puis au grand. Le terminus… Oui, jusqu'à la majorité. Et ceux qui fuguent, volent… on leur met un couteau sous l'oreiller et trois minutes après on le retrouve. C'est quoi ça ?! Un couteau !? Et puis la maison de correction. À la sortie de ce tunnel – la prison.

Les premiers jours, les bébés pleurent sans arrêt. Ils ont des coliques… Ils vomissent. Une diarrhée sur l'autre… Le temps de s'y habituer, il paraît. Ils dorment mal. Ils ne dorment pas. Se réveillent tout le temps. Roulent les yeux ! Bien énormes… Des bébés chouettes ! Des chouetteaux… Ils chouinent, ils appellent leur mère, peut-être, ou juste quelqu'un de chaud.

Maria en prenait un dans ses bras, mais les autres, les autres ! Jaloux, hurlaient plus fort ! Debout dans leur lit ! Rouges de rage, sanglotaient, souffle coupé… Maria reposait le gosse dans son lit et prenait un autre hurleur. Mais celui qu'elle venait de recoucher – se mettait à barrir ! Pire qu'un éléphanteau en détresse ! Et puis tous les autres, tous les autres ! L'enfer.

Il fallait ruser, ah oui. En attendant que la vieille nounou se réveille et arrive, Maria mettait les gosses par terre, tous, et s'asseyait au milieu et disait : « Venez… Tous sur moi ! Grimpez ! » Et les moutards sautaient sur elle… La renversaient ! Tout contents se battaient pour être sur son ventre ! Se griffaient les uns les autres, enragés, ça – oui, mais pas tristes.

La nounou arrivait, ébouriffée, les mettait tous au lit et là – ils ne bronchaient plus ! Ah non ! Ils sentaient l'autorité ! Comme des troufions devant le général ! Et cette Baba Yaga aurait pu gueuler « Garde à vous ! » – les moutardeaux auraient tous été au garde-à-vous dans leur plumard ! Ça rigolait pas avec la nounou, ne pleurait pas non plus…

Et puis Maria a pris du galon. Désormais – responsable des gamins plus âgés. Plus futés, plus tordus. Chargée de leur promenade. La nounou Nastasia lui donnait des instructions. « Qu'ils ne sortent pas tous ! Jamais en foule. Tu les laisseras sortir un à un ! Surtout s'il y a du brouillard… Et il y en a ce matin… À sortir pisser avec un grelot au cou ! J'ai mis le nez dehors et je l'ai pas vu, mon nez ! »

Et elle observait comment Maria se débrouillait. « Pas si mal, pas mal du tout – marmonnait Baba Yaga – tu t'en sors bien. »

Et puis elle a filé à Maria un truc magique. Une boîte toute bête. « Dans cette boîte – toutes leurs dents de lait... De tous les gosses que j'ai vu passer. Ici et ailleurs... Bien avant. Toute ma vie... D'un orphelinat à l'autre ! Je les ai toutes ramassées ! Ah oui, toutes dedans ! Leurs petits crocs. Écoute... » Et elle a secoué la boîte ! « T'entends ?! voilà... Tu n'as qu'à agiter la boîte ! » Et puis, déjà plus doucement : « Je ne suis pas folle, du tout, moi ! Les fous, eux, au lieu de secouer la boîte – secoueraient la tête ! » Et elle a ri comme seuls les fous savent rire.

« Tiens... Je te la donne, la boîte. Garde-la... Secoue-la de temps en temps. Ça installe la paix en un-deux ! » C'est vrai, la boîte magique marchait bien sur les gamins. Il suffisait que la vieille la leur montre... Ils devenaient tout sages ! Pétrifiés. Un tour de magie ! Et puis pour ceux qui se curaient le nez au lieu d'aller au lit – elle allait plus loin ! Elle secouait la boîte. Boucan pas possible ! « Vous entendez, hein ?! Toutes vos dents sont dedans ! Si je veux – je vous transforme tous en asticots ! Compris !? Je compte... Un ! » Eh bah, même les sourds auraient compris. Et les gosses sautaient dans leur lit à pieds joints, les yeux fermés.

Anna la Rousse était du Sud, elle. Moldave. Mais oui, Moldavie la Joyeuse ! Moldavie l'Insouciante ! Où le soleil fait rire et la neige – chanter... Moldavie aux mains bronzées ! Moldavie la ivre ! Tes montagnes enneigées et tes yeux vineux... Yeux qui dansent même quand tu pleures. Tes yeux chatouillent même les vieillards dans leur cercueil ! Yeux en amande... Enterrant tes enfants – tu chantes et tu pries...

C'est Anna qui expliquait à Maria pourquoi il fallait manger ceci et cela. « Je vais te dire ce que c'est que la vraie médecine… Les carottes – pour avoir les yeux de l'aigle ! L'huile de morue – pour nager plus vite que le requin ! Les groseilles – pour sauter comme des écureuils ! Et plus c'est frais – mieux c'est ! Plus ça vous noue le museau – mieux c'est ! L'ail contre la grippe ! Une gousse dans chaque narine ! Et que ça saute ! Et dehors – on ne respire que par le nez ! Et surtout, on ne chante jamais dans le froid ! Compris ? »

Même sans comprendre Maria vouait une admiration sans bornes à Anna. De même taille – elle regardait Anna d'en bas comme la petite sœur – la grande. Elle parlait comme Anna. Elle mangeait comme Anna. Arrangeait son fichu comme Anna. Sans se rendre compte, tout – comme elle. Et cela amusait Anna. Tout ce manège… Ça lui plaisait vraiment. C'était peut-être pour ça qu'Anna défendait Maria contre les gosses. Tous, ils tremblaient devant la Rousse comme des goules sous un nuage d'eau bénite ! Sourcils en zigzag, Anna les menaçait tout doucement. « Si vous faites encore des misères à Maria… Encore une fois… Une demi-fois ! Vous m'aurez pour mère et grand-père, moi ! Vous regretterez vos marâtres ! » Et elle se mettait à courir, oui, faisant semblant de courser les gamins…

Et surtout – lorsqu'Anna allait dans le sauna – elle chantait. En se lavant – elle chantait. En se savonnant – elle chantait. En se rinçant les cheveux – elle chantait. Une femme qui chante sous l'eau est une femme heureuse. Et le bonheur du prochain suscite en nous soit un amour infini, soit une haine cordiale. Maria regardait Anna chanter et l'eau couler sur elle… Tout le long, sur elle. Et sans cesse, sans cesse… Absolument ravie. Et sans peur. Juste son cœur qui bondissait.

Et puis les gosses… Ils ne faisaient pas trop peur à Maria. Elle aimait les regarder… Elle aurait aimé courir aussi. Oui. Jouer avec eux, mais elle n'était pas rapide. Ah, du tout… Elle avait peur qu'ils se moquent d'ellc. Et puis il fallait qu'elle lave les carreaux. Parfois, ils sortaient avec des morceaux de pain bien mordus mais pas finis, ils les mettaient dans leurs poches pour avoir les mains libres. Ah oui, pour jouer aux boules de neige ! Et Maria les enviait… Ils ne terminaient même pas leur pain ! Et les gosses, sales démons, voyaient tout ça… Ils l'appelaient : « Maria ! Ma-a-aria ! Veux-tu du pain ?! » Elle hochait la tête… « Viens, alors ! Sors ! » Et lorsqu'elle sortait, ils lui tendaient leurs boules de neige. Au lieu du pain. En rigolant : « Tiens ! Prends-en ! Prends la mienne ! N'aie pas peur ! »

Et Maria prenait une boule, et la neige fondait dans sa main… Il pleuvait une pluie glaciale dans sa main.

« Pardonne-nous, pardonne-nous, Maria ! » criaient les gosses, en sautillant autour d'elle.

Un jour, ils se sont bien moqués d'elle. Ils l'ont entraînée dans le jeu qu'ils appelaient « Mariage ». Et alors ? Après Anna a trouvé Maria assise sur un lit, toute droite, immobile. Elle avait sur la tête une taie d'oreiller et, par-dessus, ils l'avaient couronnée d'un nid de corbeau trouvé sous un peuplier. Elle était sérieuse… Visage grave… Quelques gosses, les plus délurés, dansaient autour du lit. « Cocorico ! Voici la fiancée des piafs ! » Et les autres… riaient ! Et comment !

Mouraient de rire ! Pour mieux mourir de rire, ils se sont cachés sous le lit !

Dès qu'ils ont vu Anna – tous se sont envolés comme des moineaux ! Elle a hurlé : « Un bon ceinturon se languit de vous ! » Et puis elle a enlevé délicatement de la tête de Maria et la couronne et le voile… En marmonnant : « Ce n'est pas pour rien qu'ils sont orphelins, ces gosses-là… La peste ! »

Mais pour vexer Maria, il en fallait un peu plus. Bien plus… Elle oubliait bien vite tout ça. Elle lavait les carreaux, elle les nettoyait si bien qu'on ne les voyait plus du tout ! Mais elle les relavait encore et encore juste pour pouvoir regarder les enfants s'amuser dans la neige…

La neige rend les gosses fous. Vraiment fous. Ils se mettent à faire des trucs de fous… Rampent dans la poudreuse ! Folichonnent ! Se roulent dedans, dégourdis comme des mangoustes ! Et puis la première folie passée, ils se mettent à jouer. Ils jouent à tout, les mioches ! À croche-patte ! À tire-pif ! À mord-l'âne ! À l'éventail à bourricot ! À décroche-la-crotte ! À rote-la-carotte ! À baiser d'ours ! À brouille-la-pistouille ! À piste-la-gargouille ! Et les plus grands ?! Filles-garçons ! À croque-les-pommes-de-pine ! À gobe-le-zob ! À noue-la-nouille ! À crucifie-la-corneille ! À attrape-le-pet ! À cache-le-nichon ! À bouche-le-groinchon ! À cours-cours-la-saucisse ! Au hérisson-sur-la-brosse ! Au maigrichon-sur-la-grosse ! À qui-écrira-le-mot-le-plus-long-en pissant-dans-la-neige ! À tout, mais à tout. Et ça cabriole de partout ! Et ça gigue ! Ça hurle ! Ça bondit et se cache ! Rebondit et se recache ! Se chevauche ! Et musarde sur la neige ! Oh que oui, et comment… Tels des frères-sœurs, réveillés, qui sautent sur les draps blancs couvrant leur mère, cette terre-mère qui s'est endormie comme morte. Pour longtemps.

Sans adultes, c'est un autre jeu qui commence. Lorsque Maria et Anna rentraient pour se réchauffer, quelques gamins se rassemblaient à part et se mettaient à jouer au « prophète né du cul ».

Toujours pareil… D'un coup d'œil, ils en choisissent un parmi eux, le plus tordu, ou le plus petit, le plus faible, ou bossu, ou panard, et puis et puis le mettent au centre, lui enfoncent sa capuche pour qu'il ne voie rien. Puis le couronnent d'un nid de corbeau, et se mettent à le frapper par-derrière en disant : « Vas-y, dis ! Qui t'a frappé ?! Devine ! Et tu sauras qui est ton père ! Rate et tu resteras né du cul ! » Oui, comme ça, à tour de rôle le frappent… Frappent. Pas trop fort, non… Et puis s'il tombe, ils courent un moment autour, et puis s'il ne bouge plus, s'il reste immobile, ils l'abandonnent dans la neige… Et rentrent, joues rouges, en rigolant. Lui aussi… Mais après, après, au crépuscule, oui, en dernier et tout seul.

XVIII

Dans les lieux où l'ordre est censé être roi – il ne fait que régenter, c'est l'ennui qui y règne. Et surtout en hiver. Et surtout les soirs.

Parfois, deux sorcières, Pélagie l'économe et Nastasia la nounou, se mettaient à parler du vieux temps. Devant le samovar… Soupirant, ah oui, toutes les deux, à qui soupire le plus fort, elles parlaient de leur hier à elles, d'autres temps… Toutes les deux ont commencé dans cet orphelinat. Oh, la neige d'antan ! Oh, l'herbe de la jeunesse ! Et les concombres d'autrefois ! Tu te souviens de ceci ? Et toi ? Te rappelles-tu les nobles qui venaient ici pour regarder les gamins ? Mais oui, oh que je m'en souviens ! Et te souviens-tu de la grande-duchesse ? Comment elle s'appelait… J'ai un trou ! Mais les trois popes ! Je les vois encore ! Fiers comme ce samovar ! Ah oui, ah oui ! Ils parlaient entre eux en français sûrement… On n'entendait que « Mourrrr… Mourrrr ! ». Et tout ça en souriant. Trois heures de sourires ! Ils devaient en avoir mal aux joues comme après des gifles ! Et nous, tu te rappelles, on nous a ordonné de rien dire ! Les yeux bas et les lèvres closes ! Mais toi, Pélagie… Toi ! Tu te souviens de ce que tu as répondu quand la grande-duchesse t'a adressé la parole ? « Alors, ma petite, tout se passe bien ici ? Les petits orphelins s'amusent bien ? » Eh bah non, je m'en souviens pas du tout, Nastasia. Eh bien, moi – je me rappelle, comme si c'était aujourd'hui ! Tu as dit : « Votre Altesse, les enfants sont comme des patates. Mais ici on récolte ce qu'on n'a pas semé ! » Voilà ce que tu as dit… Et la grande-duchesse a ri. Et t'a caressé le menton.

Maria écoutait comme un assoiffé boit. Elle voyait très bien le tableau. Et puis Nastasia imitait si bien Pélagie que celle-ci riait. « Mais oui, mais oui, ça me revient… Et le nom de la duchesse, c'est… ! Ah c'est pas vrai ! Je l'avais sur la langue tout à l'heure ! Et plus rien… Avalé ! Que le diable l'emporte… » Et Nastasia renchérissait : « Il aura du mal, le diable ! Elle était grosse, la duchesse ! » « Mais oui, mais oui… Hé, hé ! Les popes comme des samovars, mais elle – un tonneau en robe ! » Et puis encore des soupirs. Petits et gros. « Quel temps… Houuu… »

Il neigeait pas mal, cet hiver-là, ça – oui, mais il faisait doux. Et la neige tenait à peine. Les vieux du village disaient que cet hiver-là était comme un printemps froid. Et d'un coup, un matin, le mercure est tombé pour de bon.

Une journée enfermés, deux – et ils devenaient intenables, les mioches. Pire que des chiots à leurs premières chaleurs. Mutinerie ! Révolte ! Potemkine ! Mais oui ! Tous les gosses confinés dans la même salle. Fallait les voir ! Les grands tournaient en rond… Des ours en cage ! Les moutardeaux s'occupaient comme ils pouvaient. Se battaient, oui, s'arrachaient les jouets et les cheveux ! En hurlant, et comment ! À clouer le bec aux singes hurleurs ! Un seul moment calme – le déjeuner ! Les bouches occupées, les narines vibrantes ! Et ça boulottait bien… Les compotes avalées – ça repartait, le concert ! Et la sieste, alors ?! Plus de sieste ! Mais oui, essayez ! Il faut les clouer aux lits d'abord ! Et à quatre clous !

Même les adultes ne tenaient plus… Même Pélagie a commencé à voir double ! Au bout d'une heure – plus de voix ! De sa grande gueule ne sortaient que des petits râles ! Personne n'écoutait personne ! Personne ne s'entendait ! L'arche de Noé où toutes les bêtes se réveillent en même temps n'est qu'un repas de muets à côté !

Pas la peine de leur parler. Il faut attendre qu'ils s'essoufflent. Mais quels gosiers ! Les engueuler là, c'est pire que tondre des cochons… Trop de hurlements pour peu de laine. Alors – il faut trouver un truc… Avec les gosses – ce n'est que ça qui marche. Une ruse.

Pélagie a parlé à la directrice… Qu'on puisse les laisser sortir ! Il fait froid, ça – oui ! Mais pas au point que les morves gèlent dans les truffes ! Mais non ! Il suffit de leur mettre un peu de graisse sur la bouille… Les mains… Les joues… Et le tour est joué ! Et surtout les faire pisser avant qu'ils ne déboulent dehors !

Voilà comment. Et ça a été une grande évacuation ! Les grands menaient les petits aux toilettes. Pas envie ?!

Si tu veux sortir – ponds une goutte ! Sinon – on va te faire un nœud à ta bistouquette ! Pour trois heures ! Eh bah, les petits faisaient de leur mieux… De leur meilleur mieux ! Une goutte émise, on les mettait en rang. Trois nounous avec des gamelles pleines de graisse de canard en barbouillaient les gamins. Les mains, les museaux… À la fin, les bouilles luisantes, ils s'attroupaient devant la porte ! Eh non ! C'était pas encore fini ! La directrice, secouant la tête comme une hyène, râlait : « Hoooo ! Que personne ne respire par la bouche ! Dehors – on ne respire que par le nez ! Si je vois quelqu'un respirer par la bouche – tout le monde rentre ! »

Eh oui, c'était comme ça… Du coup, les plus vieux surveillaient les plus jeunes… Qu'ils respirent bien par le pif ! D'abord, tous marchaient, bien sagement… Puis se mettaient à trotter… Et puis à sauter ! Dans tous les sens ! À se rouler dans la neige ! Personne ne savait plus par quel trou il respirait, ça – non, mais tous étaient contents ! Et comment ! Les chérubins étaient en sueur ! Et les diabloteaux – aux anges !

Il n'y avait pas de gamelle de graisse pour Maria. Désœuvrée. Et puis elle a aperçu une assiette avec les restes du beurre. Mais oui, ça graisse aussi ! En grattant l'assiette, elle a réussi à avoir un peu de beurre sur ses paumes, et s'est mise à les frotter. Elle a vu quelques petits qui n'avaient pas encore les bouilles reluisantes. Elle leur a fait signe de venir. Et puis leur a bien badigeonné les joues, le nez et les pattounes. Et au dernier, elle a carrément frictionné les joues avec l'assiette !

Vers le soir, lorsque ces gosses beurrés sont rentrés, épuisés, elle les a déshabillés, un par un… Et leurs joues froides sentaient le pain chaud… Si bon ! Si frais…

Et tout le monde en était étonné… Mais quelle odeur ! Les marmots sentaient comme des crêpes ! Même Pélagie avait eu une larmichette au nez ! Tout le monde se demandait ce qu'était cette odeur… Mystère ! Énigme ! Pélagie et la directrice se sont mises à renifler tous les gosses ! Tous ! Petits et grands ! Un à un ! De la tête aux pieds ! Rien à faire ! C'est bizarre, tout de même… Les petits puent gentiment… Comme d'habitude ! Comme des chiots ! Et les grands – comme des fouines ! Mais ces douze-là… Bien à part. Sentent comme douze petits pains ! Et Maria ? Elle n'a rien dit, elle. Et les douze petits… Ah, qu'ils sentaient bon, eux ! Sans s'en rendre compte ! Ça sentait l'enfance… Mais l'enfant, il n'a pas le nez à ça, il paraît… Et puis ces douze-là ont tout oublié. Fatigués, pleins jusqu'aux yeux de cette journée dehors, ils bâillaient… Joues rondes, petits yeux ! Des bébés yakoutes mal réveillés, quoi. Assis, encore les bottes aux pieds, les bottes de plus en plus lourdes, ils écarquillaient leurs mirettes ! Comme pour effrayer le sommeil. Et puis s'endormaient comme ça, oui, assis, côte à côte, joue à joue… Le sommeil les prenait, un à un. Tout doucement. En soufflant sur leurs paupières… Comme on souffle sur des crêpes brûlantes, oui, en les décollant l'une après l'autre.

Oh, les jours d'hiver… Les journées remplies de soleil jusqu'aux larmes. Les jours d'abondance ! L'époque où l'on voit les joues des gosses par-derrière !

Joues vivantes… Quand ils mangent. Quand ils rient… Mais qui est le père de leur joie ? Et qui en est la mère ? Une fois les gosses dehors, tout émue, Pélagie soupirait devant la fenêtre en s'adressant à Maria : « Regarde-moi ça… Des orphelins ! Tous les gosses ont la neige pour mère et le soleil pour père. Depuis toujours ! »

XIX

Et puis l'école. Pour les petits – l'apprentissage de la lecture. L'alphabet. *Azbouka !* Et puis le coloriage. Les contes… Et pour les grands – tout ce qui va après. L'Histoire, l'écriture, tout ça. L'ennui à se curer le nez à en mourir. Et puis un peu de politique aussi, oui. Dix minutes – debout à écouter la radio. Les récoltes incroyables, les semailles formidables, les promesses ahurissantes, et la joie, surtout, ah ça ! la joie à se pendre… Et la musique ! Les marches militaires ! À se pendre tête en bas. La seule vraie promesse – c'est le déjeuner. Le menu. Ah, c'est un monde ! On en discute à n'en plus finir ! On délire ! On hume l'air. On prophétise ! On interroge ceux qui sont chargés de dresser les tables ! On essaye de deviner. On amadoue les marmitons ! On renifle le courant d'air de la cantine… Comme dans les hôpitaux ou dans les prisons. Même farine. Dans les lieux où l'homme s'emmerde divinement, la seule chose qui le sauve de l'automeurtre ou du meurtre – c'est la bouffe. Le menu du jour. « On aura quoi en entrée ? Et en dessert ?! Et le plat… » Et tra-ta-ta et co-co-co. Et même on mise dessus ! On joue ! Purée ou riz ? On perd – on mange. On gagne

– on mange. Et après ? Eh bien, c'est le pire. Ventres remplis, c'est le bas qui s'y met… Chassez la chair par la bouche, elle revient par le soupirail, elle ! Songes mouillés… Rêves éveillés. Et pour les gosses ? Leur chair murmure encore, elle… Avant de se mettre à hurler pour de bon, et comment ! Jusqu'à la tombe. Sans cesse, sans cesse…

Les matins sont glacials ici. La nuit, les bouleaux craquent. Gémissent. Loin dans la forêt mais si fort si fort qu'on se réveille, ah oui ! Les bouleaux torturés crient ! « Paouu ! Paouuu ! » Des coups de feu dans la forêt ! Et l'aube est rouge malade… On dirait que le ciel a une angine. À la vue de l'aube – on a mal à la gorge. Et les fleurs de givre sur les carreaux. Ah ça, la chair de poule assurée !

Maria s'occupe du poêle. Corvée pénible au début, agréable à la fin. Aller dans les dépendances pour chercher du bois. Trois bûches, pas plus. Trop lourd. Les poser sans faire trop de bruit. Aller encore. Trois bûches. Mais oui, il en faut pour toute une matinée. Et puis le papier et le petit bois. Une fois le feu né – c'est le paradis. Et puis, bien nourri, le feu crépite, danse et vit. L'heure d'aller réveiller les gamins. Et puis l'habillage. Et le petit déjeuner. Et la classe… En attendant qu'il fasse moins froid pour aller dehors.

Cette année-là, il y eut beaucoup d'oiseaux morts de froid. Les seuls qui résistaient, c'étaient les bouvreuils. Et les gosses les guettaient. À l'affût ! Vrais chatons ! Et les bouvreuils, ces boules de vie à la poitrine rouge, comme si l'aube les avait embrassés un à un, se pivoinaient sur un grand sorbier.

Mais les moineaux, les mésanges, les chardonnerets… Les enfants les ramassaient dans la neige. S'attroupaient devant un moineau – silencieux, restaient un moment immobiles… On pouvait entendre leur cœur. Et puis, graves, ils s'accroupissaient autour du petit cadavre. Le regardaient, tous – yeux, souffle coupé, comme si la mort d'un moineau leur donnait l'infini… Et personne n'osait le toucher. Jusqu'à ce que l'un d'eux, le plus téméraire, le touche avec une branche, et puis avec ses doigts. Et puis finisse par le prendre dans ses mains, en faisant une maisonnette. Le cache dans ses mains, et le montre aux autres, oui, entrouvrant ses petites pattes, un tout petit peu, comme si l'oiseau pouvait s'envoler.

Et puis le gamin mettait l'oiseau dans la poche de sa veste, et ne jouait plus. Demandait de rentrer au dortoir. Et là – il essayait de réchauffer le moineau. Tenait tellement à cette boule de vie immobile. Tellement… Si agréable à toucher… Si douce ! Le gosse ouvrait le bec du moineau et soufflait dedans tout doucement. Et puis respirait sur lui… Houuuu houuu… Et puis le cachait sous son oreiller, oui. Et le soir, avant de s'endormir, regardait l'oiseau, fermait les yeux et les rouvrait tout de suite, de peur qu'il disparaisse, le petit moineau. Mais tout s'était arrêté pour la petite âme à plumes. Tout.

Si le temps, ce fils de l'éternité, s'arrête pour un petit moineau dans la neige, mort de froid, un jour il s'arrêtera pour nous aussi. Oh que oui… Ne sommes-nous pas plus grands qu'un moineau ?

Et l'hiver se déchaînait cette année-là… Il aurait fallu mille ans pour les ramasser, tous ces petits oiseaux morts… Mais les gosses n'ont jamais peur du froid. Ils tenaient tous à gambader ! S'agitaient comme des marins, la terre en vue ! Ils pépiaient ! Les plus petits zozotaient : « La neize ! La neize ! », s'habillant comme des ivrognes le jour de la transformation de l'eau en vin ! Plus véloces que les anges lorsqu'ils s'habillent en ailes ! Oh, les mioches ! Ils se trompaient de vestes ! Se perdaient dans leurs écharpes, bottes et chapkas ! Hurlant comme des chérubins fouettés ! En courant, en tombant, à quatre pattes ! À plat ventre ! Sur le dos du copain ! En se tortillant dans les couloirs, pire que des pelotes de vermisseaux au printemps – tous voulaient être le premier à toucher la neige ! Se rouler dans la pureté…

Les gosses du village à côté et les orphelins ne se mélangeaient pas. Même pas dans les jeux. Même pas dans des batailles de boules de neige. Jamais. Ne se détestaient pas vraiment, non, mais se méfiaient de loin. Les gosses du village traitaient les orphelins de « Voleurs de crottes de nez » et les orphelins les appelaient « Morves à maman ». Mais à l'approche de la Saint-Sylvestre – les gosses du village enviaient les orphelins. Ceux-là avaient un sapin ! Et pas n'importe lequel… Pas une brosse à dents décorée ! Ah non, un sapin immense… Un arbre fait de trois sapins.

Et surtout – les lumières, ah oui, la salle devenait magique durant trois soirs. Le soleil couché, les gosses du village louchaient sur ce palais enchanté, devenant d'un coup – de petits vieillards, comme tous les envieux.

Et la fête, alors ? Ah ça… C'est une vraie épopée, ça !

XX

Maria n'avait jamais vu une salle pareille. Grand jamais. La première fois – elle s'y est arrêtée net, comme clouée ! Le plafond… Elle croyait rêver. Le plafond aux vertiges ! Et les fenêtres… Si hautes et si larges, les fenêtres aux anges ! Maria s'est dit que les anges pourraient y entrer les ailes déployées… Elle n'osait pas faire un pas… Restait plantée au milieu, avec un balai.

Et pourtant, il fallait qu'elle bouge. Les trois sapins étaient arrivés. C'est Spiridon, le menuisier, qui tous les ans en coupait trois dans la forêt, les rapportait avec son traîneau et les rassemblait en un seul arbre.

Il avait fait la guerre civile dans la marine, et la guerre lui avait mordu la main gauche. Il n'avait que trois doigts. Mais avec seulement trois doigts, il était plus agile que les autres – avec leurs dix. Les gosses l'adoraient… Les plus hardis pour le saluer lui tendaient la main gauche. Et lui, sourcils levés – leur tendait sa pince, en ajoutant : « Toi, petit démon, tu as serré la pince au grand diable ! Alors tu ne te la laveras pas pendant trois jours ! Sinon… Tu te cureras le nez avec ton pied le reste de ta vie ! Compris ?! » Et le gosse repartait effrayé ! Portant sa main gauche comme une poupée…

Anna la Rousse protestait, en riant : « Il faut pas dire ce genre de bêtises aux enfants… Tes spiridonneries ! Les pauvres… Ils te croient ! Pour qu'ils se lavent les mains après – ça va être la guerre ! »

Mais les gosses étaient tous fous de lui ! Tous. Tous âges confondus ! Il faisait tant de trucs pour eux… Il savait tout faire ! Tout ! Avec rien ! D'un bout de ficelle – il concoctait une poupée ! En trois nœuds ! Les fillettes en oubliaient de cligner des yeux ! Se griffaient les coudes pour en avoir une ! Et lui ? Il chantait, lui ! « Les moutardes ! Oooooon se bat pas ! Je vais en faiaiaiaire pour tout le monde ! » Et les filles couraient partout ! À la recherche de bouts de ficelle ! Une fois trouvés – cinq à un bout ! Cinq à l'autre – déchiraient les lacets ! Et en été – les plus petites apportaient des vers de terre ! Et bien longs ! Des nouilles roses ! Bien vivantes ! Baragouinant, en larmes, elles le priaient : « Monsssieur, faites-nous une *katinka* avec ÇA ! » Et lui ?! il prenait deux vers de terre et en faisait – un escargot ! Mais oui ! Qui portait désormais un nœud sur son dos !

Les enfants n'admiraient pas Spiridon… Ils l'idolâtraient ! Lui, sa veste, sa sacoche et tout ce qu'il y avait dedans ! Ah oui ! Ses outils ! La magie ! Un petit marteau surtout… À la tête minuscule ! Le manche mince et long ! Les plus sages avaient le droit de le toucher. Et même de le tenir ! Ils murmuraient… « Qu'il est léger ! un bébé marteau… ! » Et lui, il racontait qu'avec ce marteau et les os du sandre il clouait les étoiles au ciel !

Tous les soirs ! Depuis toujours... Il leur a dit d'écouter le grillon. C'était son marteau ! C'était lui, qui travaillait tout l'été à clouer les étoiles ! Et l'hiver – le bébé marteau chômait... Et les mioches reposaient le marteau dans la sacoche comme on repose une relique.

Et après, bien après, les soirs d'été dans leur lit, les plus petits retenaient leur souffle... écoutaient le grillon. « Ah oui, c'est ça... le petit marteau... » Et soupiraient avant de s'endormir.

Maria observait ce menuisier... Comme un chaton – une pelote de laine qui se déroule ! Miracle sur miracle ! Bouquet de prodiges ! Pour qu'une poupée en ficelle soit assise – il transformait un bout de fil de fer en chaise ! minuscule ! Trois sœurs tiques devaient se savonner les fesses pour s'asseoir dessus !

Pour que les gosses le laissent partir – il fallait les mettre en laisse ! Les enfermer ! Séparément ! Ils s'accrochaient à lui, priant : « Encore ! Fais-nous encore un truc ! Encore un ! »

Et lui, l'arbre à gosses, il ne pouvait plus bouger... Un jour, en partant, il a lancé aux filles pendues à sa ceinture : « Dans une semaine... Attrapez-moi trois poux ! Et avec je ferai une troïka ! »

Et alors ?! Toute une semaine, les filles ont chassé les poux ! Les leurs, les leurs ! Chacune d'elles voulait que la troïka soit faite – avec SES propres poux ! Chacune d'elles refusait les poux de ses copines ! « Ah non ! Les tiens fffont trop petits ! » « Petits ? mais ils fffont vigourrrreux ! Regarde les tiens plutôt ! Trop vieux ! » « Et les tiens – fffont poilus ! Frrr ! Refffemblent aux fffouris ! » « Et toi – tu vovotes ! » « Moi, je vovote ?! Et les tiens – fffont fainéants ! Ne font que dormir ! »

Et toute la nuit comme ça ! Et tatati et patata ! Jusqu'aux gifles et griffures parfois…

Et après ? eh bien… Il l'a faite, cette troïka de poux. Un vrai attelage ! Formidable ! Sangles, harnais et bricoles ! Et tout ça – avec dix cheveux… Et le joug ? Avec la lune d'un tout petit ongle ! Du plus petit doigt du plus petit des gosses… Et pour ferrer les poux ? Comment il a fait ? Ça – non. Ça – il ne l'a pas fait. Il était menuisier, lui… Pas maréchal-ferrant.

Maria l'aimait bien. Même si Spiridon était laid comme un pou. Et sale comme le peigne d'un pou ! Il se justifiait : « Qu'ils se lavent ceux qui ont la flemme de se gratter ! » Et pourtant il sentait bon, lui. Il sentait la forêt, lui. Lorsqu'il a vu que la veste de Maria était tout en lambeaux – sur-le-champ il a enlevé la sienne. « Tiens ! Elle est presque neuve. Et jette la tienne ! Cette fourrure de poisson ! Hé ! Même le vieux chien d'un pope est mieux habillé ! » Et sa veste était grande et chaude… Chaude de lui et chaude tout simplement. Maria a mis les mains dans ses poches. Il restait un peu de tabac tout au fond, dans la couture, du tabac comme de la poudre. Comme dans la veste de son père, oui. Oui… Lorsque, petite, elle plongeait sa main dans sa poche profonde-profonde, jusqu'au coude – il y avait aussi du tabac en poudre…

Spiridon disait à Maria que tous les gosses ont peur des infirmes. Très peur et très fascinés… Qu'il ne faut pas se laisser faire ! Ah non ! Sinon, ma petite, les mioches danseront sur tes os.

Parfois il était taiseux et rêveur comme un marin à terre, et parfois – loquace comme un fossoyeur. Il avait une grande tache de vin autour de l'œil gauche. Comme un chien. Mais ça ne dérangeait personne, cette tache. Oh que non. Et puis Spiridon s'en fichait, mais absolument, et de sa tache et de son visage carrément. Et même sa tache était joyeuse quand il riait ! Même elle – rigolait ! « Mais t'es un clown, toi ! Arrête ! Travaille ! » criait Pélagie, et puis elle murmurait : « Il se croit beau, lui… Il a dû naître si laid que le Diable en le voyant a renversé son verre de vin sur sa bouille ! » Spiridon, l'oreille fine, ripostait : « Pélagie… Pélagie… Oh, méchante femme ! C'est grâce à ma mère que j'ai cette tache… Elle était si gentille, elle, que le Diable, en la voyant, a renversé son vin sur moi… Voilà pourquoi ! Mais s'il t'avait vue, toi – il aurait arrêté de boire… »

Et il continuait à tailler le tronc du sapin… Tranquille. Il avait en lui comme un secret. Comme une sorte de joie… Un feu stable, et chacun pouvait se réchauffer auprès de son feu. Cette flamme qui s'allume dans ceux qui ont tout vu. Qui n'ont plus rien à perdre sinon leurs bottes.

Et en plus, il travaillait bien, intelligemment. Sans se presser, en chantonnant. Comme s'il était seul au monde. Comme s'il construisait l'arche de Noé ! Si sûr de lui ! Comme si Dieu lui-même lui filait les clous ! Quelle arche, c'était ! Le sapin de Spiridon… Et l'arche verte montait jusqu'au plafond. Le sapin se dressait immense, large et bienveillant comme une mère de la forêt prête à couvrir tous ses enfants sous ses branches. La salle sentait la forêt et les enfants venaient y jeter un coup d'œil. Renifler la magie… La fête était proche. Et personne ne se sentait orphelin.

Le seul hic – Spiridon buvait. Mais que de la bière, oui. Petit hic, ça – oui, mais il faisait boire Anna. Et quand il buvait, il tombait amoureux d'Anna la Rousse. Une goutte dans la pipe, il racontait les spiridonneries les plus délirantes, lui. Il riait, regard biéreux… Oh, le rire ! Et le rire, c'est la bière qui conserve tout. Et puis aucune gêne avec les femmes. Absolument aucune. C'est vrai que l'homme vraiment laid et conscient de sa laideur est bien plus hardi avec les femmes qu'un homme beau qui ne se rend pas compte de sa beauté. Rien à perdre ! Tout à gagner.

Et quand Anna buvait, elle riait aussi. Et puis pleurait. Et quand elle riait, elle n'entendait rien.

Lorsque les gens rigolent, ils deviennent sourds… Mais complètement ! Recto verso ! Et Anna la Belle… Elle fixait Spriridon. D'un long regard vineux… Devenant de plus en plus ivre. De plus en plus belle. Et comment ! À faire voir double trois borgnes ! Maria évitait de la regarder. Anna riait fort, les yeux fermés… Une beauté ivre jusqu'à la laideur. Et le menuisier continuait : « Les femmes pensent que je suis saoul tout le temps ! Ho ! Si elles savaient… Je n'ai qu'à lécher mes joues de l'intérieur – et j'ai mon vin ! Anna ! Si tu veux en goûter un peu – embrasse-moi sur la joue gauche ! Je t'offrirai la joue droite en bon chrétien ! » Et Anna, se tordant le nez, de répliquer : « Brrr ! J'embrasse pas les bouteilles, moi ! »

XXI

Trois jours avant la nuit de la Saint-Sylvestre, Spiridon se mettait à confectionner le support pour le sapin. En forme de croix... Et quelle croix ! Du chêne ! Deux planches larges de trois bras. Épaisses comme deux ! Assemblées par une encoche bien profonde. Et clouées l'une à l'autre à mort ! Mais oui, il fallait qu'elle porte l'arbre géant durant deux semaines.

Une fois la croix assemblée, il la laissait dans la salle. À plat. « Pour qu'elle s'étire bien », disait-il aux gosses. Et puis expliquait : « Toute une année dans la cave – le bois a besoin de s'étirer, après... Toi, après une nuit – tu t'étires les pattes, non ? Imagine – une année au lit ! Alors laissez la croix tranquille ! Que personne ne saute dessus ! » Mais qui peut retenir les gosses ?! C'est plus facile d'interdire à un matou en rut de miauler ! Alors – ils venaient, un à un, sur la pointe des pieds... Toum-toum-toum ! Et que rien ne grince ! Juste pour voir ! Oui-Oui ! Et puis – sautaient à trois sur chaque bras de la croix ! Hululant : « En avant, le radeau ! »

Maria accourait aussi vite qu'elle pouvait ! Seigneur tout-puissant ! Toute une bande de petits belzébutheaux sur la croix ! En train de jouer au « Radeau » ! Sautant dessus comme des dératés ! Hurlant comme des cochons dont Belzébuth a noué les queues l'une à l'autre ! Ils pleurnichaient après, ah oui. Des échardes aux fesses ! Les pauvres… Ils se grattaient ! Comme s'ils avaient été assis sur un peuple de chenilles processionnaires en exode ! Une heure comme ça… En attendant que Maria retire les échardes ! Une goutte d'huile de tournesol sur l'écharde et appuyer un peu… Elle sortait d'elle-même, presque ! Toute petite écharde… Et noire comme un puceron des vignes. Spiridon a bien ri ! « Heureusement que la croix est faite en chêne – il disait. Les échardes de sapin – c'est gros comme ça ! Et celles du peuplier sont un sabre ! Et l'écharde d'un noisetier… c'est un pieu ! » Et les gosses imaginaient tout ça… Sabre ! Pieu ! Ça les calmait pour un bon moment.

Et puis le temps était venu d'ériger l'arbre. Très tôt le matin. Ah oui, pour ne pas avoir les gosses dans les pattes. Ça n'était pas évident, ça… À l'aide de trois cordes attachées à son tronc, bien accordés, tirant chacun de son côté, Spiridon, Pélagie et Antonina la cuisinière érigeaient l'arbre… Il fallait qu'il entre dans le trou au centre de la croix. « Tout doux ! Tout doux… Voilà ! Encore un peu… C'est bon ! Lâchez ! Reculez ! »

Il se dressait enfin. Ouuuuh… Immense. Vibrant encore un peu… Sapin géant à trois étages. « Une fois au chaud, un sapin coupé – pleure, a dit Spiridon. Et ça colle après… Faites gaffe. »

Les enfants rappliquaient… Les plus petits, encore en pyjama – se cachaient sous ses branches basses. Pas moyen de les faire sortir ! Maria, à quatre pattes, essayait de les attraper par les pieds ! Rien à faire !

Ils se blottissaient contre le tronc ! Très au fond ! Impossibles à récupérer ! Tous assis sur la croix ! Échardes oubliées ! À l'aveugle, Maria saisissait deux pattounes ! Et tirait ! Et tous les moutards se mettaient à brailler : « Ah, non ! c'est pas mon pied à moi ! Mariaaaaa ! Non ! C'est pas mon pied à moi ! » Et Maria lâchait les pieds attrapés au hasard... Et recommençait ! Sans cesse... Sans cesse... Mais les gosses, malins, chaque fois qu'elle tenait deux jambes – s'égosillaient : « Non, Maria ! Non ! Tu tiens deux pattes gauches ! » Ils s'amusaient, eux, et comment ! De vrais possédés ! Ils ne voulaient même pas manger ! Ni jouer dehors ! Se laver – n'en parlons même pas ! Impossible de les débusquer ! À s'écrouler de rire en entendant leurs gémissements : « Ah, ça me pique ! Oh, ça me gratte ! »

Et puis – la ruse ! Anna s'est mise à jouer de l'accordéon... Tout doucement d'abord, et puis de plus en plus fort. Les gosses couvraient tout avec leur boucan ! Et puis... Un à un, en entendant la musique, ils se taisaient... Pour bien l'écouter. Et Anna continuait ! De plus en plus fort ! De plus en plus vite ! Joue gauche sur l'accordéon ! Les yeux fermés ! Comme endormie...

Petite valse d'abord... Très lentement ! Et puis la mazurka de la neige ! Et puis la polka de Baba Yaga ! Et les gosses, alors ?! Ils pointaient leur museau... Apparaissaient un à un ! Et se mettaient à danser ! Tous galvanisés ! Tous ! Filles-garçons ! Sans chaussons ! Glissant ! Tombant ! Hilares à faire voir le palais rose de leur bouche ! Se redressant ! Et retombant encore ! La polka de la Saint-Guy ! À treize

Guy… ! Et Anna continuait… De plus en plus vite ! Chérubins déchus ! Angelots déçus ! Tombant, ils se tortillaient même à terre ! À quatre pattes ! La sarabande des fesses ! La danse du ventre ! Des joues ! De tout ! Kazatchok des écureuils derviches ! Et les plus petits… Les hamsters en extase ! Avaient à peine appris à marcher, mais se trémoussaient déjà ! Et comment ! Bras levés… Pour l'équilibre ! En se balançant ! Des pingouins en prière ! À la fin, Maria et Pélagie les ramassaient, épuisés, hagards. Mais certains, plus possédés que d'autres, dansaient encore ! Même lorsque la musique s'arrêtait… Continuaient à danser un peu… Oui, comme dans une transe. Les papillons autour du feu qui s'éteint – dansent encore…

Et puis il fallait accrocher les portraits dans la salle. Oui, les portraits des grands révolutionnaires. Les fondateurs ! Les vojd ! Marx-Engels ! Lénine-Staline. Mais oui, pour que les gosses voient un peu grâce à qui ils mangaient trois fois par jour. Grâce à qui ils crottaient au chaud ! Et se torchaient avec la *Pravda* ! Et pas de rigolade ! Sinon – une heure à genoux sur les miettes sèches ! Et ça fait un mal de chien, ça ! Le Tzar – knoutait, la Révolution – mettait à genoux ! Mais avant tout – un grand déménagement. On décrochait les portraits dans la chambre aux discours.

La directrice ne touchait pas au sapin, elle. Sinon des yeux ! Comme un général, elle ne faisait qu'observer le monde grouillant autour de l'arbre… Légèrement dépitée. Bras croisés ! Et puis partait, secouant la tête comme une hyène… Retournait dans son bureau. Mais c'est elle qui décorait les portraits. Ah ça ! Elle n'en laissait l'honneur à personne ! On lui apportait les portraits, un à un ! « Marx – à la fin ! » ordonnait-elle. « Je ne sais pas si j'aurai assez de rubans rouges… D'abord – Joseph Wissarionovitch ! Puis – Lénine ! Mais on fait ça depuis toujours ! Et chaque fois la même chose ! Oh, les filles… Cheveux longs, raison courte ! » Et les filles, Anna et Maria, décrochaient les portraits, un à un, et les portaient… Tout lentement, comme on porte des icônes… Qu'elles étaient lourdes, ces têtes ! Avec leurs cadres dorés ! Maria n'osait pas regarder les visages de ces saints ! Si près ! Si près ! Énormes ! Elle finissait par marcher les yeux fermés ! Et Anna riait… En guidant Maria. « Devant, devant… Attention à la porte ! Posons-le… Souffle un peu. »

Une fois, elles ont porté Marx la tête en bas. Heureusement, Anna s'en est aperçue ! « Stop ! La directrice va nous tuer – si elle voit ! Il a la barbe en haut, lui ! Mais quelle barbe… Comme un pope, lui ! » « Le plus lourd, c'est Lénine – disait Anna –, on le décroche en premier… Tant qu'on a encore des forces, hein ? »

Les portraits accrochés, on se reposait… La directrice venait, jetait un coup d'œil, et repartait. Jamais contente.

Et enfin, le soir, on passait à la décoration du sapin. Ici, on dit « habiller le sapin ». Et pour être habillé – il était habillé ! Et comment ! Endimanché ! C'était tout un chantier… D'abord, quatre escabeaux très hauts autour. Puis de larges planches posées sur leurs marches. Mais oui, tout un échafaudage. Et puis, du grenier, on descendait les jouets dans de grands sacs. Et beaucoup-beaucoup de coton pour faire la neige. Antonina la cuisinière préparait du caramel, et l'emballait dans des bouts de tissus colorés. Une centaine de bonbons en étoile ! Toute la nuit aux fourneaux…

C'était le soir. La directrice ordonnait en partant : « Ce sont les enfants les plus sages qui habilleront le sapin… Que les meilleurs ! » La porte fermée derrière la camarade directrice Sirotova, Anna comptait jusqu'à cent… La directrice pouvait écoutait derrière la porte ! Ah oui ! Et même revenir ! Elle a déjà fait ce coup-là ! C'est pour ça… Jusqu'à cent et lentement.

Et puis tous les gosses, petits et grands, sages et pas sages, gentils et méchants, morveux et becs-secs, venaient dans la salle. Et Anna, en bon colonel, commandait… Les petits déballaient les guirlandes en papier et les passaient aux grands. Les plus grands étaient sur les planches, en haut du sapin. Les tout-petits mis en rond étaient surveillés par Maria. Ils attendaient, impatients, suçant leurs manches. Parfois ils voulaient s'échapper, venir plus près ! Pour voir ! Pour attraper un bonbec ! Mais Maria veillait à ce qu'ils restent groupés… Fesses à fesses ! Comme des agneaux… Oui. Elle tournait autour comme un chien de berger…

Mais le plus délicat – l'étoile. Tout à la fin. Et c'est Anna qui la mettait tout en haut du sapin. L'étoile en verre rouge. Grande étoile.

Une fois l'endimanchement du sapin terminé, les grands allaient dormir, fatigués, silencieux et pleins.

Les petits, désœuvrés, écarquillaient les yeux pour ne pas s'endormir sur place. Et puis s'endormaient tout de même... Maria et Anna les portaient dans leurs bras, un à un, et les mettaient au lit. C'est là que Maria a découvert qu'un enfant endormi pèse lourd.

La semaine de la fête, Maria a dormi dans le dortoir des petits. Pélagie lui a dit : « S'ils braillent – tu n'as qu'à prononcer mon prénom ! Tu dis "Pélagie" ! Haut et fort ! Tu verras le miracle ! Ça les calmera... Ça a toujours suffi... » Et Maria, obéissante, s'allongeait sur un petit lit tout au bout du dortoir. Genoux pliés, dans ce lit d'enfant, elle écoutait le sommeil des petits. Leurs respirations... Parfois un cri, celui d'un oiseau, un cauchemar, sûrement. Et puis de nouveau juste la respiration... Profonde-profonde... Comme un chœur endormi. Le cœur d'hiver. Ni loup, ni renard, ni chien... Juste les ombres bleues sur la neige... Et la lune très haute. Toute minuscule comme l'ongle d'un nouveau-né.

Et l'arbre, lui, tout seul dans la salle, tout endimanché, pleurait tout doucement... Sans cesse, sans cesse.

Une fois la fête finie, l'arbre jaunissait et, la nuit, Maria entendait les aiguilles du sapin tomber. Avec un bruit triste.

Mais avant, toute une semaine – la joie demeurait. Et la salle sentait la forêt. La sève coulait sur le tronc... Comme si l'arbre suait... Et sa sueur tombait sur la croix et autour. Le sol brillait de sève ! Si collant... Et même après avoir jeté le sapin – on gardait les traces, oui, en marchant surtout. Les semelles collaient au sol, faisaient « Chiiik, chiiik… ».

Et puis on fermait la salle, le 13 janvier. Les enfants étaient déçus. Ah oui, pour être déçus – ils étaient déçus ! Comme si on leur avait promis un œuf à la coque pour chacun et qu'on leur servait – de la bouillie…

Le menuisier venait le 14 janvier… Très tôt, oui, il faisait encore nuit. Le sapin était nu. Toujours grand, comme avant, mais comme mort… Et très nu. Et puis il était abattu une deuxième fois. Sans précaution… À la scie.

Les enfants se levaient, et leur arbre déjà était dehors. Dans la neige. Découpé en rondins. Un amas de bois… Prêt pour le feu comme un plat sur la nappe blanche. Ce matin-là était le matin le plus triste de l'année. Ah oui… lorsqu'on brûle les sapins quand la fête est finie. Et les gosses sortaient pour voir, tous silencieux… Sans manger ni se laver la bouille ! Et personne ne les empêchait de sortir…

C'est le menuisier qui allumait le feu. Grand feu dans la cour. Et le feu était affamé, et plus le feu mangeait – plus sa faim grandissait. Il dévorait l'arbre sec-sec et crépitait de plaisir. Et la neige fondait à vue d'œil autour ! Coulait ! Formant des flaques… Comme si les flammes bavaient ! Et leur bave se répandait jusqu'aux bottes des gosses ! Ils reculaient, ça – oui. Mais que des pieds ! Pas des yeux, ah non ! Les yeux dans le feu, ils le dévoraient… Ce feu qui, lui, dévorait leur arbre. Leur fête… Et la magie de la fête. Et ce feu de la fin – était la magie lui aussi… Le visage sérieux, les petits et les grands regardaient les restes de l'année brûler… Jusqu'aux cendres. Ça les faisait vieillir, ce feu… Encore une année derrière. Et les cendres noires-noires de l'année 1938 flottaient dans les flaques…

XXII

Lorsque Maria a touché pour la première fois son salaire – elle ne savait pas quoi en faire. Trente roubles ! Une somme ! Vingt roubles en billets, et le reste en pièces. Un trésor ! Anna lui a conseillé d'acheter une paire de chaussures. À Leningrad, elle en a vu et de belles ! Elle-même en portait de très jolies, ah oui, petit talon et tout, en faux cuir, ça – oui, mais très-très bleues. Et puis elle se reprenait : « Ah oui, j'ai oublié… Ton pied. Dans le magasin, ils ne voudront jamais dépareiller les godasses… Ne casseront jamais deux paires pour en vendre une. » Et Maria en était contente. Elle ne voulait rien acheter. Rien. Ni chaussures, ni jupe, ni veste, ni fichu. « Je n'ai besoin de rien, Annouchka… Pardonne-moi. Je suis bien comme ça… » Et Anna, commençant par hocher la tête, soupirant : « Hé, hé, Masha… Tu es vraiment d'un autre monde, toi… », finissait par rire. « Une botte hors pair, toi ! »

Et puis un autre salaire. Et encore un autre… Tout le monde disait : « Mais Maria, pourquoi tu ne veux pas te faire faire de nouvelles dents ?! En fer, à Leningrad ! » Et Pélagie montrait les siennes. Antonina la cuisinière – les siennes. Un peu effrayée, Maria baissait la tête et marmonnait que oui-oui, un jour, peut-être…

Au lieu des dents en fer, elle a pris une chambre au village. Pension complète chez la Veuve. On l'appelait « la Veuve », mais elle n'en était pas une. Une ancienne moniale. Va savoir pourquoi on disait « la Veuve ». C'était chez elle que Maria louait une toute petite chambre. Enfin, elle avait un « chez-elle ». La Veuve ne parlait pas, et tout le monde à l'orphelinat se moquait de Maria : « Petite, tu verras ! Il va falloir que tu la payes en plus, pour qu'elle cause, ta veuve ! Ha-ha ! Dix roubles pour un *Da* ! Et cinq pour un *Niet* ! » Et Maria ? Elle les laissait rire… Elle était plutôt contente de vivre chez cette femme.

Et puis le printemps est venu. Maria a été transférée à la basse-cour.

Et la basse-cour… C'est tout un univers ! Le Vieux coq surtout ! Poussin, on l'avait déjà baptisé « l'Ennemi du peuple ». Un jour, il est devenu un coq adulte et un coq méchant. Et puis le voilà très vieux ! Un Mathusalem des coqs. Et de plus en plus méchant ! Oh que oui. Il s'attaquait aux mollets de Maria ! Aux mollets d'Antonina la cuisinière ! Et parfois, même aux bottes de Spiridon ! Et toujours par-derrière ! L'air de rien ! Sans prévenir ! Mais quel coq ! Un moujik ivre mort est un prince à côté ! Vicieux pour deux, et trouillard pour quatre ! Une fois, la nuit, un renard a pénétré dans le poulailler… La pagaille ! Le chaos ! La pétaudière parfaite ! Le renard lui-même était effrayé ! Il en avait oublié pour quelle boustifaille il était venu ! Toutes les poules qui s'envolaient autour ! Mais le coq, mais le coq… Blotti dans le coin le plus sombre, les yeux fermés, immobile, il faisait le mort, lui ! Il a fallu après une heure à la cuisinière pour le convaincre qu'il n'y avait plus de danger ! Enfin ! Qu'il peut faire le vivant… Et alors ? Eh bien, il continuait comme si de rien n'était, lui. Sans la moindre honte ! Rien de rien ! Aussi fier qu'un aigle sur son tas de merde ! Antonina la cuisinière essayait de le raisonner. Rien à faire ! Le menacer d'une soupe – rien ! Autant menacer un poisson d'une noyade ! D'un chien – rien non plus ! Aucun chien ne faisait le poids… Ni homme ni loup ni chien ! Une fois, une seule fois, Spiridon l'a attrapé par les pattes et l'a tenu la tête en bas… Dix minutes ! Normalement, aucun gallinacé n'y résiste. La meilleure ruse pour endormir une poule ! Attrapez-la par les pattes et tenez-la la tête en bas. Trois minutes et la poule roupille ! Posez-la, elle dormira trois heures ! Une fois, pour faire rire Anna la Rousse, Spiridon a endormi tout le poulailler. Vingt-trois poules allongées bec à bec comme des soldats dans une caserne ! Ah, on en parle encore à l'orphelinat ! Mais le coq ! Rien à faire ! Et puis on a décidé de le faire passer à la soupe. C'est Spiridon qui lui a dévissé la tête. Et trois fois ! Du nord au sud. Du sud au nord. Et encore du nord au sud. Et alors… Trois jours de cuisson ! À petit feu ! Le mijotage dans les règles ! Et toujours immangeable. Le pilon toujours dur ! La cuisse immordable ! Mais oui, dure de douze ans ! Et l'odeur… Aucun chien n'a touché à la soupe. Ni à la cuisse ni à l'aile. Aucun homme n'a lapé le bouillon. Même les renards éternuaient dans la forêt, complètement dégoûtés.

L'ennemi du peuple… C'est, peut-être, vrai ce qu'on dit : appelez un homme – porc pendant trois ans, il finira par grogner. Traitez un garçon de « fils de pute » – il finira par mettre sa mère sur le trottoir…

Il y avait quelques canards aussi, oui. Une dizaine. Et des oies. Et puis des chats, toute une bande, sans nom ni nombre. Et les souris, sans nom non plus.

Dans la journée, la terre se déshabillait du blanc, la neige fondait. Mais le soir, l'hiver revenait. Le dimanche, les gosses du village s'amusaient à jouer dans les ruisseaux. Toute la journée, oui. Et puis rentraient, mains gelées, gouttelette au nez, joues rouges. Et les cheveux en sueur. Chapka enlevée – leurs têtes fumaient ! Comme s'ils revenaient du sauna. Ah oui, toujours pareil dans le Nord… Les mères leur embrassent la tête, tout en haut, oui, comme pour boire à la fontanelle… Et après, elles ont le goût du sel sur leurs lèvres, les mères. Qui est, peut-être, le miel le plus doux des mères…

La Veuve moniale, en voyant le petit de la voisine rentrer à la maison, sortait et restait quelques minutes sur le seuil à regarder cette femme embrasser la tête de son fils… Et Maria l'a surprise plusieurs fois comme ça. Et la Veuve avait les yeux d'un enfant, elle-même. Maria a pensé à Sérafima qui lui avait dit un jour que les moniales, lorsqu'elles regardent le monde, le voient comme une grande chose, elles… Très grande chose. Comme les petits enfants. Et leurs visages ne reflètent plus rien. Vides de tout. Pleins de prières. Miroirs aveugles. Oui. Brisés comme leurs âmes. Et l'âme brisée réfléchit toujours Dieu.

Et puis la Veuve, une fois chez elle, ses yeux étaient un moment comme ceux de Sérafima, et puis c'était fini.

En mai, les gosses faisaient de longues expéditions dans les bois. En chemin, ils étaient incontrôlables ! Une patte dans la forêt – ils se calmaient… Ah oui. N'en menaient pas large. Devenaient sages, tous ! Se donnaient la main les uns les autres, et plus un mot ! Juste les yeux énormes… Et la respiration profonde.

Maria, elle, entrait dans la forêt comme un prêtre qui, dans n'importe quelle église, se retrouve chez lui. À l'écart des gosses et des adultes, elle humait la forêt, écoutait le vent dans les sapins et souriait, immobile…

Elle faisait connaître aux gamins trente mille choses ! Ah oui ! Ce qui fait vivre dans les bois et ce qui tue. Comment trouver le nord en observant la quantité de mousse au pied d'un arbre… Tout ce qu'elle savait, oui. Tout ce que son père lui avait appris. Quelle mousse appliquer sur la plaie… Et puis des choses sur les champignons. Et puis comment écouter la forêt. Comment le vent se déplace. Comment se mettre contre le vent pour pouvoir s'approcher d'une bête. Comment marcher dans la forêt… Sans faire de bruit. Et savoir pourquoi les corbeaux s'envolent subitement… De quoi ils parlent en croassant fort. Ou en craillant tout doucement, en couple… Ou lorsqu'ils graillent en faisant des cercles très haut.

Elle leur enseignait comment on rampe dans les bois. Et elle rampait. Comment on s'allonge dans une forêt. Et elle s'allongeait. Elle leur expliquait pourquoi il faut éviter de dormir à même le sol dans une forêt au printemps, mais qu'on peut passer la nuit entière par terre en septembre. Et pourquoi ça ? – demandaient les enfants. « Parce qu'au printemps – répondait Maria –, la terre est froide et elle aspire la chaleur de tout ce qui est vivant. Voilà pourquoi. Qui vous moucherait après, ah ? Et l'automne, la terre est encore chaude et elle rend la chaleur emmagasinée tout l'été. Quand vous sortez du lit le matin – il est chaud, votre lit, non ? Et quand le soir vous vous y couchez – il est froid, non ? »

Elle trouvait un long bâton et leur montrait comment porter un fusil dans la forêt. Comment on s'allonge pour tirer. Comment tirer debout ou un genou à terre. Et comment viser. Comment devenir immobile, oui, plus immobile qu'une grosse pierre, respirant par le ventre, comme font les basses à l'église, et puis calmer le cœur et la respiration avant de tirer. Et tirer sans que la balle risque de ricocher sur une vieille racine. Comment se comporter en tombant nez à nez avec une grosse bête. Un élan… Ou un ours. Dieu vous en garde ! Et comment se retirer tout lentement devant un ours qui mange des framboises sauvages…

Elle leur expliquait comment on choisit un bouleau ni trop jeune ni trop vieux, plein de sève, et comment faire un trou dans le tronc, et puis comment ramasser le liquide si bon. Et surtout quand…

En hiver, elle leur apprenait à lire les traces. Et voir quelle bête est passée… Savoir distinguer les empreintes d'un loup. D'un chien errant. D'un renard. D'un lynx. D'une hermine. D'une fouine qui chasse... Comment elle saute. Le chemin d'un écureuil dans la neige profonde. Elle leur montrait comment on fait une tisane à base de l'écorce du pin et des aiguilles, et pourquoi il faut en boire en hiver. Et au printemps, à la fin du printemps, comment trouver l'ail des ours et comment l'utiliser. Elle leur apprenait à se frotter les gencives avec les jeunes pousses, comment on déterre l'ail et pourquoi il faut en manger... Elle leur enseignait l'art de tendre les pièges. Les camoufler. Les armer, mettre l'appât. Comment on attrape des lièvres avec un collet. Comment on fabrique un collet à arrêtoir pour un renard.

Et puis comment on devient invisible dans la forêt. Un pas en arrière, encore un et elle disparaissait ! Elle y entrait comme une aiguille plonge dans une meule de foin. Lente partout, dans la forêt elle se déplaçait comme une sorcière. Partout et nulle part... On ne la voyait pas venir ! Et personne ne remarquait plus son infirmité. Sa patte d'ours...

Et les gosses étaient aux anges ! Elle leur racontait mille choses, mille tours et astuces des chasseurs... Mille ruses sur les loups et les chiens. Sur l'ours, et le renard. Pourquoi les blaireaux détestent les renards. Les vouent aux gémonies ! Les haïssent ! Et les renards en retour les méprisent cordialement. « Et pourquoi ?! Dis ! Dis ! » – réclamaient les gosses en chœur. « Parce que le renard est fainéant. Très fainéant. Et très rusé. C'est plus facile de trouver une boule de neige en enfer qu'un renard qui creuserait lui-même son terrier.

Et comment il fait pour en avoir un ? Il repère un blaireau qui creuse le sien. Il attend que le blaireau le termine. Et puis, le blaireau sorti chasser – le renard arrive, s'assied sur le seuil… s'accroupit. Et fait comme quand vous allez aux toilettes. Et puis il repart, tranquille. Mais pas loin… Et lorsque le blaireau rentre chez lui… Sent et trouve ce qui est sur le seuil de sa maison… La crotte de son ennemi ! Je vous raconte pas ! Indigné comme la reine de Saba par la ruse de Salomon, il repart ! En deuil, enragé ! Sans se retourner ! Abandonne sa maison toute neuve ! Et le renard y invite sa renarde et s'y installe. »

Et les petits, enchantés, faisaient « Ouuuh… ».

Ni Anna la Rousse ni Pélagie n'aimaient les sorties comme ça. La forêt était un livre à jamais fermé pour elles. Et Maria… Elle lisait ce livre mille fois lu, avec le même plaisir. Oui. Jamais pareil, toujours le même… Le lisait avec ses yeux ! Avec ses pieds… À la main, comme en braille… Comme l'aveugle, qui caresse les pages et voit ce que personne ne voit. Maria leur traduisait ce qu'elle lisait dans la forêt avec des mots simples, nets et précis, et tout le monde comprenait. Même les plus petits.

De retour à l'orphelinat – tout repartait comme avant. Même train sur les mêmes rails… La forêt était oubliée.

Maria se levait lorsqu'il faisait encore nuit, allumait le poêle à bois dans la grande chambre où les petits devaient apprendre à lire, à écrire, à compter… Elle ouvrait les fenêtres et la porte pour aérer la classe, comptait jusqu'à cinquante et les refermait. Sans allumer la lumière, elle restait un peu devant le poêle. Il était si blanc, le poêle… Si grand ! Et le soleil levant grimpait dessus. Maria imaginait que c'était une église. Oui ! L'église du Nord, l'église aux murs de neige, hauts comme les nuages du printemps… L'église où le soleil de Pâques, léchant d'abord l'or des coupoles, fait naître le feu dans tous les yeux, en y pénétrant par la fenêtre étroite… Et ce feu ressuscité fait briller les yeux des femmes. Et fait froncer les sourcils aux hommes.

Elle aimait regarder son petit feu naître… D'abord – une toute petite fumée, une plume de fumée couleur de nacre, et puis le feu naissait. La flamme bleue… Il s'étirait, le feu… Un enfant qui se réveille. Et puis il devenait orange-orange, la petite flamme riant, le feu embrassait les parois du poêle ! Son berceau devenait trop étroit pour lui ! Et le bois crépitait, lui, loquace, balbutiant tout seul, comme un vieillard qu'on a fait sortir de sa chambre pour une grande fête de famille.

Maria souriait en regardant dans le feu… Le feu aime les femmes. Le feu sait leur parler. Les faire sourire ! Il les rajeunit, comme un nouveau-né rajeunit la vieille femme qui le prend dans ses bras… Mais le feu fait vieillir tout garçon qui le regarde. Tout homme… Dans le Nord autrefois, on disait que lorsqu'une femme regarde dans le feu – elle voit un petit enfant. Un homme qui regarde les flammes – se voit dans un miroir aux âmes…

XXIII

Les enfants plus grands prenaient Maria un peu pour une fêlée. Gentille fêlée, mais fêlée. Et pourquoi ? Parce que, chaque fois, après un repas dans la forêt, elle ramassait les miettes. Les raclait soigneusement avec sa main droite dans sa main gauche. C'est Pélagie qui avait montré à Maria comment bien ramasser les miettes. Toutes ! Pas une qui échappe. Avec la mie de pain…

Maria mettait le drap sur l'herbe et les gosses déchaussés s'asseyaient dessus avec leurs tartines. Anna ne comprenait pas… Mais pourquoi ?! Avec leurs pattes sales en plus ! Sur un drap blanc ! Allez ! Oust ! Et sans rouspétance ! Et les gamins, ils ne savaient plus à qui obéir ! Ni par quel trou manger !

Mais Maria défendait les gosses. Elle disait : « Tu verras, Anna… Tu verras… » Eh bien, après avoir terminé leurs tartines, doigts sucés, lèvres léchées, les enfants se levaient… Maria en choisissait quatre. Chacun prenait un bout du drap, le soulevait de sorte que toutes les miettes, grandes et petites, se retrouvaient au milieu du drap, en minuscules amas… Puis Maria avec une boule de mie devenue grise, après avoir été réchauffée et pétrie dans sa paume, ramassait toutes les miettes fraîches ou déjà séchées… En la roulant dessus… Et lentement. Plus une miette sur le drap ! Plus une ! Toutes collées sur la mie… Les gosses n'en revenaient pas ! Vérifiaient le drap ! L'inspectaient trois fois ! Et puis le montraient à Anna. « Tiens… Regarde ! On peut dormir dessus… Aucune miette pour nous piquer les fesses ! »

Anna la prenait pour une attardée, elle aussi… Elle gâche les boules de pain ! Elle les regarde de temps en temps ! Elle vérifie ! Un vrai écureuil… Des provisions ! Des provisions ! Dans tous les trous ! Une simplette… N'empêche que sur le drap – il ne restait aucune miette.

C'est ceux qui ont oublié la faim qui étaient fous… Maria – n'a rien oublié, elle. Pélagie non plus. Tous les vendredis soir, elle picolait. Pas beaucoup, non, trois dés à coudre de vodka… Une fois, Maria l'a surprise en train de parler toute seule à la cantine. Cachée, elle a écouté un peu. N'a rien compris. Pélagie a senti une présence et s'est retournée brusquement. Pas étonnée du tout de voir Maria… « Viens, viens, je ne vais pas te manger – elle a dit. Ni manger ni boire… » Et elle a ri, oui, mais pas comme une femme ivre, non, plutôt comme quelqu'un de très triste. C'est par elle que Maria a appris qu'il y avait eu une très grande famine en Ukraine. C'est Pélagie qui lui a raconté comment c'était dans les villes. Pas tout d'un coup, non. Mais un vendredi, puis un autre, et encore un autre, et puis un jeudi aussi, et puis toute la semaine, oui, par bribes. Et pas ivre du tout. Maria et Pélagie sont devenues inséparables. Anna la Rousse en était surprise. Et un brin jalouse aussi.

« Fais attention avec cette sorcière – raisonnait-elle Maria. Sois prudente. Quand elle boit – elle peut frapper, elle ! Elle a battu une cuisinière, oui, celle juste avant Antonina... Oui-oui, battue parce qu'elle a jeté aux cochons du pain qui restait après un déjeuner ! Rien que pour ça... La directrice l'aime bien, la sorcière ; sinon – virée. Alors évite-la quand tu vois qu'elle a un coup dans la pipe... Et avant c'était pire... Elle se fardait avant de picoler... Oui ! Lèvres en petit cœur ! Avec un crayon rouge ! Je l'ai vue... J'avais pitié d'elle. Tu parles ! Pitié... Ivrogne ! Mais avant, elle buvait pas autant, elle ! Un dé à coudre... Et puis Brrrr ! ha ! rrr ! Elle s'ébrouait comme une chienne qui débarque de l'orage ! Délirante ! Tu la vois ?! Trois poils sur le caillou, mais ébouriffée ! Et puis elle se mettait à parler de la famine. Elle nous l'a racontée mille fois déjà ! Rien à faire... Et plus elle racontait – plus ses yeux billes s'allumaient ! Plus elle racontait – plus large était son sourire ! Elle chassait tout le monde à la fin ! Vaticinante, elle proférait des prédictions terrifiantes, elle ! Elle prévoyait pour nous des trucs terribles ! Et personne n'était lésé ! Oh que non ! On l'écoutait, et puis on partait... Juste l'index sur la tempe... Vraiment folle à piquer. Mais moi, je restais... Je l'écoutais. Gentiment... Et elle ? Elle délirait, ah oui, d'abord fort, comme un tocsin... De toutes les cloches ! Et puis tout doucement à la fin. Épuisée... Ne voyait plus rien. Carillonnait pour elle-même... Tocsin mourant. Hé-hé ! Tocsin des sourds... »

Mais Maria n'écoutait pas ses conseils. Et une fois, elle a vu Pélagie vraiment en colère. Ah ça ! En furie ! Elle l'a entendue crier à la cantine. Elle est venue aussi vite qu'elle a pu. Pélagie face aux trois femmes du village hurlait : « Vous, vous n'avez jamais connu la faim, vous ! La faim dernière ! Quand elle est partout, la faim… Et devant et derrière ! Vous n'avez jamais vu les yeux de la faim. Ne jetez pas le pain comme ça ! Moi – j'ai vu, la faim et les yeux de la faim ! Dégagez d'ici ! Je compte ! Un ! » Et les pauvres femmes sont parties.

Le soir même, Pélagie a retrouvé Maria et lui a demandé pardon. Et puis elle est partie dans le village pour demander pardon aux femmes.

La nuit, elle était de garde dans le dortoir des petits et, très tôt le matin, comme toujours, Maria est arrivée pour balayer la classe. Pélagie était là, assise devant la fenêtre, immobile, l'air ailleurs, ah oui, complètement. Maria s'est approchée et a vu quelque chose par terre. Une corde aux pieds de Pélagie. Et ses mains étaient posées l'une sur l'autre au creux de sa jupe.

Sans se retourner, elle a dit : « Bonjour, Maria. Je te reconnais bien à ton pas… » Et Maria l'a saluée aussi, et puis s'est mise à balayer le sol. En arrivant aux pieds de Pélagie, elle s'est arrêtée. « Ne fais pas attention – a dit Pélagie. C'est juste une corde… Ne la touche pas. Il y a un souvenir au bout de la corde. »

Et puis elle a raconté ce qu'elle seule voyait au bout de cette corde. « Le petit que j'ai sorti du nœud coulant. Quel âge il avait, pas plus de sept ans, je crois… En Ukraine… Il voulait mourir, lui. Se pendre. Sa mère l'avait envoyé chercher du lait pour sa petite sœur…

Et ce n'était que le début de la famine… Et alors ?! Et après ?! Je vais te dire son après ! Il avait bu ce lait… D'abord un peu. Une gorgée… Puis une autre ! Puis encore ! Puis encore une autre ! Et fini la bouteille… "Voilà pourquoi il faut que je meure" – il m'a expliqué après. Après avoir bu le lait destiné à sa petite sœur… Il a essayé de se pendre avec sa chemise. Mais elle n'a pas tenu, la chemise pourrie… Alors, il a trouvé une corde ! Grosse, tenace… Et là – je l'ai aperçu… Dans un coin ! Déjà pendu. Juste ses jambes qui bougeaient. Comme s'il marchait dans l'air. Mais il n'a pas marché loin, lui. Je l'ai sorti du nœud… Avec ça… » Et elle a sorti un couteau de sa botte en le montrant à Maria. « Toujours avec moi… » Et puis elle a ri : « Si tu veux te pendre, Maria – fais en sorte que je ne sois pas dans les parages ! Sinon – gaffe à la corde ! » Et puis elle ne riait plus… « Et le petit ? » demandait Maria. « Eh bah, le petit… il n'aurait pas su dire par quel trou il a vu le jour, mais il savait déjà faire le nœud coulant, lui. Je l'ai accompagné chez lui. Il voulait pas rentrer… Mais je discute pas, moi. Une fois chez lui, on vu sa petite sœur, lui-moi. Elle venait de mourir, la petite… Voilà, la faim… Holodomor est son nom. » Et puis elle s'est tue. Et le soleil se levait, mais Pélagie s'est détournée. S'est penchée et a ramassé la corde. Et puis, avant de partir, elle a dit tout bas : « Masha, Masha… J'ai vu tellement de choses… Tellement ! À me crever les yeux… Mais personne ne se crève les yeux après avoir vu la faim… Personne. Et tout continuait. Comme avant… Comme si de rien n'était. Dans une région – la famine, dans une autre – la bombance. Dans un village – la mort fauche, dans un autre – elle danse à un mariage ! Dans un hameau – les loups rongent les cadavres, dans un autre – les enfants chantent dans la forêt ! Voilà tout… Voilà – la vie… »

Et lorsqu'elle est partie, Maria a continué encore à voir ce que Pélagie avait vu. Les villes affamées. Et les cadavres dans les rues… Les cadavres aux yeux ouverts. Kharkiv. Vinnytsa. Et les villages… Des familles entières. Mères et gosses à côté… Allongés. Face au ciel… Dos à tout. Comme si Pélagie lui avait prêté ses yeux. Oui.

XXIV

Des centaines d'ouvriers s'affairaient autour du palais de Peterhof. À l'intérieur, partout ! Les peintres, les plâtriers, les charpentiers, les maçons, les carreleurs… En été – le palais grouillait ! Dans les nuages de poussière, les ouvriers hurlaient, chantaient, juraient, sourds au bruit, tous blancs comme des meuniers, et Maria hébétée les observait de loin. Elle n'osait pas venir plus près, ah non, c'est la poussière qui venait vers elle, et le soir l'herbe à la lisière de la forêt devenait toute blanche.

Tout ce boucan couvrait les grondements de la guerre en Finlande. Et pourtant tout le monde parlait d'une guerre rapide. Victorieuse. L'Armée rouge chantait ! « Ah, les Finnois ! Ces rats des marécages ! On les zigouillera vite fait ! Ils se redressent, eux ?! Se mettent à loucher à l'ouest, eux ?! On leur apprendra à pisser assis tout leur saoul, nous ! Ils causeront bas après ! »

Maria n'écoutait pas trop tout ça… Ne croyait pas à ce que les gens racontaient. Toute cette excitation… Elle s'en méfiait, comme de la mauvaise odeur. Elle savait que plus on ricane le matin – plus amères seront nos larmes le soir. Et puis son père disait qu'un ours n'aboie pas…

Elle ne comprenait pas, absolument pas, pourquoi on rénovait le château. Les tzars… Anna la Rousse disait en parlant des tzars : « Les suceurs de sang. » Alors pourquoi ? Et Pélagie lui avait dit un jour : « Va savoir… L'âme humaine, c'est un puits noir. J'ai connu un barine qui knoutait ses serfs lui-même, chaque dimanche après-midi, tous, vieux, jeunes, femmes et gosses. Et, après sa mort, tout le village le pleurait. Tous ! Et tous priaient pour son âme. Alors pourquoi !? Tu vas voir… Parce qu'il était très bon joueur aux cartes, perdait jamais. N'a jamais été obligé de vendre ses serfs. Jamais. Et le barine voisin, très voisin, lui, ah, lui ! Pieux, très bon avec sa valetaille, parrain de presque tous les gosses de son hameau – jouait mal, perdait tout le temps, et vendait les familles, oui-oui, mais en pleurant. Mais le prix est moindre pour une famille. Alors il vendait les âmes en détail, lui ! Cassait les familles. Et toujours en larmes ! Ça – oui ! Et après ? Eh bien, lorsque les paysans se sont révoltés, ils ont pendu tous les chiens de leur maître ! Toute une meute de lévriers ! Toute une allée de peupliers… Mais pas lui, non. Il était à la messe, lui… »

Le dimanche, les ouvriers désœuvrés arrivaient jusqu'à l'orphelinat. Voyaient Anna ! Et puis, éblouis, repartaient à tâtons pour revenir le dimanche suivant pour s'éblouir encore et encore ! Beurrés recto verso ! À pleurer du vin… Pétrissaient l'accordéon à le déchirer ! Tous amoureux d'Anna la Rousse. Tous. Elle avait comme une petite musique en elle, ah oui… Et les ouvriers du chantier voulaient entendre les paroles de sa chanson…

Saouls, ils beuglaient à faire tomber les corbeaux de leur nid ! Une fois, ils ont réussi à coincer Anna ! Et pourtant elle n'avait pas sa langue dans sa poche, elle ! Mais trois ivrognards… Trois, et grands gaillards ! Déchaînés comme des clébards en chaleur ! Ils lui ont arraché sa robe ! Et Anna, toute nue, elle n'avait que sa langue, elle… Et elle s'est mise à crier.

Maria ne savait pas courir. Ça – non, mais elle a attrapé une fourche. Une grande fourche. Ça a calmé les gars… Bien calmé. Ça fait quatre trous, une fourche ! Et pour les saouls qui voient double – ça fait huit ! Devant sa rage froide, ils ont reculé, oh que oui… Maria ne leur a pas dit grand-chose… Juste calmement, très calmement : « Si vous cherchez la mort – je vous la donnerai. Si vous cherchez la vie – je vous l'offre. » Les yeux de Maria et la fourche les ont dessaoulés. Ils sont partis à reculons, sans un mot, et puis déjà loin, l'un des trois a crié quelque chose.

Le soir même, Maria et Anna ont brûlé la robe. Très belle robe. Blanche, parsemée de pavots rouges.

C'est à partir de ce soir-là qu'Anna a commencé à boire vraiment. Et tous les soirs. Et surtout, elle s'est mise à éviter Maria.

Ces trois-là, Maria les a revus après. Ils sont venus pour réparer le toit du réfectoire. Ils travaillaient bien. Vraiment bien. Sérieusement. Et les gosses… Chacun voulait grimper en haut ! Les ouvriers les prenaient un à un, les tenaient bien… Comme des vases précieux ! Et les enfants, le cœur à la gorge, regardaient au loin… Sans un mot. Très loin…

Ils ont réparé aussi le seuil du dortoir. Presque des gosses eux-mêmes, ils plaisantaient, et lorsqu'ils riaient, leurs yeux riaient aussi.

Et après ? Quelques semaines après, Maria a aperçu Anna et l'un des trois ouvriers. Ils étaient assis, ils discutaient, et parfois Anna riait fort, un peu ivre. Elle a dû sentir Maria, oui, puisqu'elle s'est retournée, et quand elle l'a vue – elle a arrêté de rire.

Ils s'étaient mariés, Anna et Andreï, en novembre, au bout de trois mois, sous la première neige. Et, en décembre, il avait été mobilisé pour partir dans les forêts de Finlande. Il avait dix-huit ans, Andreï. Il avait le visage encore rond d'un gamin et les oreilles décollées… Anna a reçu sa photo en uniforme. Ça l'avait vieilli, l'uniforme… Il était debout sur la photo, la tête légèrement tournée de trois quarts, comme s'il voulait regarder en arrière, comme s'il avait senti une étrange présence derrière son dos au moment où le photographe lui avait crié : « Bouge plus ! » Et lui… Il voulait tellement se retourner et voir.

Il n'a rien vu venir. La mort ne l'a pas frappé dans le dos. La mort l'a touché d'en haut. Tué par un tireur embusqué dans un sapin. Lorsque Anna a reçu le certificat de la mort d'Andreï – elle a bu et pleuré. Un soir, elle est venue frapper à la fenêtre de Maria, ivre, titubante, et Maria a vu que ses cheveux n'étaient plus roux. Ils n'étaient plus feu… Anna s'est effondrée sur le lit de Maria et a sangloté jusqu'à l'aube, et Maria ne savait pas quoi faire ni pour la consoler ni pour la réchauffer… Assise à côté d'Anna qui, l'ivresse passée, s'est mise à grelotter, Maria touchait juste légèrement ses cheveux, sans rien dire, cherchant leur feu qui n'était plus. Sans cesse, sans cesse… Elle plongeait ses doigts dans ces cheveux sans feu comme un mourant de froid fouille les cendres. Sans cesse, sans cesse…

Anna la Rousse est devenue Anna la veuve… Elle ne s'est pas consolée. Elle a appris à pleurer à l'intérieur… Comme toutes les veuves passées. Et celles à venir… Oh, oui. Bientôt il y aura plus de veuves en Russie qu'il n'y a de bouleaux dans toutes ses forêts… Peut-être que, tous, on recherche l'inconsolable. Et que personne ne nous parle de la consolation. Personne. On n'acceptera jamais la consolation d'un consolé. Jamais. Seul un être à jamais inconsolable pourra nous consoler. Tout est là…

Et puis, un dimanche, deux policiers ont amené un petit. Ivan. On l'avait attrapé en train de chercher des mégots sur les quais à Leningrad. Délirant… Parlant tout seul. Cinq ans. Il chantait dans les gares. Parfois, les vieilles qui s'occupaient du nettoyage le laissaient monter dans les trains qui venaient d'arriver. Oui, le monde n'est pas sans des gens bons, comme disent les Russes… Pour qu'il puisse fouiller dans les wagons. Le petit ramassait des restes de poulet, des ailes à peine entamées, ou la carcasse… Un quignon de pain noir, dur à mâcher et si bon à sucer… Ou un œuf dur, oui, ou un journal, tout ce qu'on trouve. Toujours bon à prendre.

Les soldats partaient pour la Finlande en chantant… De retour, les soldats blessés chantaient aussi, mais bien d'autres chants. De très autres chants… C'est avec eux que le petit Ivan avait appris quelques airs du front. Et il les chantait, sans comprendre, mais la mélodie lui plaisait, oui, lente et triste, et surtout il voyait, en chantant, les larmes aux yeux des revenants du front qui l'écoutaient… Ils lui donnaient à manger, parfois. Et même les culs-de-jatte ivres qui se battaient arrêtaient la bagarre… oui. Et tout ce monde s'extasiait ! Certains troufions riaient, oui. Pour ne pas pleurer. Et les culs-de-jatte s'endormaient dos à dos comme deux bûches.

C'est dans les gares qu'Ivan avait commencé à voler. D'abord de la nourriture. Puis des choses qu'on ne mange pas. Des choses qui brillent… Qui font des petits bruits. Tik-tak… Les montres. Mais c'est fou, ça, à quel point les gosses sont ensorcelés par les petites montres. Une petite chose jolie, et surtout vivante dans le creux de la main…

Et puis une fois, il a volé une très mauvaise personne. Malheur ! Il a volé un voleur. Et toujours une montre ! Et le voleur n'était plus grand qu'Ivan que de cinq doigts, mais il était en bande. Les gamins ont chopé Ivan. Et lui ont coupé les cinq doigts de la main gauche. Dans les camps de Sibérie, on dit que, même en enfer, on peut tomber sur un grand saint. Mais plus souvent, on tombe sur un grand petit démon.

C'est comme ça qu'il est arrivé à l'orphelinat… Délirant, avec sa main comme une poupée qu'il berçait en marchant, yeux fermés. Tout brûlant…

Il ne connaissait pas son propre nom, lui. Ni prénom ni âge. Rien. Et les souvenirs – pas grand-chose. D'habitude, c'est la directrice qui donnait les noms et prénoms. Elle demandait à Pélagie qui connaissait tous les gosses : « On a combien d'Ivan ? Trois. Et Vladimir ? Treize. Treize !? Et Alexandre ? Douze. Douze ?! Alors – il sera Ivan. » Voilà comment. Mais Antonina la cuisinière, qui avait eu d'un seul regard une grande affection pour le petit, insistait pour qu'il se souvienne de son vrai nom. « Mais à la gare, tes copains… Les gens… Quand ils t'appelaient, ils t'appelaient comment ?! » Et le petit, haussant les épaules, ne faisait que cligner des yeux. Puis il a dit : « On me criait "Hey, toi !" » « Mais comment tu savais que c'était toi qu'on appelait, ah ?! » « Bah… je ne sais pas. Mais quand on t'appelle, toi, tu le sais… » Rien à faire ! La cuisinière s'était résignée. « Ivan. Soit. Tu seras Ivan… Vania – si tu es sage. Vanucha – si tu es gentil. Vanuchka – si tu es joyeux… Van'ka – si tu fais des bêtises ! Ça te plaît ? » Et le gosse a répondu : « Oui… beaucoup de noms. Et tous seront – moi ? Il y a pas de nom qui soit juste – un ? » Et la cuisinière a ri, les yeux mouillés… « Non. Tu seras Ivan… Mon Ivan à moi. »

Elle a dit à Maria de brûler les vêtements du petit dans un seau. Tout brûler ! Nouveau prénom – nouvelle vie… Et le nom ? Ah ça, c'est un autre chapitre, le nom. La directrice était fatiguée déjà de prénommer les gosses, alors de les nommer… Surtout les garçons !

Les fillettes, un peu jolies, c'est elle qui leur donnait leur nom de famille. Sirotina. « La fille d'orphelin », ça veut dire. Il y a en avait quatorze, quatorze fillettes, toutes – Sirotina. Et pour les garçons, c'est Pélagie qui s'en chargeait. Pas vraiment un exploit. Petrov, Popov ou Ivanov… Pas de quoi faire Am-stram-gram…

Il se rétablissait vite, le petit Ivan. D'abord, on l'a mis à l'infirmerie. Il chantait tout le temps. Il mangeait bien, et puis, le ventre rempli, il chantait à nouveau. Oui. Antonina la cuisinière, l'après-midi, lui apportait des gâteries. Des blinis, du miel, du caramel dur, du caramel mou, de la crème fraîche, de la vatrouchka… Il dévorait tout, disait merci, et se mettait à chanter. « Mon petit rossignol », elle l'appelait. Anna la Rousse, qui le soignait, ne s'étonnait pas du tout de la guérison rapide de sa plaie, tout le monde s'extasiait devant son moignon, sauf elle. « Je sais pourquoi – expliquait-elle. Je badigeonne sa patte de miel. Ça fait cicatriser cent fois plus vite. Comme pour un chat. » « Un chat qui vient de bouffer un rossignol qui chantera toujours dans son ventre ! » riait Pélagie. Eh oui, le gosse avait un vrai don pour le chant. Et à jeun et rassasié. Et la cuisinière en était fière, mais fière ! Elle demandait qu'il chante pour d'autres. Mais pas une chanson triste ! Une chanson joyeuse ! Et le petit disait qu'il ne connaissait pas de chansons joyeuses, qu'il n'en avait pas appris d'autres que celles à la gare. Chantées par les blessés revenus de Finlande. « Eh bien – soupirait Antonina la cuisinière. Vas-y !

Davaï ! Chante-nous ce que tu as appris à Leningrad… *Davaï !* »

Et le gosse se mettait debout dans son lit et, bras croisés sur la poitrine, entonnait…

Camarade ! Mon ami !
dans ta grande agonie
ne pleure pas… Pourquoi tu gémis ?!
Tu n'es pas blessé,
Tu n'es pas touché,
tu es mort, mon ami…
C'est fini.
N'appelle pas tes frères
n'appelle pas ta mère,
tu es mort,
T'es fini, mon ami !
Je te ferme les yeux –
j'ai promis !
Mais d'abord, camarade,
très d'abord, camarade,
je te prendrai tes bottes…
T'as promis !
Je me réchauffe les mains
dans ton sang qui frémit…
Guerre est longue,
J'ai froid, mon ami !
Meurs tranquille, camarade…
Ne crains rien, mon ami.
C'est fini pour toi
la parade[1]…

1. Ce chant, appelé « La berceuse pour un ami agonisant », est né dans les neiges de Finlande durant la guerre d'Hiver.

Et puis… Et puis il décroisait ses bras très lentement, oui. Avec son moignon bandé, il se mettait à faire des mouvements, comme s'il dirigeait un orchestre… Il reprenait la chanson, plus bas, les yeux au loin, et toujours debout dans son lit. Très debout… Sur la pointe des pieds. Et tout le monde faisait « Ahhh ! », de peur qu'il tombe. Mais non, il était comme en lévitation, le petit… Comme la figure de proue d'un bateau dans la brume ! Sans bateau, ni mer… Et jamais tombé. Jamais… Les âmes de ceux qui l'écoutaient se mettaient aussi sur la pointe des pieds. Sans s'en rendre compte. Et sans cesse, sans cesse…

Et son âge… C'est Antonina la cuisinière qui a décidé qu'il aurait cinq ans. Elle a déclaré que Vania était capable de courir sans se pencher sous la table de la cuisine. Alors – à peu près cinq ans. Rien à objecter.

Il avait faim en se mettant à table, et la fringale en sortant ! Il ravissait le cœur de la cuisinière, ah, complètement… La plus grosse tranche du pain était pour lui. Elle la tartinait de beurre, deux grosses cuillères de miel par-dessus, et la lui portait. Un vrai prince ! Et quelle tranche ! Grosse comme son bras ! Il ne pouvait pas tenir cette cathédrale dans sa main, lui ! Avec sa petite pattoune ! Ça penchait ! De tous les côtés ! Mais il était agile, Vania ! Et comment ! Il soutenait un bout de la tranche avec son coude gauche, lui ! Et mordait dans l'autre bout ! Joyeusement ! Habile comme un singe ! Pire ! Mieux… Comme seuls les enfants infirmes peuvent être… Et Antonina la cuisinière, ravie, s'essuyait les yeux avec le bout de son fichu.

Et la soupe aux poissons ! Et le bortsch ! Dense à faire tenir debout une louche ! Bon à avaler la langue ! Et puis les patates au four ! À la Marine nationale ! Et les macaronis à la tzarine ! Farcis par la bouche d'une vierge ! Fourrés à la viande hachée ! Bien mâchée ! Une compote de gratte-cul en dessert ! Confiture préférée d'Ivan le Terrible ! Byzance totale ! Pommes de terre à la monastère ! Du lait d'escargot ! Du soufflé aux rots de rossignols ! Et les soupirs des anges à la crème fraîche !

Ça mettait Anna la Rousse hors d'elle, tout ça ! Polka des louches ! Cuillères qui valsent ! Et les autres marmots ?! Ils ne méritent que la bouillie de l'automne dernier, ou quoi ?! La vieille a perdu, et sa tête et sa toque ! Mais complètement ! Elle minaude ! Vanucha nana ! Vanucha nono ! Et les autres moutardeaux ?! Ils n'ont qu'à sucer la nappe ou quoi ?!

Rien à faire ! Le meilleur morceau était pour son Vania. Et Pélagie se moquait de la cuisinière. « Ton bortsch est immangeable ! Salé, pire que la mer Noire ! Soit – tu es bien vieille, puisque tu sales trop… Soit – tu es amoureuse ! Les amoureux ne sentent plus ni le sucre ni le sel… Tu ne sucres pas encore les fraises, toi ! Mais tu sales déjà la mer ! » Et Antonina la cuisinière ? Elle ricanait tout doucement… « L'amour d'une babouchka est aussi increvable que sa soupe est immangeable. »

Le petit Ivan arrivait une heure avant le repas, allait prendre sa gamelle, la mettait sur la table, grimpait sur une chaise, s'asseyait, entourait sa gamelle de ses bras pour la protéger et commençait à attendre… Une heure comme ça… Pas un cil qui bougeait. Juste le ventre qui faisait « Mrrrou… ». D'autres gosses se moquaient en arrivant. « Glouton est là ! Bien posté ! » Ils riaient : « T'as le bide troué, toi ! » Et d'autres dansaient autour. « Mais Vanuchka ! Laisse la dernière raviole ! Sinon elle poussera la première ! »

Il ne les écoutait pas trop… Et puis ils se calmaient une fois repus. Juste certains, moins affamés, le torturaient encore un peu : « Vas-y, montre ta patte, compte jusqu'à dix avec tes doigts… On te donnera une boulette ! » Et lui, corvéable à merci, continuant à mâcher, dépliait les doigts de sa main droite. L'un après l'autre… Sans un mot ! Et puis enlevait de sa main gauche la mitaine que la cuisinière lui avait tricotée et montrait aux gosses le moignon. Sans un mot. Les gamins reculaient ! Ah oui ! Un peu effrayés et admiratifs comme ils le sont tous devant des blessures. Oui… Devant les restes des cinq doigts du petit Ivan… Cinq petites ventouses comme celles d'une pieuvre. Mais il y en avait toujours un qui insistait : « Vas-y, bouge les doigts ! » avant de se sauver en courant, écœuré.

XXV

Une fois la paix avec la Finlande signée – tout le monde était ivre mort au village. Deux semaines de suite – le vin a coulé à flots. Dehors et dedans ! Dedans – le vin des retrouvailles, dehors – le vin du malheur…

Dans les rues, les femmes ne tenaient plus debout ! Chantaient, dansaient ! Bras levés comme des folles. Jusqu'à s'écrouler… Et, même tombées, continuaient à chanter… Maria passait… Tout lentement, en se penchant vers chaque femme, vers chaque visage, mais aucune femme n'était Anna. Les femmes, dans les flaques gelées, chantaient à tue-tête… S'insultaient les unes les autres ! Bien chaudement ! Amicalement ! S'embrassant ensuite… Pleurant la guerre. Pleurant la paix… Chantant de chagrin… De vin. Il n'y avait pas d'hommes. Pas un seul. Que de jeunes veuves… Et leur vin était ivre et amer. Si ! Quelques vieillards éméchés… Oui. Pour se donner du courage ! Mais bien apeurés face aux veuves déchaînées… Attendaient que l'une d'elles soit bien saoule ! Encore plus… Pour pouvoir coucher avec… Et puis ils se résignaient ! Marre d'attendre ! Se levaient et partaient… À reculons ! En chuchotant : « Ohhh, les garces ! On n'a qu'à se saouler à l'eau de mer et aller aux nonnes… » Mais louchaient toujours vers les veuves !

Maria rencontrait des gosses qui erraient là aussi, à la recherche de leur mère. Ils appelaient leur mère, mais aucune mère ne répondait… Aucune mère n'entendait son enfant. Elles ne reconnaissaient plus rien ! C'était la fête des veuves… Que pour les veuves, oui. La grande sarabande ! Sabbat ivre dans les vignes gelées du Seigneur… Et les orphelins, eux, ils n'y avaient pas été invités.

Maria n'arrivait pas à trouver Anna. Une heure, deux… Dans le crépuscule, toutes les femmes étaient Anna ! Mais au bout de trois heures, dans le noir, Maria l'a trouvée. Assise sur une souche, Anna délirait tout doucement… Il faisait froid, mais elle ne sentait pas le froid. Elle avait chaud, même. Elle s'est déshabillée ! N'ayant que sa chemise de nuit, le visage caché dans ses mains, elle parlait toute seule… Crachait de temps en temps devant elle. Et puis elle a reconnu Maria. Lui a sauté au cou ! Elle tenait à l'embrasser ! Maria l'a d'abord repoussée ! Et puis l'a laissée faire… Sur les deux joues ! Mais cette odeur… Anna sentait le vin.

« Allez, Maria la sainte panarde ! Embrasse-moi ! Je ne suis pas un chaudron, moi ! – criait Anna. Ou laisse-moi te baiser les joues encore ! » Et Maria laissait faire… Tout ça la rendait triste. Et plus elle était triste, plus Anna riait : « Mais tu ne m'aimes pas, Maria… Tu ne m'aimes pas ! » Et puis elle se remettait à pleurer… Oui. Elle n'était plus elle-même. Ah non…

Un soir, Anna, ivre, a voulu que Maria l'embrasse sur la bouche. Et avec insistance ! Ah oui, comme seuls les gens ivres en sont capables. Maria, levant les yeux, lui a murmuré : « Anna... Annouchka. Regarde-moi. Regarde-toi... Tu es si belle... Une fille comme moi – voudra toujours être comme toi. Et toi – tu ne voudras jamais être moi... Je serai toujours ton amie. Jusqu'à ma mort. Mais pour toi, je ne suis qu'un miroir qui te répète que tu es belle... Pardonne-moi, Ania... Pardonne-moi. » Et Anna n'a plus insisté.

Depuis ce jour-là – Anna a commencé à se méfier de Maria. Comme on se défie de celui qui, en passant, éclaire notre cœur et ses petites ténèbres. Elle s'est mise à boire tous les jours. Et quand elle buvait – elle buvait dur. Si quelqu'un la contrariait – elle s'ouvrait comme un couteau suisse, elle ! Après son premier verre – elle devenait une gosse qui se réveille le premier jour des vacances. Toute – joie, oui. Le deuxième verre la perdait. Elle voyait double ! Elle ne voyait rien... Voulait sortir ! Absolument ! Bouger... Marcher ! La nuit ?! Et alors ?! Et elle sortait... Et après ? C'est Maria qui allait la chercher. La trouvait hagarde dans les rues vides. Perdue. Parfois, Maria la trouvait immobile au milieu de la rue. Comme pétrifiée ! « Allez, Ania, on rentre... C'est moi... Maria. » Mais l'autre... Restait comme clouée au sol. Sous le seul réverbère du village ! En train de scruter le sol. Maria a demandé si elle avait perdu quelque chose... Sa barrette ? Silence. Son écharpe ? Silence. Anna fixait la terre devant elle... Et là – Maria a vu. A compris.

C'était l'ombre, oui, l'ombre ! Sous le réverbère, Anna en avait trois. Elle s'est brisée en trois.

Et puis, en rentrant, bras dessus, bras dessous, avec Maria, elle se mettait à chanter ! En roumain ! Et s'arrêtait pour danser un peu ! Les yeux fermés… Joues creuses ! Ébouriffée… Prenant cent ans d'un coup.

Et puis ça passait. Une semaine après – pas une goutte ni un mot. Tout l'orphelinat murmurait… « Dis donc, irritable comme une chienne en chaleur… » « On n'ose pas lui parler ! Elle – mordra ! Même les gosses, les pauvres… Ils se mettent au garde-à-vous dans leur lit ! »

La directrice a parlé à Anna. « Plus d'infirmerie si tu continues à boire. Je te donne une semaine… » Et cette semaine, Anna la passa à plier des draps. À éplucher des patates pour la cantine.

Avant, Anna était si agile, elle… Et là – les draps ne voulaient pas être pliés ! Les taches s'accrochaient au sol ! Les couvertures ne voulaient pas être rangées ! Les miettes – ramassées ! Ni les patates – épluchées ! Et même le fer à repasser le plus fidèle refusait de glisser ! Ne faisait que des rides sur les plis ! Et le balai ! Ah, le balai ! Avant, il aurait donné son manche à brûler pour se retrouver dans ses mains, et là – ne lui faisait que des croche-pieds lorsque Anna passait !

Tout lui tombait des mains. Spiridon le menuisier réparait ce qu'Anna cassait… Qu'est-ce qu'elle ferait encore comme Anneries ! Oui, les objets avaient pris en grippe la belle Anna… Mais avant, mais avant ! Chaque tasse l'adorait ! Toutes ! Même les tasses en fer ! Elles se mettaient à carillonner à sa vue ! Toutes

– voulaient être touchées par ses lèvres ! N'être lavées que par elle ! Et les casseroles ! Et les gamelles ! Même la cuillère la plus tordue brûlait de passion pour sa bouche… Et là – fini. Les objets se sont mis à l'ignorer ! Pire ! Se sont détournés d'elle… Ne reconnaissaient plus leur Anna bien-aimée…

Les choses se sont gâtées pour Spiridon aussi. Il est tombé vraiment amoureux d'Anna. Avant – il était insouciant comme un jeune piaf, lui ! Et là… Il finissait par tourner autour d'Anna comme un vautour ! Il ne comprenait pas comment on pouvait continuer à aimer un homme qui n'est plus… Qu'on ne voit plus. Ne peut plus toucher… ça – non. Ça – il refusait ! Et puis une si belle veuve… Mariée à un mort et fidèle – ça rend fou tout mâle, il paraît !

Il est devenu cynique, lui ! Lubrique et romantique, comme seul le fou de la reine peut le devenir en l'absence du roi ! Eh, oui ! D'un pitre-né, il s'était transformé en fou de la reine…

Et Anna, alors ?! Un mur ! Même pas un regard ! Pas un coup d'œil ! Même avec un coup dans la pipe, elle restait – mur ! Un mur ivre, mais – mur. Imprenable ! Cœur vide… Forteresse abandonnée… Elle ne le remarquait même pas. Il avait beau tourner, tourner… La suivre, toucher tout ce qu'elle touchait… Remettre en place ce qu'elle renversait, rattraper tout ce qu'elle faisait tomber – et rien !

Un mur.

Il venait se confier à Pélagie. Avant – jamais. Et là – il n'arrêtait pas de l'interroger. « Mais qu'est-ce qu'il avait de plus que moi, son fiancé ?! Cet Andreï !? »

Et Pélagie répondait : « Il est mort. Voilà ce qu'il aura toujours de plus que toi. Et puis il était beau et jeune, lui… » Il lâchait Pélagie et venait se consoler auprès de Maria. Il bâtissait des plans ! Mille projets ! Il voulait même l'enlever, Anna ! Bon à tout, il était devenu bon à rien ! Prêt à payer Maria, mais oui ! Pour qu'elle devienne l'ambassadrice de son amour ! Sinon l'espionne de sa passion ! Pour qu'elle lui fasse le double de la clef du cœur d'Anna… « Quelle diablesse ! » Il répétait… « Aucun coffre ne m'a jamais résisté ! Avec ma langue, je les ouvrais tous ! Sans copains ni guitare ! Mais là… Mais celle-ci… »

Maria ne savait pas quoi faire… Intimidée, elle l'écoutait. Parfois elle essayait de lui dire qu'il faut du temps, tout ça… Mais il avait autant besoin de ce conseil qu'un poisson d'un parapluie, lui ! Devenu la risée de tout le monde ! Toutes les femmes, même les vieilles, et très vieilles, du village se gaussaient lorsqu'il débarquait ! « Oh, le voilà ! qui arrive… » Et se levaient tant bien que mal pour déguerpir comme des lapines ! Qu'aucun lapin ne poursuivait… Il devenait de plus en plus mélancolique… Pélagie disait en parlant de lui : « Pire qu'un vampire à l'aube. »

Mais il ne lâchait pas… Avec des cadeaux ! De la nourriture ! Des boîtes de lait concentré ! Des bottes en feutre ! Splendides ! Blanches comme la première neige ! Et puis un foulard ! Bleu-bleu… Anna a voulu que Maria le porte, mais elle a refusé. Alors Anna a donné ce foulard à Pélagie… Pour rire, oui. Pour voir Baba Yaga endimanchée ! Et l'autre a dit : « Ah, non ! Merci ! »

XXVI

Le printemps est venu, tardif cette année-là. Le printemps de 1940. Il a apporté les bruits de la guerre lointaine. Pologne, France... *Blitzkrieg*. Et puis de nouveau – la paix. Et l'été est venu avec les travaux d'été, avec les excursions dans la forêt, avec ses journées interminables.

Tous les soirs, dans sa chambre au village, Maria ouvrait le gros livre qui lui restait de Sérafima et elle le lisait. La Bible, oui. Pas longtemps, non, deux ou trois pages, ça la fatiguait, la lecture. Elle mettait une feuille morte pour marquer un passage et mettait le livre sous son lit. Un soir, elle n'a pas entendu la porte s'ouvrir. C'était Anna. Maria a voulu cacher le livre, mais non, trop tard. Anna l'a taquinée : « Masha ! Mais pourquoi tu caches que tu sais lire, ah ? Je ne le dirai à personne... Ni que tu sais lire ni ce que tu lis ! » Et Maria, les yeux baissés, a dit qu'elle ne lisait pas. Qu'elle regardait les lettres... C'est tout. Qu'elles étaient très belles... Et que chacune avait son propre visage.

Anna a levé les yeux au plafond comme pour signifier qu'elle se fichait de tout ça, et du livre et des lettres dedans... Et puis elle a dit : « Arrête de baisser les yeux tout le temps ! On est amies ou non ?! À force de regarder la terre, tu y creuseras un trou… ! On y tombera toutes les deux ! » Et elle s'est mise à rire. Toute seule. Quelque chose avait été comme cassé entre elles. Anna est restée un peu, essayant encore de faire rire Maria, de remettre les choses sur les vieux rails, mais le train de l'amitié ne passait plus. Et puis elle est partie, en disant que si c'était comme ça – elle irait boire. Et Maria a pu enfin cacher le livre. Elle a eu un mouvement pour se lever, rattraper Anna, mais elle s'est ravisée. Et puis elle a rouvert le livre et s'est remise à lire.

Quelques jours plus tard, Pélagie et elle accompagnaient les enfants dans la forêt. Une fois installés dans une clairière, elles comptaient les gosses, comme d'habitude. Il en manquait un. Pélagie, furieuse, est retournée dans la forêt, en criant le prénom du gosse. Pas loin, non, le gosse est revenu tout seul, essoufflé, il a dit qu'il avait trouvé des vêtements militaires. Alors Pélagie l'a pris par la main et le garçon l'a menée vers sa trouvaille. Pas loin de la rivière. Un uniforme complet. Bien plié. Pantalon, chemise, bottes. Comme si le soldat s'était déshabillé pour aller se baigner. Pélagie et l'enfant ont attendu un moment. Rien. Pas de soldat. Personne. Ils sont revenus vers les autres. Maria a dit qu'elle irait jeter un coup d'œil. Pélagie ne savait pas quoi faire. Rentrer ou rester. Et Maria a ajouté qu'elle reviendrait vite.

Eh bien, elle a trouvé le soldat. Il était nu, immobile, comme endormi au soleil. Oui, nu comme un poisson…

Maria a reculé. Elle n'avait jamais vu d'homme nu. Jamais. Elle s'en est détournée. Et puis l'a regardé encore. Grand poisson sur l'herbe verte. Allongé sur le dos, bras rejetés en croix, tout blanc, le visage hâlé. Et les pieds, oui, les pieds encore dans l'eau, jusqu'aux mollets. Lourd et sans honte… Comme s'il était tout seul sur terre, le soldat. Comme seul un mort dans son sommeil peut l'être. Comme sur une autre planète… oui. Il respirait ? Trop loin pour voir. Il ne bougeait pas. Juste quelque chose s'est mis à bouger près de son mollet. Et puis plus haut. Et Maria a reculé de nouveau. Pour de bon. Une grosse écrevisse rampait sur la cuisse du soldat. Et puis une autre… Sur son visage. Et encore une autre…

Maria est partie prévenir Pélagie. Elle lui a dit ce qu'elle avait vu. Et la balade dans la forêt était terminée. Une semaine après, tout le village était au courant qu'un soldat avait été trouvé noyé. Et puis les rumeurs… Comme jamais. Comme toujours. Un déserteur. Un suicide. Une histoire de femme. L'ivresse. Une baignade qui tourne mal. Rien de précis. La police militaire a débarqué. Maria – interrogée. Le gosse qui a trouvé l'uniforme – interrogé. Pélagie – interrogée. Tous – séparément. Et toujours rien. Pas de papiers dans l'uniforme. Les policiers avaient beau se gratter la tête – le mystère demeurait. Et puis plus rien du tout. Et puis la police est partie comme elle était venue, sans merde ni adieu, et c'est la directrice qui a payé Spiridon pour qu'il creuse la tombe.

XXVII

La journée du 22 juin 1941 s'annonçait chaude à Leningrad. Depuis deux mois, pas une goutte… La Neva clapotait, malade, amaigrie dans son lit. Et à l'aube de ce jour-là, les balayeurs, ces princes du matin, tuyaux à la main, fumaient… En arrosant lentement les pavés de la place de l'Amirauté. Les pierres assoiffées buvaient l'eau. Et la terre… Elle sentait l'orage, la terre. Les boulangeries ouvraient… Et l'odeur du pain frais réveillait la ville. Le démon de la guerre était déjà debout, lui. Kiev venait d'être bombardée.

Longtemps après, toute leur vie, les survivants racontaient comment ils avaient appris la nouvelle de la guerre. Ce qu'ils faisaient à ce moment-là… Où ils étaient. Quel temps il faisait… Oui. Cette nuit-là était la plus courte. Les nuits blanches du Nord…

Les premiers blessés arrivaient par trains entiers… Les plus jeunes dormaient les yeux ouverts. Les yeux vides. Les plus vieux, ceux qui avaient déjà goûté à la poudre en Finlande, étaient taciturnes… Mangeaient peu… La cuillère pleine, s'arrêtaient. Regardant au loin. Comme cherchant l'horizon de leur vie d'avant. Ils ne le trouvaient pas… Certains disaient que ce qu'ils avaient vécu auparavant, sur le front de Finlande, n'était rien à côté de ce qu'ils venaient de voir… Ils n'en parlaient pas, non. Fumant une cigarette sur l'autre, ils ne bavardaient pas… Juste l'un ou l'autre d'entre eux, parfois, après avoir bu de la mauvaise gnôle, se mettait à rire… Disant que la guerre en Finlande, c'était rien… Qu'une bataille de libellules comparée à cette guerre-là…

L'hiver est tombé très tôt cette année-là. Il s'est mis à neiger en septembre. Sans préliminaires ! Sans longues pluies… Les Russes ont accueilli la neige avec joie. Les Allemands maudissaient l'hiver. Mais l'hiver russe ne comprenait pas l'allemand. Ni l'allemand, ni le français de Napoléon, ni le grognard de la Grande Armée… Près de Moscou, ils se sont arrêtés, les Allemands. Oui. Net ! La ville tenait bon. Et puis il y a eu l'offensive… Dans la neige profonde ! Dans cette manne russe jusqu'aux genoux ! L'Armée rouge a sorti les skis ! Et puis à cheval ! À l'ancienne ! Sabre nu ! Sauvagement ! En hurlant comme des démons chevauchant des ours ! Les Allemands priaient l'hiver, mais l'hiver ne comprenait toujours pas l'allemand. Ah non, pas comprendre ! Il n'avait pas le don des langues, l'hiver russe… Jamais bilingue ! Père aimant pour les siens. Père terrible pour les autres.

Et puis vint le tour de Leningrad. Encerclée – elle devait mourir de faim. Tomber toute seule. Voilà comment.

L'Europe se frottait les mains, elle ! De joie, d'abord ! De froid, après ! Les volontaires espagnols ! Division

Azul ! Et puis les Finnois ! Aux premières loges ! Pour voir le martyre de la ville… Savourer l'agonie… Pour voir les sous-hommes tomber à genoux. Mais le sous-homme tenait bon. Et la neige tombait sur le sous-homme et le surhomme… Sans cesse, sans cesse. Égalisant tout… Et un cadavre blanchi devenait – l'homme. Et l'homme devenait un amas de neige. Et après viendraient d'autres volontaires… Plus volontaires les uns que les autres ! Et puis de moins en moins volontaires… Les Roumains ! Les Croates ! Les Hollandais ! Les Portugais ! Les Français et les Belges ! Pour une autre ville… Pour y trouver leur tombeau ! Stalingrad. Oui. Mais ça, ce serait après… C'était encore loin. Combien loin…

Le palais principal de Peterhof a été vidé à la hâte. Tout ce qu'on pouvait prendre, arracher, décrocher, porter, pousser, rouler – a été emporté. Les sculptures des fontaines ont été bâchées. À la fin de septembre, la ville de Peterhof était prise.

Oh, Peterhof, Peterhof… Tes fontaines gelées… On envie tes dauphins et tes chérubins d'être sans vie… Tes idoles étincelantes habillées… Deux cents monstres en bronze de la Grande Cascade ! Tous bâchés ! Et chaudement ! Et la fontaine de Samson… Et celle d'Adam et Ève ! Drapées de saisons… Sans honte ni froid. Dans tes jardins pétrifiés dans la glace ! Sans une pomme, ni Satan, ni serpent… Quelques corbeaux dans le ciel jaune, lents comme un cortège funéraire, et le soleil ! Il se couche tôt, lui. Maigre étoile, affamée…

L'âme humaine a froid… La faim la tenaille. Elle crie dans son sommeil, l'âme ! Et le vent se promène sur la glace noirâtre de tes fontaines, Peterhof.

Houuuu… souffle le vent dans la cheminée de l'âme.

L'orphelinat a été évacué trois fois. Mais pas assez loin. Chaque fois – pas loin. Contournant Leningrad, ils se retrouvaient toujours dans la banlieue. Il y avait des trains, ça – oui, mais le chemin de fer – coupé. Les canons allemands avaient tellement labouré les gares que les rails étaient tous tordus, ah oui, tous en bigoudis. Et chaque fois, après le repas, Maria ramassait les miettes dans sa besace. Il y en avait déjà plusieurs boules faites de mie, dures comme de la pierre. Et même le pain en pierre était toujours du pain. Anna en était très agacée ! Chaque fois la même chose ! Il faut compter les gosses, les mettre en rang, et l'autre, l'autre – ramasse les miettes !

Elle essayait de raisonner Maria : « Masha… Arrête avec tes miettes ! On sera évacués pour de bon ! Les gosses et nous ! On boira à la Volga bientôt ! Et là-bas… Et là-bas – le lait coule à flots, il paraît… Et le pain est bon ! » Maria ne l'écoutait même pas. Elle a déjà entendu ça avant, oh que oui ! La ville dont les murs sont de pain chaud, et tout ça ! Elle n'a pas oublié la ville en pain ! Les villes bâties par les yeux affamés ! Elle ne croyait plus aux villes promises, elle. Plus du tout. Plus jamais.

Oh, la faim, toi, la mère des mirages qui mènent les peuples ! D'un délire à l'autre… Vers les terres inconnues, où les rivières de miel lèchent les rivages de pain ! Oh, la faim et tes terres promises…

Même une louve affamée n'entraîne pas ses louveteaux mourant de faim là où tu guides les fils de l'homme ! Là où le fils de l'homme devient loup pour ses propres enfants…

Le front du Nord s'est effondré. Le général Vlassov s'est rendu aux Allemands. Lui et tous ceux qui étaient sous son commandement. Le front de Volkhov était à nu. Chaos total ! Personne ne savait rien ! Toute communication coupée ! Et Leningrad – encerclée. Pour neuf cents jours…

Oh, l'Ermitage… Le blocus ! Les toiles évacuées, juste les cadres vides ! Mais restent, oui, toujours accrochés. Et devant – les soldats avant de partir sur le front… Et le guide leur décrit les tableaux. Et dans les cadres aveugles, les soldats voient ! Rembrandt ! Véronèse… Oh, ce guide de l'Ermitage… Affamé, il voit le destin de sa ville. Et les soldats arrivent ! Les blessés guéris… Avant de repartir sur le front. Les bidasses timides, ah oui ! Le palais du tzar ! Et le guide fait voir des choses éternelles aux vivants qui vont mourir. Et l'éternité a l'odeur du pain…

Je voudrais, moi, ne pas manger jour et nuit pour voir ce qu'il a vu, lui, dans les cadres aveugles.

Leningrad, Leningrad… Ville affamée. Ville martyre délirante de faim… Délire de l'hiver ! Seuls, les murs qui sauvent… Épais ! Chaque immeuble est une forteresse ! Et les icônes pleureuses se mettent à saigner des yeux…

Il neige fort sur Nevski… Il neige fort sur les îles… Le ciel sale les canaux. Fontanka et Nevka…

Deux petits fils de la Neva – s'agitent sous la glace… La grattent ! Et les yeux de vos eaux, écarquillés comme ceux qui se noient sous la glace… Le vent souffle sur la glace de la Neva. Sur la mer Baltique… Sur cette mer aux âmes…

Il neige sur la ville, et les sirènes chantent bas… La neige tourbillonne sur les places. La poudreuse se met debout sous le vent et voltige… Une fois retombée – rampe…

Il neige fort sur les gens… Des amas qui se déplacent très lentement. Un flocon encore et l'homme tombe. Sur les quais au loin, les mères traînent des luges. Des petits cadavres. Petits paquets… Très lentement. Parfois, ce sont les enfants, oui, qui, à deux, tirent les luges… Et dedans – un petit frère. Emmitouflé. Et gelé comme une bûche. Il neige sans cesse, oui, comme il ne neige que dans les rêves. Et l'homme encore fort tape le sol pour secouer la neige de ses bottes avant d'entrer chez lui. Et les sirènes se taisent… On pouvait entendre les âmes des morts secouer la poussière sous leurs pieds avant de partir… Et saint Georges, lance brisée, va à pied dans la neige. Et le dragon se blottit contre ses bottes comme un chien qui a vu un fantôme. Saint Boris et saint Gleb, frères martyrs, côte à côte, cheville contre cheville – regardent la ville… Et les plis de leur tunique descendent tels les murs des églises célestes bâties d'en haut. Et les ombres des saints s'allongent… Rampent vers tes palais, Leningrad ! Et la ville se love comme une bête mourante… Et la Neva lourde comme une louve affamée traîne son ombre dans la ville, lèche les pierres et passe…

Une fois venu ici, vous pourrez dire à vos enfants, à vos morts, à vos petits-enfants à naître : « J'ai vu la ville ! » Oui. Vous avez vu la Massada des neiges… Leningrad ! Jamais rendue, jamais prise. Toujours debout.

XXVIII

La colonne des camions avec les gosses a été mitraillée. D'abord le camion de tête, puis le camion de queue. Comme ça, les avions pouvaient prendre tout leur temps. Heureusement, la forêt n'était pas loin. Une fois dedans, Pélagie et Maria ont compté les enfants. Il en manquait sept. Et trois adultes. La directrice et deux nounous. Les avions disparus pour de bon, c'est Anna la Rousse et Spiridon qui sont partis vers les camions pour voir. Lorsqu'ils sont revenus, on n'a pas osé leur demander. Personne. Anna, hagarde, a juste dit : « C'est le hachoir… » Et Spiridon ne faisait que hocher la tête. Les gosses, apeurés d'abord, bien silencieux, ont commencé à pleurer… La nuit était proche. Il fallait faire du feu. Ils ont fait deux grands feux et les gosses se sont un peu calmés. Antonina la cuisinière a préparé une bouillie dans un seau avec le contenu des boîtes de conserve. Elle a mis les gamins en rangs, et puis est passée devant avec une grande gamelle. Et eux, ils attendaient leur tour, bec ouvert, comme des merles ! Avec une cuillère à soupe, la cuisinière versait à chacun un peu de bouillie dans le bec. Qu'une cuillerée ! Puis elle leur a ordonné de s'allonger et d'attendre un peu…

Ensuite elle est repassée avec la gamelle… Et comme ça, trois fois. Et les gosses pleuraient, demandant plus, encore, encore une cuillerée ! Suppliaient ! Se roulaient par terre. Les yeux vides. Les yeux fous… Antonina disait à Maria : « Ne regarde jamais dans les yeux affamés. Donne et passe. Sinon – tu donneras encore et encore… » Mais Maria regardait dans les yeux des gosses, profonds-profonds, et elle disait : « Non. Pas encore… Il faut attendre ! » Et puis les enfants se calmaient, s'endormaient et Anna pleurait dans la gamelle vide.

Ils sont restés trois nuits dans la forêt. Et au matin du quatrième jour, Antonina la cuisinière ne s'est pas réveillée. Elle avait la moitié du visage complètement bleue. « C'est le cœur… – a dit Anna la Rousse. Elle avait toujours été faible de ce côté-là. C'est fini… »

Ils l'ont couverte de branches. Pas assez de force pour creuser. Ni de force ni de pelles. Tout est gelé, Antonina… Tout est hiver. Et toi, tu étais déjà de l'autre côté de tout ça… Le petit Ivan, ton favori, était vivant, lui, assis avec d'autres gamins, en train de sucer du pain sec. Tu n'aurais pas demandé plus…

Maria maintenait le feu, jour et nuit. Deux repas par jour – il leur restait des vivres pour une semaine. Un seul repas – pour deux semaines. Anna et Spiridon s'occupaient des gosses. Et les enfants pleuraient tout le temps. Anna cherchait comment faire, oui, il fallait qu'ils dorment ! Qu'ils se calment… Ça hurlait dur ! De tous les côtés ! Après chaque attaque aérienne – ce sont les gosses qui s'y mettaient ! Et puis elle a trouvé. Elle versait un peu de gnôle dans la soupe. Et les gosses ! Louveteaux affamés ! Bouillon bu, les plus petits pleurnichaient encore un peu, demandaient encore… Encore ! Et puis s'endormaient enfin, épuisés… Ivres, oui, en vrac, délirant tout doucement dans le sommeil. Encore une nuit…

Et puis un matin, Spiridon a décidé d'aller chercher de l'aide. Pas loin, non, il y avait un village à côté. Sur la carte, il était à côté. Il est parti, et – la joie ! Midi passé, il est revenu avec un camion et un soldat. Sauvés ! Maria et Anna sanglotaient de joie, oui, et les gosses, les plus petits, se sont mis à piauler eux aussi, ne comprenant rien, mais les plus grands – ne pleuraient pas. Anna a sauté au cou de Spiridon ! L'a embrassé ! Oui, sur les deux joues ! Même sur sa tache de vin ! Spiridon se défendait un peu, les yeux mouillés aussi.

Enfin, tous dans le camion, les uns sur les autres, serrés et au chaud, ils se sont calmés, les gamins, oui, et certains même riaient lorsque le camion sautait sur la route ou vrillait…

C'est à ce moment-là que les avions sont réapparus. Trois. Passaient d'abord sans tirer un seul coup. Disparus. Et puis sont revenus. Les trois Junkers ! Deuxième livraison ! Cette fois pour de bon. En piqué ! Stridents ! Les cigales des Enfers ! Les trompettes de Jéricho ! La chute des anges ! En sifflant ! Long piqué ! Extatique ! Niiii-ouuuuuuuu ! Et ils ont commencé à mitrailler ! « Ta-ta-ta-ta-ta ! » et les balles faisaient « Churrr-churrr ! », et puis « Chmok ! chmok ! » en s'enfonçant dans le sol, comme si elles embrassaient la terre ! Une courte mitraille, et ils revenaient ! Et encore une rafale ! « Churrr ! Churrrr ! » Et le ciel se déchaînait encore plus ! Les avions piquaient ! Si près ! Si près ! « Ta-ta-ta » ! Et puis repartaient… Et puis encore « Ta-ta-ta » ! Et puis « Mmmmmmm » en s'éloignant ! Pour mieux revenir ! Et la fumée crachait dans le ciel ! Noire-noire ! Les pilotes ne voyaient plus rien ! Mais ils continuaient toujours ! À l'aveugle ! Ils ne plantaient plus les balles, ils les semaient ! Et puis plus rien à semer – ils sont repartis. Le camion flambait…

Maria ne sentait plus son pied. Elle le cherchait ! Elle ne le trouvait pas. Tout le bas de son corps était enseveli… Sous les cadavres. Cinq gosses. En bouillie ! Elle a vu une petite main sortant de cet amas de viande… Et cette main serrait le poing… Le desserrait. Et puis encore… Et sans fin… Et puis a serré le poing pour de bon.

Elle a réussi à s'extirper… Un gosse n'avait plus de jambes. Sa bouche était ouverte. Il devait hurler, mais Maria n'entendait rien. Elle regardait cette bouche qui s'ouvrait, se fermait… Un autre, tout petit, saignait des oreilles ! Et le sang était épais… Noir. Sa petite tête arrachée était immobile, mais le corps à côté vibrait encore. Tremblait ! Les mains dans les poches du manteau… Elle a regardé autour d'elle. Elle a vu les os sortir de la chair comme des noyaux de prunes écrasées. Maria a voulu s'appuyer pour se lever, mais sa main a plongé dans quelque chose de chaud et gras comme du beurre fondu. Elle est retombée. Et puis elle a regardé où elle l'avait mise, sa main. Un crâne ouvert. Et la trace de sa main dans la cervelle comme dans la boue grasse. Elle a essuyé sa main sur sa jupe. Elle n'entendait rien. Les oreilles pleines de terre. Elle cherchait toujours son pied… Elle l'a trouvé, son pied… Sous le corps d'un gamin. Le gosse ne bougeait pas. Il était entier, lui. Léger et paisible… Comme s'il venait de se noyer. Juste un morceau de bois lui sortait d'un œil. L'autre œil était entrouvert.

La première vague d'avions passée, une autre est arrivée. Ils mitraillaient la forêt. Et puis la deuxième, plus rapide… Et le silence s'est installé après, aussi assourdissant que le fracas. La terre tremblait encore un peu, tout doucement comme après la chute des anges… Maria s'est levée et elle a aperçu Anna debout, tout près, tout près, les yeux errants. Le soldat, à genoux, vomissait. Et puis elle a revu Anna, assise, sa veste tirée sur la tête comme si elle se protégeait de la pluie. Et la puanteur ! L'odeur de la chair qui brûle… À retourner l'œil des morts.

Et après ? Elles tournaient en rond, après… Maria-Anna… Un tour du charnier, puis un autre tour. Sans un mot. Et puis devant le petit cadavre sans tête, le manteau vert, Anna s'est arrêtée. « Regarde ! Regarde ! C'est Volodia. Oui, ce petit… C'est son manteau ! Il avait toujours les mains dans ses poches, lui… Si ce n'avait pas été ce gosse, tu serais morte, Maria… »

Et Maria a vu qu'Anna était en train de curer le sang sous ses ongles. Avec un couteau. « Ce n'est pas le mien… Non », l'a rassurée Anna.

Les plus petits, ahuris, cherchaient leurs jouets… Ne les trouvaient pas. Se mettaient à pleurer. Ils avaient faim. Les plus grands leur criaient dessus. Et les petits se taisaient.

Maria et Anna erraient parmi les cadavres. Tout lentement… Sans cesse, sans cesse… Le voici – Spiridon. Et là – c'est Pélagie… Comme dans un rêve. Oui. Marmonnant des choses. Quelque chose…

XXIX

Ils étaient quatorze, désormais. Anna, Maria et douze gamins. Ils ont enfin trouvé le village. Ils ont marché toute la journée, guidés par l'odeur forte du brûlé. Il neigeait. Pas un seul avion dans le ciel. « C'est bien, c'est bien – répétait Anna. Il neige, ils ne voient que dalle là-haut… » Levant la tête, elle s'adressait au ciel : « Neige encore, s'il te plaît, encore un peu… » Le soir, ils sont arrivés au village. Personne. Les maisons brûlées. Celles, intactes – abandonnées. Pas un chien. Et pourtant c'était un grand village, oui, il y avait même une école, et de cette école en briques rouges, il ne restait qu'un mur, et le sol. Anna a dit qu'il devait y avoir une cave. Elle en a connu des écoles, il y avait toujours une cave. Les gosses ne pouvaient plus marcher. Se sont écroulés, tous.

Anna est allée voir, et puis est revenue. « Oui, il y a une cave ! »

Tous descendus à la cave, Maria s'est mise à compter les mômes. Une première fois. Non, le compte n'y était pas. Il en manquait un. Une deuxième fois. Un de trop. Anna aussi s'est mise à recompter. « Restez comme ça ! Ne bougez pas ! » Et là, à deux, elles ont réussi. Douze gamins. Douze têtes. Douze. Ni plus ni moins.

Cette nuit-là, ils se sont endormis tous en vrac, dos à dos, ventre vide. Épuisés. Un moment, Maria s'est réveillée, quelque chose lui chatouillait le visage. Les cheveux d'Anna. Et sa voix murmurait : « Je vais sortir m'accroupir… » Chaque fois, elle disait cela avant d'aller uriner. « Je vais m'accroupir… » Et Maria a souri, et puis s'est rendormie. Et puis un étrange bourdonnement est venu d'en haut. Les avions. Ça recommence ! Et puis le bourdonnement s'est éloigné. Maria a refermé les yeux et là – le premier obus est tombé au loin.

Les canons. Et quels canons… De 150 ! Ça laboure à remuer des tombeaux ! Ça met debout les cercueils ! Ça ouvre les tombes ! Ça frappe la terre gelée et elle gémit, elle ! Et ça tonne encore… Ouuuu-houffff ! Ouuuuu-houfff ! Ça canonne de partout ! De loin ! Et de près ! Ça siffle siuuuuu au début ! Et puis la terre tombe sur la tête de l'homme ! Et puis les canons bien plus lourds ! La folie ! La portée ?! 47 km ! Et l'obus à écrabouiller le béton armé comme on écrase une noisette pourrie ! L'obus de rupture antibéton ! Et le calibre ?! 80 cm ! C'est un tonneau, ça ! C'est même pas un calibre, ça ! C'est le puits de l'enfer qui recrache des suppos de Satan à faire tomber le ciel et tout ce qu'il a dans ses poches ! Et la détonation ! Ça fait pleurer la vieille roche la plus dure, ça ! Bahhhh-ouuuu ! Et encore ! Ouuuu-houff ! Et le marbre effrayé craque à Leningrad ! S'effondre ! Et pigne tout doucement ! Dix mille obus en trois heures… Un mortier français géant ! « Bruno le Bref », ah oui, bref mais de longue portée ! Calibre 22… Les obusiers de siège tchèques ! Et le palais de Peterhof rentre la tête dans ses épaules…

Et puis le silence est revenu. Maria a appelé Anna. Pas de réponse. Juste les gosses réveillés qui recommençaient à pleurer dans le noir. Elle a attendu encore un peu. Puis de nouveau a crié : « Annaaa ! » Toujours rien. Elle a décidé de sortir. La petite lumière s'est mise à couler dans la cave par deux soupiraux. Elle a dit aux gosses de rester où ils étaient et puis elle a poussé la trappe vers l'aube.

Il n'y avait plus le mur de l'école. Un amas de briques et à côté un grand trou d'obus. Maria a encore appelé : « Aaannaaa ! Annnaaa… » Elle a fait quelques pas et, là, elle a aperçu une botte en feutre blanc qui sortait d'un amas de briques. Seule Anna avait des bottes comme ça. Oui. En feutre blanc. Celles que Spiridon lui avait offertes. Maria a tiré la botte et la jambe est venue avec. Maria est tombée sur le dos. Elle a attrapé de la neige et s'est frotté le visage. Elle a voulu se réveiller. Mais non, c'était la jambe d'Anna dans la botte. Et la jambe était toujours Anna. Maria a eu peur, a jeté la botte et à reculons, sans la quitter des yeux, est retournée dans la cave.

La nuit, elle a entendu les loups qui se chamaillaient… Par la fente du soupirail, elle a vu une dizaine d'ombres… Elle les a comptées d'abord, oui, et puis elle a abandonné. Les loups étaient si près, si près… Une meute grouillait près de l'amas. Oui, ce sont les loups qui ont déterré Anna. Les loupiots humains en bas chouinaient… Tout doucement… Ils pleuraient sous la terre… L'appelaient… « Mariaaaa ! Mariaaaa… », mais Maria ne pouvait pas quitter des yeux la meute déchaînée autour de ce qui restait d'Anna la Rousse.

Durant la Grande Famine, Maria avait appris à se méfier des paysans. Lorsque la famine vient – ils deviennent démons, les paysans. Démons affamés. Très près de la nourriture, pourtant. À la source. Ah oui, d'autant plus… Ils pleuraient leurs vaches, oh que oui, pendant que leurs propres fils mouraient de faim… Sans se plaindre, comme des ombres meurent le soir. Dans les églises, on leur enseignait à aimer leur prochain, et les paysans ont appris à l'aimer jusqu'à le manger, le prochain… En se signant la bouche devant la viande fumante !

Mais là… Mais là ! Maria a entendu des voix humaines ! Voix vivantes ! Voix qui parlaient sa langue. Les Russes ! Trois voix ! Elle a voulu courir ! Ouvrir la trappe… Crier ! On est là ! Vivants ! Et… Une chose l'a arrêtée net. Elle a entendu les voix – rire… Oui. Elles riaient, les voix ! Parlaient doucement, et puis riaient ! Elles s'approchaient… Encore un peu. Les voix qui se promènent… Rôdent. Elle a même pu distinguer deux voix masculines et celle d'une femme. Et c'est la femme qui riait. Et les hommes riaient après. « N'ouvre pas… », lui a dit une voix douce. Celle de Sérafima… « N'ouvre pas… »

Les grands, collés les uns aux autres, regardaient Maria. Ils espéraient… Tout feu, tout souffle ! Mais

Maria a mis son index sur sa bouche. Et leur a indiqué des yeux la grande bâche dans un coin. Ils ont compris et, lentement, sans faire de bruit, ont pris la bâche et recouvert complètement les petits qui dormaient encore. De la tête aux pieds. Oui, comme on couvre les cadavres.

Les voix étaient toujours là. Sur le seuil. Et puis plus de voix. Silence. Maria a compris que les voix les écoutaient... Les cherchaient.

Puis elle les a entendues de nouveau. Les voix s'éloignaient. Elles ne riaient plus.

Elle a attendu jusqu'à la nuit pour sortir. L'avant-veille, elle avait repéré une fourche abandonnée près d'une maison, pas loin. Elle l'avait prise. On ne sait jamais... Elle l'avait traînée jusqu'à la cave. Et là – elle est sortie, la fourche à la main. La seule amie à qui elle faisait désormais confiance.

Personne dehors. Juste les traces de pas dans la neige. Elle a lu les traces. Trois personnes. Piétinant à côté de la trappe. Et puis reparties. Maria est redescendue.

Cette nuit-là, pour la première fois depuis longtemps, Maria s'est mise à prier. Pour que les bombardements recommencent. Elle s'est rendu compte que sous les bombes – ils étaient en sécurité. Les paysans ont peur des bombes. Peur de l'acier. Peur du ciel... Là, sous terre, Maria avait plus peur des démons de la terre que de ceux du ciel. Oh que oui... Quand l'enfer se vide, tous les démons se retrouvent ici.

Jour après jour... Combien de jours encore...

Elle n'a pas eu à prier longtemps. Oh que non… Du côté de Poulkovo, le ciel rougeoyait déjà ! Et la terre, elle s'est mise à trembler, la pauvre… Elle a eu peur, la terre. Les avions… Ils arrivent. Arrivent ! Une vague… Puis une autre ! Ça siffle, et puis fait Doum ! Doum-dou-doum ! Ils en larguent encore ! Et repassent ! Le ciel est en fureur ! Il ne voit plus rien, le ciel ! Le Diable déchaîné, il ne griffe plus ! Il laboure ! Éliminer tout ce qui a du souffle en bas ! En finir avec les Russes ! Ces barbares tartaresques ! Ces sous-hommes ! Et leurs gosses ! *Untermensch ! Die Unterkanalratte !* C'est à passer au lance-flammes mille fois plutôt que dix ! Et repasser ! C'est ça – l'Europe ! C'est ça – sa berceuse ! Si Staline a ses orgues, lui, on a l'orchestre de Wagner, nous ! De la terre et du sang ! Et le sang lave le sang ! Au lance-flammes les sous-hommes ! À la profondeur de treize générations ! À faire griller les pas-encore-nés ! Tous ces Ouzbeks ! Kalmuks ! Et Kazakhs ! ces Khazars surgis de la mare ! Tout ce fléau ! Les Slaves ! La Russie ! La plaie purulente sur le visage de la terre ! Gigantesque ! Grouillante de vers ! Et ça pullule ! Depuis mille ans ! À côté – les dix plaies de l'Égypte ne sont que de l'acné ! La peste antique, bien noire, bubonique – n'est qu'une rhumette, à côté ! Ah, la steppe avec toutes ses peuplades ! Ces tribus mal connues ! Jamais vues ! Mystérieuses ! Ces peuples mort-nés, mais vivants, et comment ! Toute cette taïga hurlante ! la steppe hululante ! Tous ces villages qui dansent la Saint-Guy à chaque mariage ! Tous ces trolls qui boivent le sang de leur fiancée dans les crânes de leur belle-famille ! Tous ces crapauds sortis de la fange des temps pour annoncer la nuit de l'Europe ! Les enterrer tous ! Et vivants ! Qu'il n'y neige dix mille ans que des cendres…

Maria et les gosses, dans la cave, n'entendaient que « Broukhh, Baoukhhh » des mottes de terre retombant d'en haut. Les mêmes bruits qu'entend un mort lorsque la terre tombe sur son cercueil.

Mon ami, mon ami… L'homme s'habitue à tout. Les enfants naissent même au cœur sec de la guerre. Même pour mourir – ils naissent… Une fois nés – ils crient. La vie crie en nous tous. Vivre ! Vivre…

Et Maria écoutait. Elle écoutait le ciel. Combien de jours encore… Jour après jour… Elle écoutait la forêt… Et la forêt était debout. Toujours debout. La forêt douce comme l'agonie d'un ourson dont la mère a été tuée… Forêt immobile… Les pins splendides comme des reines exposées dans leurs cercueils ! Les érables nus, et les sapins orgueilleux – voilà le bal silencieux… Pas un souffle ni demi ! Et les bouleaux aux yeux ouverts… Fiancées ensorcelées au mariage de la faim ! Le démon de la guerre et de la famine… Bras dessus, bras dessous, endormis dans la neige. Une louve réchauffe ses louveteaux et le corbeau prophétise ! Chut… C'est le nord qui se met à souffler ! Et la forêt gémit. Elle répond. Les bouleaux craquent ! Bazz ! Bazz ! Le vent passe sur les cimes. Les touche une fois, puis repasse ! Houuu… Tout lentement… Et puis encore et encore. Comme un aveugle qui touche son propre visage ! Et le voit… Le vent souffle un chant funèbre du nord… Et l'Ourse, la Grande, pleure son Arcas… Pleure son fils ! Et le sang s'arrête…

XXX

Le temps aussi s'est arrêté dans cette cave. Mais ceux qui y étaient encore vivants – continuaient de bouger. De plus en plus lentement. Oui. Chaque soir et matin, Maria a compté les gamins. Sans les réveiller, non, oh non… Ils sont bien dans leur sommeil, les petiots. Ils sont au chaud. Ils rêvent…

Élie, treize ans. Le petit Ivan, le chouchou de la cuisinière, six ans. Antonina, trois ans, la plus petite des douze, et son frère André, quatre ans. Nina, dix ans. Sacha et Alexandre, chacun sept ans. Dimitri, six ans. Sergueï, huit ans. Igor, sept ans. Le petit Kolia, six ans. Et Petia, loupiot de cinq hivers. Voici les douze.

Lorsque Maria entendait les bruits d'avions qui passaient très haut, elle savait qu'il n'y avait rien à craindre. Elle sortait pour voir ce qu'elle pouvait récupérer dans le village. Et toujours la fourche à la main. Élie, le plus grand des gamins, restait surveiller les autres. Élie, oui, c'est celui qui osait toucher les petits oiseaux morts dans la neige. C'est lui qui les mettait dans la poche de sa veste et les apportait dans le dortoir. C'est si loin déjà… Dans une autre vie. Oh que oui…

Maria a trouvé un seau en fer. Elle en était contente ! Et comment ! C'est très bien pour se chauffer. Elle est rentrée toute joie dans la cave. Y est descendue en tenant son trésor au-dessus de sa tête ! Les mouflets ont cru que c'était de la nourriture ! Tous debout ! Ont tous couru vers Maria ! Mains levées vers le trésor ! Se bousculaient comme des chiots à la tétée. Et puis, et puis... Déçus, les mains tombées... Sont repartis, chacun dans leur coin. Personne ne pleurait. Même les plus petits...

Depuis, elle mettait dans le seau du petit bois, des branches et du papier journal et ça donnait un feu joyeux. Et du papier journal, il y en avait des tonnes dans la cave. La *Pravda* ! Toujours ! Et puis d'autres choses... Des tambours troués. Des banderoles... Des bureaux boiteux. Des petites chaises. Des grandes... Tant de trésors ! Tant de choses à brûler ! Tant de nourriture pour le feu enfant... Pas grand-chose pour les fils de l'homme. Rien. La poussière...

Les tout-petits, même les plus faibles, venaient pour s'y réchauffer. Voir le feu. Ils mettaient les mains au-dessus du feu, et puis les retiraient. Les remettaient encore et vite les retiraient... Encore et encore... Comme jouant à un jeu. Et puis le silence. Même les plus petits ne gazouillaient plus. Tout le monde regardait dans les flammes. Et le feu crépitait dans son berceau en fer, leur souriait, enfant lui-même, les invitant à venir jouer dans un autre monde... Et le nez des mioches se mettait à couler. Ils se réchauffaient enfin ! Et puis les paupières lourdes, ils luttaient contre le sommeil, mais les paupières étaient plus fortes, oh oui !

Et pourtant, les mômes adorent porter le monde sur leurs paupières ! Ah ça… Mais là – ils se rendaient. S'endormaient… Assis, tête penchée, bouche ouverte. Le pied du monde sur leurs paupières.

Maria s'endormait aussi. Elle dormait les yeux ouverts. Même en dormant, elle veillait sur eux… Même dans son sommeil, elle les avait à l'œil.

Un matin, avec Élie, ils ont apporté quatre briques pour faire un feu plus grand. Un vrai foyer. Et Maria a frotté le seau avec de la neige. Tassait bien de la neige dedans, et après tout ça – sur le feu. Une fois la neige devenue l'eau – elle y mettait une boule de pain. Et un peu de sel. Dans une maison, elle a trouvé deux tasses en fer. C'est avec ces deux-là que les gosses mangeaient, se les passant les uns aux autres après avoir bu deux gorgées.

Et puis plus de boules de pain dans la besace. Voici – la dernière… Combien de jours encore…

Pour que les gosses gardent leurs pieds au chaud, Maria les a enveloppés dans du papier journal, une espèce de chaussette, et puis elle enfilait les bottes. Ça sauve les orteils dans le Nord, cette ruse. Du papier journal. Toujours la *Pravda*… Ah oui, des années et des années de Vérité aux pieds…

Les mômes devenaient indifférents comme des poupées de chiffon. Juste avant de les mettre sous la bâche, Maria retirait le papier journal, et les petits s'animaient un peu, oui. Ils voyaient les empreintes des lettres que le papier avait laissé sur leur peau. Ils essayaient d'attraper leurs pieds pour voir ce que c'était ! Maria disait : « C'est des contes… » Et les enfants disaient : « Lis-les ! » Maria ne répondait pas, et les gosses perdaient tout intérêt. Redevenaient comme du chiffon. Et les grands ne regardaient même plus leurs propres pieds.

L'homme affamé rêve et mange dans ses rêves… L'homme mourant de froid a chaud dans son sommeil. Il porte le soleil sur son dos. Et Maria, alors… Plusieurs nuits, Sérafima est venue dans ses songes. Elles étaient en train de pêcher, et les perches étaient bonnes. Lorsque l'une des deux attrapait une perche – le poisson était grillé et très chaud comme s'il sautait de la poêle. Et Maria les comptait. Douze. Sérafima disparaissait, en disant qu'il faut bien les compter, qu'il ne faut pas qu'elle en perde un seul. Et Maria les mettait tête-bêche, les comptait et recomptait. Sans cesse, sans cesse… Et se réveillait avec l'odeur du poisson grillé.

Elle songeait de plus en plus à Sérafima. Et toute cette année passée auprès de sa marraine lui revenait dans les ténèbres de la cave, jour après jour, nuit après nuit.

En regardant les enfants boire de la neige fondue, elle pensait au thé chez Sérafima. En regardant les gosses manger de la neige fondue, elle voyait Sérafima en train de frire un sandre…

Un jour, la marraine avait préparé une très bonne soupe au sandre pour Maria, mais elle-même ne mangea ce jour-là que du pain. Maria, en se délectant de la soupe, lui a demandé pourquoi elle n'y touchait pas. Et Sérafima a répondu : « Mange, ma miette… T'en fais pas pour moi. Je jeûne. » Et Maria a posé sa cuillère et a dit : « Moi aussi, je vais jeûner ! »

Et là – Sérafima a eu ce mot doux : « Allons, ma petite miette, mange… Je jeûnerai pour toi aussi. Ce n'est pas facile, mais c'est simple. Je mangerai deux fois moins, mon moineau… »

S'il y avait eu quelqu'un dans cette cave qui avait eu assez de force pour se lever et aller voir le visage de Maria, en se penchant, il aurait vu comme l'écho d'un sourire venir sur ses lèvres. De loin, oh oui, de l'autre côté de la vie. Mais personne ne se levait. Tous – dans leur monde. Chacun – à sa table, dans son rêve…

XXXI

Ils dormaient habillés, en vrac, oui, blottis les uns contre les autres, une seule bâche pour tous. Les plus petits au milieu. Maria dormait assise, en face, dos au mur. Pour bien les voir tous.

Ils se parlaient de moins en moins. Seulement lorsqu'un des gosses s'approchait trop près de l'escalier – Maria disait : « Non ! Retourne à ta place… » Sans dire le prénom. Elle voyait de plus en plus mal… Même si l'on dit dans le Nord que ceux qui sont nés en hiver – ont le don de voir dans la nuit. Eh bien, non. Mais la voix suffisait, et le gosse retournait sous la bâche.

Au début, Maria exigeait qu'ils se déchaussent avant de dormir. Oui, qu'ils enlèvent leurs bottes. Sinon, les pieds enflent. « Le matin, vos pattes seront gonflées. Comme la mienne ! Vous ne pourriez plus vous tenir debout… » Et les gosses avaient peur, ne voulaient pas avoir les pieds comme celui de Maria, et ils enlevaient leurs bottes.

C'est Sérafima qui disait le soir, lorsque Maria s'endormait de fatigue : « Enlève tes bottes, mon alevin… Les pieds grandissent dans le sommeil. Même au paradis, on enlève ses chaussures en attendant la résurrection ! » Et puis ajoutait, en elle-même : « C'est vrai ! Lazare n'avait pas de bottes en sortant de son tombeau… »

Et puis un soir, les petits n'ont plus voulu se déchausser. L'indifférence totale. Les pieds enflés ou pas, sans les pieds, qu'elle nous laisse tranquilles, Maria… Dormir. Dormir… Même pas manger. Dormir. Et c'est Maria, à quatre pattes, qui passait d'un mouflet à l'autre, d'un minot à l'autre, en retirant leurs bottes.

Les plus grands, Élie et Nina, s'en sortaient tout seuls. Ils tenaient bon. Et même, tout au début, Nina aidait Maria à peigner les loupiots. Oui, avec un peigne cassé, oui, sale, oui, édenté, oui, mais un peigne tout de même. Et puis plus de force. C'est Maria qui les peignait dans leur sommeil.

Au début de la chute, l'homme garde encore ses habitudes. Ainsi, Maria tenait à ce que les petits sortent le matin… Pour se dégourdir. Et après – on mange. Mais ils ne voulaient plus sortir, non, non, pas envie… Maria insistait, il faut respirer un peu, marcher…

Elle déchirait un journal et leur en donnait à chacun un morceau. Les mioches, chaque fois, en réclamaient un avec une image, oui, pour pouvoir la regarder, accroupis…

Et puis elle mettait les filles d'un côté, les garçons de l'autre… Tous s'accroupissaient, poussaient, mais personne n'y arrivait. Ils restaient un moment comme ça… Des amas immobiles sur la neige… Le menton posé sur les genoux, en train de regarder une image sur un morceau du papier journal… Puis Maria passait, leur tendait la main pour qu'ils se lèvent.

Les garçons tenaient à faire pipi debout. Bien, disait Maria, viens ! Ils n'arrivaient pas à sortir leur petit bec tout seuls, eux. Des couches et des couches de vêtements ! C'est Maria qui les déboutonnait, et ils urinaient, sérieux… Les yeux au loin, comme des grands… Méditatifs.

Et voilà la nuit… Encorc unc… Lcs pctits sc réveillent, pleurent et se rendorment… Continuent de pleurnicher dans leur sommeil. Chouinent tout doucement. Et puis de nouveau le silence. Maria se lève, écoute, s'ils respirent. Quand elle n'entend rien, elle les touche tout doucement, cheveux, fronts, pieds… Oui.

Savoir qui dort, vivant. Qui dort, mort…

Une autre nuit, elle a perdu le premier. Petia. Cinq ans. Mort dans son sommeil. Le voilà… Allongé sur le dos, les yeux légèrement ouverts. Maria lui a fermé les yeux. Et a commencé à lui laver le visage. Il détestait ça, vivant. Toute une bataille à chaque fois ! Même la boîte magique de Pélagie, avec les dents dedans, ne marchait pas sur lui. Rien à faire ! Tout, mais pas se laver le museau… Et là – tout sage. Les yeux fermés. Juste son épi sur le haut du crâne… Indomptable ! Mais Maria l'a assagi avec un peu d'eau. Comme avant, oui, et avant, les gosses riaient de Petia : « Une virgule sur la tête ! »

Les plus petits n'ont rien compris… « Pourquoi Petia dort encore ?! » Maria n'a rien dit. Elle lui a mis ses bottes. Ce n'était pas facile, oh que non, son corps était déjà dur. Mais elle a réussi… Et puis elle a lui a enfilé sa chapka. Il avait déjà son manteau, elle n'avait qu'à le boutonner. Comme elle le faisait avant, oui, lorsqu'il était vivant, Petia, à l'orphelinat, avant qu'il sorte pour gambader… Dans une autre pièce, juste à côté, elle a arraché trois planches du sol. Il y avait un espace entre le sol et la terre… Et cette terre n'était pas gelée. Creusable, oui. Elle l'a un peu grattée, à la main. Pas longtemps, non. Et puis a tiré le petit corps jusqu'au trou. Et puis l'a posé dedans, sur le côté, comme s'il dormait, et a remis les planches.

Ce jour-là, personne n'a mis le nez dehors. Maria s'endormait, se réveillait, et une fois réveillée pour de bon, elle pensait au petit dans son trou, oui. À Petia et à sa première journée passée dans sa petite tombe.

Un autre jour, Maria s'est réveillée d'un étrange silence. Elle est sortie pour voir. Le ciel était comme une huître ouverte… Au palais nacré. Et le ciel chantait la musique de la neige… Il avait neigé cette nuit-là. Maria humait l'air. Rien. Aucune odeur… L'air était pur, et le ciel était haut. Si haut… Et le silence était parfait. À tomber à genoux devant tout ça… Et puis le soleil s'est levé et la neige, elle, s'est allumée de mille feux.

Cette lumière du Nord. Le feu vert d'abord ! Puis rose… Puis vermillon… Et l'ombre est bleue, oui, ce bleu tendre, presque gris, qui vous suit, et puis passe devant et vous guide comme le chien d'un aveugle… Puis s'allonge à vos pieds, reste comme ça le temps d'un coup de cils, et puis disparaît. Mon ami, mon ami… La neige – c'est l'enfance de toutes les odeurs.

La neige – c'est la mère de toutes les couleurs. La mère stérile… Toujours jeune.

Et là, Maria s'est mise à prier. Mon Sauveur ! Mon âme est prise dans la glace ! Nue comme un alevin… Toi, Qui as habillé chaque poisson d'écailles – Tu nous laisses – nus… Seigneur, mon Seigneur, mon âme est ivre ! De faim… Ne perds pas tes petits mourants de faim dans ce désert où il neige ! Il neige dans mon âme, mon Sauveur… Ne nous oublie pas… Nous, tes petits poissons… Pêche-nous, Seigneur ! Attrape-nous…

C'était si doux de prier. C'était si doux de tomber à genoux dans la neige. De s'y allonger. De s'y étirer… De s'y endormir… Même pas à fermer les yeux… Mais elle s'est relevée… Et pourtant c'est si doux de rester allongée dans la neige. Si doux… Celui qui meurt dans la neige – sait… Maria est tombée encore. Elle s'est mise à ramper ! En chantant tout doucement… « Toi, un pied en enfer – ne désespère pas ! L'esprit brisé est un sacrifice à Dieu. Il ne détruit pas le cœur brisé et broyé… » Le seul psaume que Maria ait appris par cœur… Le psaume de la neige. Oui. Le psaume du don parfait…

Elle a entendu une voix, oui, une lointaine voix qui chantait avec elle et en elle et partout. Et cette voix venait de l'autre côté de la mort. La dernière voix, qu'une âme ne retrouve qu'au bout de son agonie. Quelle voix… Et quel chant… Il était comme le cri d'une âme à l'agonie qui tombe nue à terre et s'habille en corps pour renaître avant de mourir.

XXXII

Au début, Maria comptait les gosses trois fois par jour, et puis elle avait fini par les compter sept fois. Surtout les petits... Elle voyait de plus en plus mal. Et puis elle les voyait bouger tout le temps. Elle croyait les voir ramper dans tous les sens ! Pas du tout... Affaiblis, ils ne faisaient que se retourner sous la bâche. Oui, ils dormaient... Maria les comptait en tâtant. Ils se réveillaient, pleuraient un peu, heureusement que les plus grands, Élie et Nina, étaient là. Ils calmaient les petits.

Et les petits... Les plus petits, les plus loupiots, les plus mioches, les plus moutards, les plus moutardeaux passaient de la vie à la mort sans un cri. Dans leur sommeil. Sans s'en rendre compte. Sans comprendre... Ils rebroussaient chemin. Oui. Heureux, les petits, morts dans leur sommeil, car ils arrivent à retourner de la chambre de leur vie mal éclairée à la nuit maternelle encore chaude.

Après Petia, c'est la petite, oui, Antonina, qui ne s'est plus réveillée. Encore hier, elle rampait, à quatre pattes, comme si elle avait désappris à marcher, mais oui, mais ramper – elle n'avait pas désappris ! Maria l'a attachée, à sa cheville, oui, cheville à cheville avec une corde.

Elle lui a lavé le visage et les pieds. Elle a commencé à lui remettre ses bottes lorsque le frère de la petite, André, s'est réveillé. Il avait quatre ans, lui ! Toujours sage ! Jamais de problème avec lui… Maria lui a dit : « Rendors-toi… » Mais non, il était debout, bien debout, le petit André ! Guiboles faibles, il s'est mis à marcher autour de la petite déjà habillée, les mains en croix sur la poitrine. En montrant du doigt le petit cadavre, il répétait : « C'est ma sœur… C'est ma petite sœur ! » Il claquait des dents ! Mmmmm mmmm ! Vagissant comme un petit animal… et puis s'est allongé, oui, s'est glissé sous la bâche, comme un enfant qui vient de faire un cauchemar et, le cauchemar fini, retourne dans son lit.

Maria a rouvert la petite tombe et y a mis le petit corps d'Antonina. Elle a pensé laisser ouvert le trou, mais non, elle l'a recouvert de planches.

Et puis est venu le tour du petit Ivan. Vania… Il avait des coliques… Il ne pleurait pas, mais n'arrêtait pas de bouger sous la bâche. Maria le prenait dans les bras un peu. Il se calmait pour un moment, et puis tout recommençait, il donnait des coups à Maria, se tordait dans tous les sens, sans cesse, sans cesse… Sans même ouvrir les yeux. Et, surtout, respirant bizarrement. En sifflant. Maria le faisait asseoir sur ses genoux, le sifflement cessait, une minute, deux, et puis ça recommençait. En le remettant sous la bâche, Maria a vu qu'elle était comme rongée du côté où Vania dormait. Elle a compris. Vania, Vania… Il dévorait la bâche, oui, jour après jour. Dans son sommeil. C'est pour ça… Satanée bâche ! Combien d'yeux faut-il pour veiller sur un orphelin ?!

Cette nuit-là, elle l'a gardé avec elle. Contre elle. Il était brûlant. Il a fini par s'endormir. Il devenait de plus en plus lourd. Un moment, Maria s'est endormie elle aussi, et lorsqu'elle s'est réveillée, Vania n'était plus sur elle. Elle l'a cherché. Elle l'a trouvé sous la bâche. En train de dormir. Tête couverte.

Lorsque, le matin, elle a enlevé la bâche, elle a vu le petit, visage bleu… Front et joues couverts de griffures. Agonisant, il avait dû se griffer le visage. Et ses yeux exorbités… Le poing droit serré. C'est là, pour la première fois, que Maria a eu vraiment peur… Très peur. D'autres gamins, réveillés, ont regardé le cadavre avec indifférence. C'est là, oui, qu'elle a pris peur. Ils ne l'ont pas regardé longtemps, Vania… Et puis, se frottant les yeux, se sont recouchés et rendormis. Maria a d'abord fermé les yeux de Vania, puis a desserré son petit poing, un doigt après l'autre, tout doucement… Puis lui a lavé le visage et les pieds. Quelques morceaux du journal restaient collés aux orteils. Elle les a enlevés tous, un à un, en frictionnant les petits orteils, déjà durcis. Le voilà, Vanucha… Tout propre. Il n'aura plus jamais faim. Il ne pleurera plus. À côté des autres… Sous les planches. En attendant la fin des temps…

Et puis, un autre jour, elle en a enterré deux. Sacha et Alexandre. Sept ans chacun. Toujours ensemble. À l'orphelinat, l'un disait « A », l'autre répondait « B ». On pouvait parier que si l'un des deux mordait une tranche de pain d'un côté – l'autre mordait de l'autre ! Pélagie riait en les voyant se battre : « Aujourd'hui, ils s'entendent comme deux larrons sur la même croix ! Mais demain – seront inséparables comme les trous du nez ! » Eh oui… Tout le temps comme ça. Et même après, bien après – ensemble… Dans la cave – inséparables. Sans pain – ensemble. Dormant côte à côte… Partis ensemble, enterrés ensemble. Jamais plus à se battre. Enfin chacun sa croix de trois planches.

Un moment, la nuit ou le jour, Maria ne savait plus, elle a entendu un grognement. Ça venait d'en haut. Mais ce n'étaient pas les moteurs d'avions. Ah non… Elle s'est traînée vers le soupirail. Le grognement s'approchait. Un ours… Oui. Un ours… Et il rôde. Il sent… Il hume l'air. Il hume fort. Il cherche. Il avait dû être réveillé par les bombardements… Les canons, les obus qui labourent si profond… Et puis Maria a entendu des hurlements au loin. Les loups… Et les grognements se sont éloignés.

XXXIII

Il neigeait comme jamais cet hiver-là. Il neigeait jour et nuit. Du matin au soir. Il neigeait à abolir le jour… Et l'air, il était déjà si peigné, si doux… Mais la neige ne s'arrêtait pas. Et le monde devenait sourd.

Lorsqu'il neige – tout enfant pense qu'aucun mal ne peut lui arriver. Aucun.

Il neigeait encore et encore… Et les morts avaient chaud. Il neigeait comme jamais cet hiver-là… Il n'y avait plus de tombes ni de croix sur les tombes. Il neigeait à ensevelir les vivants et les morts. Et leurs fils et les fils de leurs fils… Et les mort-nés à naître… Il neigeait à bercer les enfants dans le ventre de leur mère… Avant qu'ils ne se réveillent – vieillards. Et les corbeaux aveugles dormaient les yeux ouverts sur les pins… Voyaient les choses à venir… Oui. De l'autre côté de l'hiver. Il neigeait sur la terre comme pour la dernière fois. Et personne ne savait quel jour on était… Les vivants se parlaient à l'oreille… Comme sur les icônes. Et le craquement de l'allumette – faisait s'envoler les corbeaux ! Et la lumière de la bougie rendait le soir autour de la flamme – ténèbres.

Il y avait un étrange silence sur la terre. Pas une seule âme sur la balance… Ce silence mystérieux qui précède l'échange des âmes… Une qui part et l'autre qui vient. Et même s'il neige dix mille ans… La neige ne blanchira pas les ossements de tes enfants, Peterhof. Jamais… D'autres âmes à naître joueront avec leurs osselets becquetés par la vermine de ta terre, Peterhof… Même s'il neige de la chaux vive trois mille ans… Et pourtant, il neigeait comme jamais cet hiver-là.

Les nuits passaient tels des visages d'enfants endormis. Et puis ça a été fini. Et le temps s'est mis à bégayer.

Maria ne sentait plus la faim… Elle n'avait plus soif. Plus froid du tout. Elle a commencé à avoir des visions. Elle savait qu'il ne faut pas croire aux visions. Jamais. Sérafima lui a appris – ne jamais se fier aux songes. Surtout aux plus beaux. Quoi que tu voies, quoi que tu sentes, quoi que tu entendes. Jamais.

Un moment, Maria a cru que c'était fini pour elle. Elle se sentait glisser… Oui. Elle voyait des choses… Elle voyait bien, désormais… Elle était au chaud. Elle était en plein été. Dans une forêt, et cette forêt était chaude même à l'ombre… En sortant des bois, Maria est entrée dans le feu dévorant. Au milieu du chœur délirant des criquets. Elle marchait sur des braises… Et l'air vibrait. Et là – elle l'a vue, cette église. Ce qui restait de l'église… La blancheur en ruine. Comme une maison de neige. Et les murs de cette maison de neige étaient hauts… Il n'en restait que trois. Maria s'est assise dos au mur. Et le mur était chaud. Les pierres picoraient son dos tout doucement. Il sentait bon, ce mur. D'une odeur mystérieuse... Comme le souvenir de la perte de quelque chose... Qu'on n'est même pas sûr d'avoir eue, cette chose. Et perdue à jamais...

Et puis elle a vu Sérafima venir vers elle. Maria n'en était pas étonnée du tout. Très contente même ! Mais Sérafima n'a pas pu s'approcher. S'est arrêtée net. Plus un pas en avant... Et Maria a vu son père et sa mère venir aussi. Et là – quelqu'un l'a secouée.

Elle a ouvert les yeux. C'était Nina. Elle n'arrêtait pas de parler. Maria n'entendait pas. Et puis elle a entendu : « Maria, ne meurs pas, ne t'endors pas, reviens, reviens... » Et encore et sans cesse. Maria s'est réveillée, oui, mais Mitia – non. Nina a dit à Maria qu'il ne respirait plus, le petit Dimitri. Qu'elle le secouait, mais qu'il ne se réveillait pas... « Mais il n'est pas mort – répétait Nina –, il respire ! Il est chaud... »

Quel est le mot qui soit plus tendre qu'« enfant » ? C'est – « enfanteau ». Connaissez-vous quelque chose qui soit plus doux qu'« enfant » ? C'est – « enfant mourant »...

Maria a pris dans ses bras le petit Mitia. Si léger ! Que des os... Elle s'est mise à se balancer. Il mourait, le petit... Tout doucement s'éteignait. Elle a regardé sa main si fragile... La vie tenait encore. Elle n'a pas pu quitter des yeux cette main. Mitia a serré le poing. Comme s'il voulait serrer la vie dans sa petite patte. La tenir comme un bébé qui a attrapé un cheveu de sa mère. Il ne tenait pas. Il partait... Le cheveu de la vie s'est rompu et son visage s'est ouvert. Il a expiré. Et son poing s'est desserré. Il n'a plus inspiré. Maria a attendu encore. Elle continuait de se balancer… Elle n'arrivait pas à s'arrêter. Le berçait encore et encore… Lui, endormi comme mort. Et puis un moment, elle a regardé le gosse. Et tout s'est arrêté. Ce qu'elle berçait n'était plus Mitia.

Maria n'a pas réussi à traîner le corps toute seule. Elle et Nina lui ont d'abord lavé le visage, et puis les pieds. Puis elles l'ont tiré vers la pièce à côté. Après l'avoir mis près des autres, elles sont restées un instant, à quatre pattes pour reprendre leur souffle. Et puis ont recouvert les petites ténèbres du tombeau avec les planches.

Désormais, les os de Mitia se reposent avec les autres.

XXXIV

Depuis une semaine, le ciel était plein de fumée. La neige ne tombait plus. Plus d'avions, ni crépitements des canons antiaériens. Silence… Oui. Comme dans une forêt enneigée.

La fumée montait au loin… Tel un dragon qui s'envole tout lentement. Au-dessus de Leningrad. Combien de jours comme ça… Combien de jours encore ? La ville agonisait debout… Mais toujours vivante. Ville martyre, tu as vu tomber les tabous un par un, mais tu résistais encore… Leningrad ! La faim ! La faim… De pire en pire. Et la glace sur le lac Ladoga était encore mince. Les camions ne passaient pas. Pas encore… Les camions chargés de vivres attendaient sur la rive. Et les chauffeurs regardaient la ville mourir.

Maria ne savait plus si elle dormait ou veillait. Elle entendait l'ours rôder. Toujours là… Il s'est mis à creuser ! Oui, près du soupirail. Maria priait pour qu'il ne trouve pas la porte de la trappe. Même en fer, la porte ne tiendrait pas longtemps. L'ours grognait, creusait, n'arrivait pas et, en colère, repartait. Puis revenait… Tenaillé par la faim. Gémissant presque. Il sentait bien la chair d'en bas… Et se remettait à creuser. Un moment, Maria n'en pouvait plus, ni de prier ni d'attendre, et elle a crié fort : « Toi, mon Sauveur ! Où es-Tu ?! » Et puis encore… « Toi, Qui m'as tirée des ténèbres ! Toi Qui m'as donné la lumière, où Te caches-Tu… ? Je n'ai plus de mots… », et puis essoufflée, elle a écouté le silence. En continuant à prier, oui, mais sans mots. Comme elle respirait… C'est la prière qui priait en elle.

Élie s'est réveillé. Maria lui a fait signe qu'il ne bouge pas, qu'il ne parle pas, qu'il écoute… Rien. Le silence. Elle a murmuré à Élie : « Rendors-toi… »

Quand elle est montée, la porte de l'extérieur était ouverte. Il faisait jour. Il faisait très beau. Maria, aveuglée par le soleil, s'est arrêtée net, les yeux fermés. Et puis une ombre a couvert son visage. Elle a ouvert les yeux. Et l'ours était là. Il se tenait debout… Immense ! Maria n'avait jamais pensé qu'une bête pareille pourrait exister. Jamais ! Et l'ours regardait Maria. Droit dans les yeux. Et les yeux de la bête étaient comme des étoiles. « Laisse-moi prendre un enfant… Laisse-moi en prendre un seul et tu vivras », a entendu Maria. Elle a reculé en laissant tomber la fourche. Et elle s'est réveillée.

Ce n'était plus des bombes, non, c'était l'heure des canons.

Le calibre ?! 130 mm ! Ça fait un trou dans la terre à pouvoir cacher une église dedans ! Sans que ses coupoles dépassent ! Dieu tout-puissant… Et ça continuait ! « Ba-bah-bakh » ! Et puis encore ! La terre se mettait debout ! Se cabrait… Retombait juste à côté ! Les mottes gelées ! Sur la trappe ! Et tous les gosses se sont mis à hurler. Maria a aperçu Élie qui allait, chancelant, vers la sortie. Très lentement, oui… Elle s'est levée pour l'attraper, mais non ! Il était déjà dehors… Et puis Nina ! S'appuyant sur la fourche, Maria est sortie, elle aussi. Les obus tombaient plus loin. De l'autre côté du village.

Quelque chose bougeait dans la neige. Ce n'était pas un gosse, non. Nina et Élie étaient là, avec Maria. Non, c'était l'ours. Les grands l'ont vu, les premiers. « Regarde ! Maria ! L'ours ! L'ours ! » criaient Élie et Nina, et puis les autres, tous étaient là ! Tous dehors… Effrayés ! Admiratifs ! « L'ours ! Regardez… Il vient ! Vers nous ! Qu'il est énorme ! Ohhhh… Il est blessé ! » Et l'ours, chaloupant comme ivre, marchait vers eux… Et la neige derrière lui était vermeille… La neige buvait le sang, et devenait comme la chair d'une pastèque qui craque au soleil, mûre, et la plaie s'ouvre, chaude.

Et puis encore un obus ! « Fuuuuuuu ! Fuuuuuu ! » de loin… Bruit strident ! C'est un autre calibre ! 155 mm… Ça laboure bien profond ! Ça fait danser les ossements des dix siècles derniers ! Ça fait tourner le tourniquet de l'enfer, ça ! Les vivants passent sous terre et les morts – en sortent ! Les mortiers font « Iiiaaa-ah ! Iiiiiiia-ah ! » pire que les ânes en rut ! Se déchaînent ! Devenus fous ! Et puis un autre calibre… 152 mm. Long canon ! Se met à barrir ! « Hou-u-u… » Et puis ça tombe ! « Hang ! » La terre bouge sous les pieds ! Et encore de loin « Hou-u-u-u ! » et la terre veut se cacher ! Et puis « Hang ! ».

Tout le monde hurle ! On n'entend rien ! Juste les bouches qui s'ouvrent… Se referment ! Reprennent leur souffle ! « À teeeeerre ! Tous à teeerre ! » crie Maria, à plat ventre, et la terre vibre sous le ventre.

Le calme revenu, les moutards cherchent l'ours. « L'ours ! Il est où, l'ours ! » Ils n'en ont que pour lui ! « Mais il est là ! Vivant ! Il arrive ! »

Oui, il était vivant. Blessé mais vivant. Il marchait comme sur des braises, lui... Il marchait vers l'homme. Peut-être un démon expulsé de l'enfer cherche l'abri chez l'humain, qui sait... Et puis il s'est écroulé, l'ours. Oui. S'est effondré... Respirant fort comme pour rassembler ses forces... Il respirait... Respirait... Et s'est mis à ramper. Toujours vers les gosses !

Maria a entendu un sifflement dans le ciel. Sifflement long... Siuuuuu ! Une bombe ! « À terre ! », elle hurlait ! « À terre ! », mais les gosses n'entendaient que « Sssiuuuuu ». Et Maria a sauté sur eux, bras en croix et les a fait tous tomber.

Personne n'a été touché. Maria les a tâtés... Non, personne. Tous intacts. Effrayés, mais entiers. À plat ventre.

Elle leur a dit de rester comme ça. L'avion passé, elle a entendu les grognements de l'ours. Il n'était pas loin, lui... Oh, que non. Elle s'est redressée pour voir – elle était à vingt mètres... Maria a ramassé la fourche. L'a appuyée contre un mur pour soutenir le choc.

Mais l'ours ne s'est plus relevé. Un éclat d'obus lui avait arraché une patte de derrière. Il avait déjà été touché, avant, dans le dos, et là, il agonisait. Mais il rampait quand même... Lentement, en grognant. De moins en moins fort. Encore un mètre... Encore. Il ne grognait plus. Juste respirait fort. Houuuu. Houuu...

À grandes buées… Et la vapeur s'échappait de sa gueule. Houuuu… houuuu… Maria, debout, l'attendait.

Sans se retourner, elle a dit aux grands de faire descendre les autres dans la cave. « Il est là, l'ours… Faites vite ! » « Et toi ? » a demandé Élie. « Je suis là, moi aussi… », a répondu Maria.

La bête s'est arrêtée sur le seuil. Maria a reculé un peu… Une patte de devant sur le seuil – il n'a plus bougé, l'ours. Il ne respirait plus. Sa gueule était tout ensanglantée, mais c'était son sang. Maria n'a pas pu voir ses yeux. Il s'est vidé de tout son sang, l'ours.

Elle attendait toujours. Fourche à la main, toute prête. Elle ne l'a pas achevé. Elle ne l'a pas touché. Elle n'a pas osé tuer un mort. Elle a juste attendu… Et plus elle attendait, plus elle voyait que ce démon dont elle avait rêvé n'était qu'un ours mort. Sur leur seuil… Venu sur le seuil… Comme un sacrifice.

Et là, elle a entendu un cri d'enfant sous terre !

Elle a levé les yeux au ciel, et puis a enfoncé la fourche dans le cou de l'ours. Avec tout le poids de son corps. Dans le cou de l'ours. Et très profond ! Très profond. Si profond qu'après, pour la retirer – il a fallu s'y mettre à trois. Maria-Nina-Élie. Oui. Secouer la fourche et tirer. Secouer et tirer…

Mais là, toute seule et debout, l'ours à ses pieds, elle s'est mise à pleurer… Elle ne savait pas pourquoi elle pleurait. Jamais eu de larmes pareilles. Jamais comme ça… Dans le Nord, on dit que lorsque deux vagues se mettent debout dans l'homme, la vague de la vie et celle de la mort s'entrechoquent – et l'eau de ces vagues coule de ses yeux comme ça. Comme la sueur de l'âme.

XXXV

Ce sont les deux grands qui sont sortis. Élie-Nina. Puis les plus petits. Un museau après l'autre comme des louveteaux de leur tanière…

Maria-Élie-Nina, à six mains, ont retiré la fourche. Les trois petits, Igor, Sergueï et Kolia, tout yeux, sans souffle, admiraient l'ours… Murmuraient « Ohhhh… », en montrant du doigt sa tête. Se tenant à l'écart tout de même… Plus de froid ni de faim. Tout oublié devant cette merveille !

Maria a cherché à couvrir l'ours. La bâche, oui ! Avant, elle couvrait les douze gosses, et là – il n'en restait que cinq. Elle a demandé à Élie d'aller fouiller dans les granges, tout ce qui coupe : hache, faux, couteau, tout ce qu'il trouvera… « Mais il faut faire vite – elle a ajouté. Il faut découper l'ours. Il gèlera fort cette nuit… Il sera comme une pierre. »

Et puis Maria a réussi à le tirer jusqu'à la trappe. La nuit était proche. Trop proche. Comment faire ? Aller à la recherche d'Élie ? Ou l'attendre ? Les loups viendront cette nuit… Et là, elle a vu Élie. Il portait quelque chose. Une faux, oui, juste la lame. « Très bien, ah c'est très bien – elle répétait, toute contente de voir Élie. Grand garçon ! Grand garçon ! »

Tous les trois, ils ont tiré l'ours et l'ont descendu dans la cave. Maria était étonnée – il n'était pas si lourd, l'ours. C'est vrai ce qu'on dit, la peur a de gros yeux... Et pourtant, au milieu de la cave, il était comme une montagne endormie. Petite montagne, mais montagne. Et noire-noire... Les gosses avaient juste peur, oui, toujours peur, l'ours mort reste l'ours, et surtout là, si près... Et puis tous ont fini par pioncer. Maria écoutait un peu ce qui se passait dehors, mais personne... Ni homme ni loup ni renard ne sont venus cette nuit-là.

Maria s'est allongée à côté de l'ours pour souffler un peu. Fermer les yeux juste un moment... Mais elle s'est endormie vite, oh oui, et très profondément. À côté de l'ours. Il ne sentait pas la mort, lui. Il sentait la neige...

Le lendemain matin était calme et froid. Les gosses ont humé l'air comme des renardeaux affamés, tremblant de froid. Ils ont humé le ciel, et le ciel... Il était comme la plaie profonde qui s'ouvre. Et la plaie était trop petite pour leur faim. Trop étroite pour cette fumée noire que la ville expirait...

On entendait au loin : « Bom... Bom... » Le tocsin... Le glas qui ameute les morts au son des canons. « Bom... Bom... » Au loin. Vers Leningrad. Et personne ne venait. L'odeur de chair brûlée... Si près, si près. Et encore une nuit de faim derrière. Encore une...

Maria s'affairait déjà. Elle a fait du feu à l'extérieur. Puis a ramassé de la neige dans un seau et l'a fait fondre. Il était déjà très dur, l'ours. Toute seule, petit à petit, elle l'a traîné de la cave à l'air libre. Elle a interdit aux enfants de le toucher. Et pourtant… Ils voulaient l'aider, oui, ils n'avaient plus peur de la bête, et même ils l'auraient touchée. Complètement fascinés.

Et puis, assis en cercle autour de l'ours, ils ont attendu… Sans savoir quoi. Nina a voulu poser la main sur la tête de l'animal, mais Maria a dit : « Non ! Que personne ne le touche. Personne. »

C'est Maria qui a posé les mains sur le front de l'ours. Sans un seul mot. Sans un mot… Les a tenues comme ça, un moment… Puis elle a retourné l'ours sur le dos, toute seule, oui, et lui a touché le cœur et la gorge. Très lentement. Et les gamins étaient silencieux, bouche bée, comme toujours ils le sont devant quelqu'un qui fait un tour de magie.

« Tout à l'heure, on va manger – a dit Maria. Patientez encore… On va bien manger. »

Et puis il a fallu ouvrir l'ours. Elle savait ouvrir les bêtes, ça – oui. Mais là, sans couteau, et surtout, plus faible qu'un mort-né… Mais la faux, elle était bien affûtée, la faux ! La mort, elle en serait jalouse, elle ! La sienne devait être bien usée… Ébréchée ! Mais celle-là ! Du très bon acier. Les chasseurs souvent en font leurs couteaux. Après l'avoir utilisé, il faut le laver, le couteau, et l'essuyer tout de suite. Et puis, le graisser un peu. Mais, au fond, même la rouille la plus puissante ne peut pas tuer la faux.

Maria, pour ne pas se blesser les mains, a enroulé son fichu autour du côté large de la lame. À genoux devant l'ours, elle a fait une première toute petite entaille à la gorge et, d'un mouvement lent, elle a fait une grande et profonde incision jusqu'à la cage thoracique. Avec la pointe de la faux… Oui, comme avec une longue griffe. La cage thoracique entaillée, elle a replongé la faux dans le péritoine et a fait une incision très profonde jusqu'au sacrum, en ouvrant l'ours tout doucement comme on ouvre un grand livre qui n'a jamais été ouvert.

Elle n'a eu besoin que du cœur et du foie. Elle a versé un peu d'eau chaude dans le péritoine, oui, pour dégeler les viscères et mieux voir. Et l'intérieur de l'ours était comme de la nacre, la nacre de l'huître de rivière.

Les viscères abdominaux étaient tout collés, tout en nœuds, et pas une graine de graisse ni sur les lobes du foie ni même sur le sacrum. Son estomac était comme une chaussette gelée.

Elle a trouvé le cœur. Et son cœur était grand et plein, luisant, comme la gorge d'un pigeon, il était tendre et lourd comme un gros poisson. Maria l'a gardé un peu dans sa main, et puis l'a mis dans le seau avec de l'eau chaude, puis elle y a mis le foie. Le cœur a plongé au fond comme un poisson endormi. Élie a remis du bois dans le feu sous le seau.

Encore un peu… il fallait attendre encore.

Maria a plongé ses mains jusqu'aux coudes dans le seau pour les réchauffer. Elle a trouvé le cœur et le foie. Encore un peu, encore un peu, et ça va finir par bouillir…

Elle aurait donné son propre pied pour une poignée de sel. Du sel, oui… Juste un dé à coudre. Mais personne ne voulait de son pied, ah non ! Quelle patte d'ours ! Et puis qui prendrait nos infirmités… Même si on offre notre cœur avec.

XXXVI

C'est Élie qui a eu une idée pour découper l'ours. Il a dit que ça serait mieux avec une scie. Ça – oui, mais où en trouver une ?! Ici… Il a dit qu'il faut juste ébrécher la faux. Oui, oui, avec des briques ! Et Maria l'a laissé faire. D'abord, il s'y est mal pris, il frappait la faux avec une brique. L'acier résistait. Et puis il a essayé à l'envers. Il frappait le rebord d'une brique avec la faux, et là – ça a marché. Et petit à petit, la faux s'est ébréchée.

C'est comme ça qu'ils ont scié la bête. D'abord – les pattes de devant. C'est Élie qui les a coupées. Et Maria – celles de derrière. Et puis – la tête. Quand elle a commencé à couper la tête – Élie a vomi, et Maria a fini le travail toute seule. Il n'y avait presque plus de sang. La sciure rose devenait – gouttes vermillon sur les mains de Maria.

Nina s'occupait du feu. Elle a fait un grand feu, ah oui, et tout le monde s'est réchauffé autour. Et le feu était grave, sans fumée. Il s'est mis debout et très haut, le feu ! À grandes braises ! Et Nina n'arrêtait pas de nourrir le feu titan.

Quand les flammes se sont épuisées – Maria a mis sur les braises vivantes les pattes de l'ours, en croix, et la tête de l'ours par-dessus. Et la fumée montait… D'abord grise et dense et puis noire-noire, profonde-profonde. Les gosses ont voulu venir plus près pour voir la tête de la bête, mais la fumée les a chassés. Leur piquait les yeux. Ils se sont mis à pleurer ! Et leurs yeux devenaient plus clairs, oui, sur les museaux tout noirs. La fumée continuait de monter, et l'odeur de la viande grillée était agréable.

On dit que la chair brûlée est un délice pour les narines du dieu de la guerre. Peut-être bien… La fumée ne lui pique pas les yeux… Oh, que non. La fumée ne le fait pas pleurer.

L'ours n'avait pas de graisse… Peut-être c'est l'ange de la guerre qui avait déjà mangé toute la graisse. Et la graisse est devenue – horreur… Et l'horreur chuchotait Chhh chhhh, coulant sur la neige transformée en eau noirâtre… Et puis la terre est apparue.

Maria, ne tenant plus sur ses jambes, s'est écroulée près des braises, carrément sur la terre noire, et a dit aux enfants qu'elle allait se reposer un peu. Oui, comme ça… Juste un peu. Qu'ils ne bougent pas… Qu'ils ne pleurent pas. Qu'elle allait se relever…

Mais personne ne pleurait. Personne ne bougeait.

Exténuée, Maria a quand même réussi à retirer sa botte et a mis son pied près des braises sur lesquelles la maigre chair de l'ours crépitait. Elle a fermé les yeux. C'était si bon d'être comme ça… Près des braises. Si bon, si chaud. Elle n'a pas vu les gosses qui se sont levés pour voir… Oui, voir son pied… De loin. Ils n'avaient jamais vu une patte pareille. Jamais ! Seul Élie s'en est approché et a dit tout doucement comme pour la réveiller : « Maria… On va tous mourir ? » Levant les yeux vers lui, le voyant à peine, comme un revenant… Elle a murmuré que non. Non… Que personne n'allait mourir. Qu'on allait manger… Qu'elle allait se relever.

Et puis elle a regardé autour. Et le monde s'est penché vers elle… La terre et le ciel se sont baissés vers elle comme la mère et le père s'inclinent devant un nouveau-né endormi. Elle ne savait plus si elle était morte ou encore vivante. Si, si… Encore un peu… Un cheveu de vie. Une pointe…

Et quand la maigre graisse a commencé tout de même à fondre et couler, Maria a ramassé de la neige dans ses mains, et puis elle a recueilli un peu de graisse. Goutte à goutte… Du liquide gris. Pas beaucoup… Rien du tout… Et puis elle a frotté tout doucement les mains de tous les petits. « C'est bien, c'est très bien, répétait-elle, ça pique un peu, mais c'est très bien pour les gerçures… » Et les gosses retiraient leurs mains, ne voulaient pas… Mais elle insistait. Pour les joues aussi, ah oui ! Les nez, les joues… Les commissures des lèvres. Igor et Sergueï, sept et huit ans, chouinaient comme des petits, oui, comme lorsqu'on leur savonnait le visage. Et puis, à la fin, tous bouilles noires, luisantes, ils se regardaient, hébétés, les uns les autres, mais sans en rire, non… sans en rire.

Et après, Maria a ramassé les dernières gouttes de graisse dans ses mains. Et puis elle a plongé ses mains dans le seau où il y avait le cœur de l'ours et le foie, et c'est Élie qui a mis le seau sur les braises.

Maria a raclé les os avec la faux pour en tirer un peu de viande. Pas grand-chose… Elle en donnait une lamelle à chacun, en disant : « N'avalez pas. Sucez... » Et puis elle a mis un os dans le seau. Le bouillon était maigre.

Ne pas avaler... Facile à dire ! Kolia, le plus petit, a englouti sa lamelle comme un bébé chouette avale une souris ! Il quémandait : « J'en ai plus ! Plus rien ! J'en veux encore... » Et il ouvrait la bouche pour que tout le monde puisse vérifier.

Ils ont passé une semaine comme ça. À trois lamelles par jour chacun, et trois gorgées de bouillon. Maria a caché le cœur et le foie cuits pour les jours plus durs. Plus noirs. Encore plus.

Et les voilà, ils sont arrivés les jours encore plus noirs. Plus rien. Ni cœur ni foie ni bouillon. Même le crâne de l'ours était nu. Plus rien à racler. Rien à lécher.

Tout au début, lorsqu'ils étaient tous vivants, les gosses, tous du bon côté des planches, Maria allait près du ravin. Il y avait quelques sapins. Elle arrachait les pousses les plus jeunes, elles n'étaient plus très jeunes, les pousses, de l'année dernière, mais elles avaient encore des forces contre le scorbut. Et puis elle essayait de trouver de la mousse, oui, ça protège les yeux, on l'applique tout de suite, la plus fraîche possible, et on en garde sur les paupières un moment. Et aussi – joie, elle a trouvé un sorbier. Oui, tout mince, un sorbier des oiseleurs. Tout nu, il avait encore quelques sorbes. Desséchées, toutes gelées et dures comme du gravillon. Il aurait fallu les cuire longtemps, sinon – immangeables, pire, toxiques ! Alors cuire, cuire, cuire. À tout hasard, elle regardait s'il y avait une viorne obier quelque part, il reste parfois des baies. L'odeur est à vomir, c'est vrai, mais c'est stimulant pour le cœur. Et toujours à cuire longtemps. Merci, Sérafima… Tout ça – c'est toi.

Maria mettait les aiguilles les plus vertes du sapin sur une brique et avec une autre pierre elle réduisait les aiguilles en bouillie. Il fallait frotter les gencives avec, mais le goût est à régurgiter le cœur ! Franchement. Les gosses se fichaient de leurs dents, mais royalement. Il aurait fallu les tuer pour pouvoir leur mettre cette chose verte dans la bouche ! Même à deux jours de la tombe – ils n'en voudraient pas ! À en entendre parler – ils se mettaient à hurler comme des porcelets qu'on égorge. Ils réclamaient du pain. Ça – oui. De la viande ! Des boulettes ! Des pirojki ! De la purée ! Du bortsch ! Même ce qu'ils détestaient avant ! Même de la betterave crue… Ils en mangeraient ! Mais pas cette chose infernale… Amère à se pendre.

Alors elle s'est mise à cuire les aiguilles du pin, mais ça ne devenait pas du miel pour autant ! Oh, que non ! Les plus petits refusaient net. Bouches serrées ! Ce ne sont que les deux, les plus grands, Élie et Nina, qui en prenaient un peu. Et recrachaient aussi vite. Se goinfrant de neige après pour chasser le goût.

Rien à faire.

Et là – c'est la fin. Combien de jours encore…

XXXVII

Il est mort le matin, le petit Igor. Avant, il avait des joues qu'on voyait par-derrière ! Et là – creuses... À pouvoir y ramasser la pluie... Et ses petites pattes de moineau... Avant, il avait des pattounes bien rembourrées, lui. Et là – c'est à pleurer...

Lorsque Maria a ouvert les yeux – il était presque nu, le petit. Sergueï et Kolia étaient en train de le déshabiller. En chuchotant... « Mais que faites-vous ! » s'est écriée Maria, et les loupiots se sont écriés aussi comme un seul : « J'ai froid, moi ! Il est mort... Il n'a pas froid, lui ! » Et c'est là que Maria n'a pas pu se retenir... Elle a caché son visage dans ses mains. « Que faites-vous, les petits... Que faites-vous... », répétait-elle. Et les petits savaient très bien ce qu'ils faisaient. Et Maria les a laissés faire. Le voilà nu, le petit Igor. Et les deux moutards, eux, n'arrivaient pas à se partager ses loques. Qui prendra son manteau. Qui – la chapka. Et les bottes. Et les moufles... Ils n'arrivaient pas. Et trop faibles pour se battre. Et puis tout était trop petit pour eux. Et le manteau, et les moufles, et les bottes, et le pull, et le petit gilet de tricot. Tout. Ils ont tout essayé. Oui. Et puis ils ont tout laissé tomber... Et se sont allongés sous la bâche, très déçus, très déçus… En se couvrant la tête.

C'est Maria qui lui a lavé le visage et les pieds. C'est elle qui a rhabillé le petit Igor. Il durcissait vite, lui… Avec Élie, ils l'ont mis sous les planches. Maria a dit : « Ne regarde pas dans le trou » Mais Élie avait déjà regardé, et il a hoché la tête, comme pour dire : « J'ai vu… »

Maria, ne dors pas… Ne dors pas ! Réveille-toi… Encore un enfant qui s'endort pour toujours. Mais tu ne dors pas, Maria, non… Tu rêves.

Elle voit Sérafima lorsqu'elle l'a portée vers la rivière pour la laver la première fois. Elle voit la Dvina en été. Et cette heure étrange sur la rivière lorsque toute chair vivante se tait.

Et Maria, toute petite, plongée dans les eaux aussi chaudes que le lait d'Aurore au petit matin, s'est mise à trembler… Maria frissonnait comme si elle avait froid dans ses os. Dans chacun de ses os… Le froid venu de l'autre côté de l'été. De la vie. De tout… Et Sérafima la soutenait. En attendant que ça passe. Oui… Et puis l'a laissée glisser tout doucement dans l'eau plus profonde. Et Maria est restée comme ça un moment. Ni long ni court… Sans temps. Comme toute la chair vivante qui attend le corps nouveau.

Et après ? Maria s'est assoupie un peu dans l'eau. Sérafima s'est signée, l'a arrachée à la rivière et l'a portée à la maison. En marmonnant : « Oh que tu es lourde d'un coup, ma petite… » Lorsque Maria s'est réveillée – Sérafima était en train de préparer le thé.

En fredonnant… Et puis, assise près du lit, elle a enlevé la couverture. Maria a voulu cacher son pied. A voulu le retirer ! Mais non ! Sérafima a dit : « Laisse… laisse ! »

Et puis elle a regardé un moment le pied de Maria. Tout doucement a posé les yeux dessus… Et puis a recouvert le pied. En arrangeant son fichu, elle a dit : « Ma petite miette… On a tous un pied en enfer… Mais rares sont ceux qui ne vendraient pas leur âme pour pouvoir le retirer. »

Et après ? Après c'est Kolia qui ne s'est plus réveillé. Quand il est mort, il avait toujours un pétale de viande sous la langue. Il était toujours docile, Kolia. On lui avait dit de garder la viande le plus longtemps possible dans la bouche – il l'avait gardée. Même mort, il était obéissant.

Désormais, il dormait de l'autre côté de toutes choses… Avant de lui fermer les yeux, Maria lui a ouvert la bouche, a sorti le pétale, et l'a remis bien comme il faut sur la langue. Et puis lui a fermé les yeux.

Et puis… Maria n'a pas pu l'enterrer tout de suite. Elle tournait autour du petit cadavre. Elle avait l'impression que le petit respirait ! Qu'il l'observait ! Oui, à travers ses cils… Il jouait à ça avant ! Faisait semblant de dormir… Il jouait bien la comédie ! Combien de fois il avait fait ce tour à Maria… Et chaque fois Maria se laissait prendre… Et lui, en sautant comme un diable, il riait ! Adorait faire peur à Maria… Même là, elle n'y croyait pas. Se penchait encore et encore pour l'écouter… Non. Il ne respirait plus. Si ! Une fois,

Maria l'a secoué un peu ! Mais non... Non. Et puis elle a vu que les lèvres du petit se sont retroussées... Elle a vu ses petites incisives. Eh oui, c'était fini. Maria s'est penchée une dernière fois vers la tête du garçon et, sans se rendre compte de ce qu'elle faisait, lui a murmuré quelque chose à l'oreille. Si bas, si bas, qu'elle-même, elle n'a rien entendu.

Après, très vite, elle lui a lavé les pieds et le visage. Puis l'a tiré vers le tombeau et l'a mis avec les autres. À côté d'Igor. Oui.

Maria ne pouvait plus bouger. Son pied a enflé. Mais il fallait encore sortir... Ramasser de la neige dans le seau. Descendre le seau. Raviver le feu... Et tout ça à tâtons, oui, elle ne voyait presque plus rien. Comme à travers un rideau... Elle ne voyait plus, elle devinait. Et puis il fallait détacher la corde. Une fois Sergueï s'était retrouvé dehors, sans se rendre compte de ce qu'il faisait ! Il ne comprenait rien. Maria l'a attrapé dans la neige, lui a parlé, mais il n'entendait rien, les yeux fermés, il rampait dans la neige, l'air complètement somnambule. Depuis, Maria l'a attaché avec une longue corde. Un bout à la cheville du gosse, et l'autre à sa taille. Il pouvait ramper dans la cave, oui, comme il voulait, mais pas dehors. Et puis il suffisait que Maria tire un peu la corde, il se calmait, épuisé, et s'endormait.

C'était le soir. Lorsque Maria est redescendue dans la cave, avec le seau, Nina et Élie étaient debout près de Sergueï. L'observaient. Il ne bougeait plus, le loupiot. Ne rampait plus. Allongé sur le dos, et les mains, oui, ses deux mains, ouvertes, comme s'il venait de laisser s'envoler un oiseau. Maria a tout de suite compris. « Ne le touchez pas », elle a dit aux grands. « Ne le touchez pas… » Mais personne ne l'avait touché. Ils étaient là, silencieux, en train de le regarder.

Elle l'a enterré comme ça, mains ouvertes, comme il était mort. Il était déjà froid, Sergueï. Et léger comme une bûche sèche… Elle l'a descendu dans le trou et puis, et puis a bien tout recouvert avec des planches. Élie et Nina ont arraché encore trois planches. Il n'y avait pas assez de place dans la tombe.

Maria a descendu le cadavre tout doucement, lentement, comme on enfourne le pain… Mais le four était glacial. Et les femmes qui mettent le pain dans le four n'ont pas ce visage noir… Non. Jamais.

XXXVIII

Cette nuit-là, le froid a saisi la terre et la terre est devenue pierre. Cette nuit-là, l'hiver a gelé la prière de tous ceux qui savaient encore prier sur cette terre.

Lorsque Maria a ouvert les yeux – la cave était toute brillante, éclairée comme une maison la veille de Pâques, quand l'odeur du pain chaud fait bondir le cœur des vieillards… Et que les gosses réveillés par le soleil se mettent à sauter dans leur lit. Et Maria, délirante, souriait, et la lumière de Pâques, tel le miel chaud, coulait de ses yeux. Mais Maria avait froid ! Pourquoi elle avait si froid ?! Ça doit être la porte de la cave, oui, on a oublié de la fermer.

Quand Maria s'est réveillée pour de bon – elle a vu que le froid venait d'en haut. La trappe de la cave était ouverte. Elle, ne voyant rien, s'est mise à ramper, tâtant… Elle cherchait les gosses. Nina… Élie… Elle a trouvé Élie. Elle l'a touché. Elle l'a écouté. Il respirait. Vivant… Il dormait… Elle s'est mise à chercher l'autre, oui, Nina… Pas de Nina. Et pourtant, elle dormait toujours à côté d'Élie. Toujours dos à lui. Pas de Nina… Sa place était vide. Encore chaude…

En sortant de la cave, il fallait garder les yeux fermés. Oui, regarder à travers les cils d'abord… Les ouvrir tout doucement. Le soleil du Nord et la neige… Soleil, traître, qui ne chauffe pas. Ah, du tout ! Il vous ouvre les yeux au couteau ! Et le blanc vous saute à la gorge.

Quelques secondes… Trois respirations avant de faire un pas. La main sur les yeux, Maria a entendu un cri. De loin… « Ma-a-a-man ! Mama-a-an ! » C'était Nina. Et puis elle n'a plus crié. Maria écoutait encore et encore… Sans bouger. Comme son père lui avait appris en hiver à écouter les bruits. En hiver, les sons vagabondent…

Elle a trouvé Nina dans le ravin, encore vivante. Maria l'a traînée jusqu'à la cave et, une fois dedans, elle a réveillé Élie. « Déshabille-toi ! Vite ! » Et quand Élie s'est déshabillé, elle a dit : « Non, complètement ! Enlève tout… Je regarde pas ! » Et elle-même s'est mise à se déshabiller. Et puis à enlever tout ce que Nina avait sur elle. Il fallait faire vite…

Elle a ordonné à Élie de s'allonger sur le côté, puis elle a allongé Nina dos à Élie, et puis, elle-même, toute nue, s'est allongée aussi, en prenant les deux dans ses bras. C'est comme ça qu'on réchauffe un mourant de froid. On le réchauffe, corps à corps, nu à nu. C'est comme ça que Sérafima avait sauvé un gosse… Il jouait sur la glace et la glace avait cédé.

Blottie contre Nina, Maria murmurait tout doucement : « Nina… Réveille-toi, Nina. Réveille-toi, fille… » Les lèvres de Nina étaient froides. Mais elle respirait… « Réveille-toi. Réveille-toi… », fredonnait Maria.

Nina, Nina… Si maigre. Si maigre ! Que des yeux bien clos et des os ! Et ses genoux… Des petits haltères.

Son haleine sentait le vin. Comme si elle était ivre. Maria a reconnu l'odeur… L'haleine du mourant de faim.

Un moment, Nina a frémi ! Oui, d'un court frisson, et puis elle s'est étirée de tout son corps comme quelqu'un qui se réveille… Et elle n'a plus bougé. Tout s'est arrêté en elle. Et sa bouche s'est entrouverte.

Ils sont restés blottis comme ça, Nina au milieu, encore et encore… Et puis Élie a dit à Maria : « Maria, Nina est toute dure… Toute dure… »

Mais Maria ne cessait de balbutier : « Réveille-toi, Nina… Ouvre les yeux. Réveille-toi, petite… » à l'oreille de la fille. Sans fin, sans fin…

Maria l'a mise près des autres. À côté de Sergueï. Pendant qu'elle agrandissait un peu le trou dans le sol, il a commencé à neiger. Et neiger fort. Avec le vent. Et le vent poussait la poudreuse dans les soupiraux de la cave. Ah oui, désormais il neigeait même dans la cave. Avant de recouvrir Nina de planches, Maria l'a regardée une dernière fois. Son visage était tranquille, mais la bouche de Nina était toujours ouverte. Et la neige tombait dans sa bouche… Sans fondre, sans fondre…

Le même jour, Élie a dit à Maria : « Maria, ne m'attache pas… Ne m'attache pas à toi… » Maria a dit que non, évidemment, qu'il était grand, oui, qu'elle ne l'attacherait pas. Qu'elle n'attachait que les petits… Qu'elle n'entravait que les très petits ! Pour les garder auprès d'elle. Elle a voulu lui dire d'autres choses, et puis quoi

dire… Et puis Élie dormait déjà. Maria a attendu un peu, et puis a fait un nœud à la corde et déposé la corde à son pied. Attendu encore un peu, et attaché avec l'autre bout le pied d'Élie. Sans trop serrer. Sans trop serrer…

Il ne fallait pas dormir… « Dors pas ! – murmurait Maria. Il faut pas dormir ! » Et elle se frappait le visage ! « Dors pas ! »

Elle a voulu se redresser. Se mettre à genoux pour se lever ! « Dors pas ! Bouge, pauvre bêta ! Il faut bouger… Bouger… », elle répétait, les yeux ouverts.

Elle voyait toute une bande de gosses au loin, de l'autre côté du ravin, lui faire des signes. Lui crier quelque chose… Nina, le petit Ivan, Antonina… Tous les onze ! Déjà morts ! Bien vivants. Et les petits, sages-sages, donnaient leurs mains aux grands ! Elle a voulu aller plus près, oui, pour voir ce qu'ils voulaient, les gosses, pourquoi ils criaient, et puis il fallait les compter… Mais elle n'a pas pu. Son pied pesait si lourd, si lourd…

Quand elle s'est réveillée – Élie était assis en face d'elle. Il respirait fort. Et sa bouche, elle était grande ouverte, sa bouche ! Les yeux écarquillés, il étouffait. Elle l'a appelé : « Élie ! Élie… » Tout doucement d'abord. Et puis plus fort. Mais il n'a pas entendu. Il ne la voyait plus. Respirant très vite, il regardait par-dessus l'épaule de Maria. Il ne voyait plus rien. Maria a rampé vers lui, et puis lui a touché le front. Et a retiré sa main, comme brûlée. Il était en feu, Élie. Il brûlait ! Maria ne voyait pas son visage. Elle s'est penchée vers lui, nez à nez.

Son visage était couleur de brique. Et aussi chaud qu'une brique rouge dans le four.

Oui. Une pneumonie. Encore une… Ses poumons étaient toujours faibles. Chaque hiver, il tombait malade, Élie. Chaque hiver… Et là – il délirait tout doucement… Il parlait tout bas. La fièvre montait et, à un moment, il s'est mis à se déshabiller. Les yeux toujours ouverts ! Deux braises ! Il n'arrivait pas à enlever sa veste… Il essayait de la déchirer ! Rien à faire ! Plus de forces… Il tâtait autour de lui. Il cherchait, cherchait quelque chose, le regard fixé sur Maria… Regard aveugle. Et ses mains ramassaient le vide… Cherchaient… Il a trouvé la corde. Et là – s'est mis à crier ! Maria ne comprenait rien. Il délirait, ah oui… Un moment il a commencé à tirer sur la corde ! Tirer fort ! Vers lui ! De toutes ses forces ! Encore ! Encore ! Il tirait Maria vers lui… Et Maria ne s'accrochait pas, non, et lui – continuait de tirer ! Encore ! Encore un peu… Maria ne s'accrochait plus du tout, elle. Ne détachait pas la corde. L'a laissé faire… L'a même aidé un peu, oui. Rampait vers lui, sur le côté, pieds devant. Et déjà leurs pieds se touchaient…

Et puis il s'est tu, Élie. Ne disait plus rien. Il a abandonné la corde. Il a fini par s'allonger, dos au mur.

Il ne bougeait plus. Il s'est calmé pour de bon. Respirant toujours vite et fort, mais ses yeux étaient fermés.

C'est à ce moment-là qu'elle a entendu des bruits de moteurs. Très près, très près. Et la terre s'est mise à trembler. Mais ce n'étaient pas les avions. Ce n'étaient pas les chars. C'étaient des moteurs de camions ! Oui.

La glace sur le lac de Ladoga tenait bon. La route de la vie était ouverte et les camions passaient, tout lentement, pleins de vivres…

Maria a mis une heure pour traîner Élie dehors. Et une fois à l'extérieur, elle s'est assise pour souffler un peu. Elle s'est assise sur le seuil, là où, à ses pieds, il y avait le crâne de l'ours. Elle n'a pas voulu qu'Élie soit par terre, non, pas dans la neige. Elle l'a hissé sur ses genoux. Un pied, puis l'autre, puis l'a tiré vers elle. Ramassé ses bras ballants et le voici enfin – sur ses genoux… Elle entendait les camions. Elle regardait, elle ne voyait rien. Elle s'efforçait de voir, mais toujours le rideau blanc sur les yeux. Elle a regardé Élie, elle voyait bien son visage ! Elle voyait très bien ses yeux… Grands ouverts. Immobiles. Elle s'est mise à crier ! Elle appelait Élie ! Qu'il ne s'endorme pas ! Et puis, essoufflée, elle s'est tue. Élie ne respirait plus. Plus d'âme à pêcher dans ses yeux…

Maria n'a plus bougé. Elle est restée assise, tenant le garçon sur ses genoux. Elle ne sentait plus rien. De l'autre côté du froid… Comme une statue. Oui. Comme une pietà… La pietà de la glace. Sous la neige très fine, qui s'est mise à saler la statue tout doucement. Sans cesse, sans cesse…

La neige tombait grave, silencieuse. La neige du sacrifice… La neige du don parfait.

Maria a senti l'odeur… L'odeur lointaine du tabac. L'odeur agréable. Très agréable, comme seule l'odeur qui nous vient de l'autre côté de la vie peut l'être… La dernière odeur.

Les soldats l'ont trouvée comme ça. L'un des deux, le plus jeune, cibiche au bec, a dit à l'autre, en russe : « Elle est vivante, tu crois ? » Et puis il s'est penché pour la toucher… Il a reculé ! Maria le regardait. Figée, comme de pierre, et une mèche de ses cheveux sortait du fichu… Un seul cheveu vibrait, comme vivant, comme une corde rompue. Le jeune a reculé encore ! Les yeux de Maria le fixaient. De loin, oui… De l'autre côté de l'hiver. De l'autre côté de la vie… Elle voyait l'autre monde.

pcacmb
édition pré-presse
livres numériques

44400 Rezé

IMPRIM'VERT®

Achevé d'imprimer
en mai 2021
par Corlet Imprimeur
14110 Condé-en-Normandie

Dépôt légal : mai 2021
N° d'imprimeur : 21040704
Imprimé en France